「육군대장 게오르그 카마인 이라고 한다.」

게오르그
Georg Carmine

「공군대장인 카스토르 바르가스다.」

카스토르
Castor Vargas

삼공을 향한
최종권고

「내가 잠정 국왕 소마 카즈야다.」

「엑셀 월터라고 합니다.」

엑셀
Excel Walter

마왕령

그란 케이오스 제국
(흰 선은 속국을 포함한 영토)

성룡 산맥

동방 제국(諸國) 연합

아미도니아
공국

엘프리덴
왕국

용병 국가
제므

톨기스
공화국

구두
제도

성룡 산맥

동방 제국 연합

바르가스
공령

월터 공령

카마인
공령

붉은 용 성읍

라군 시티

랜들

파르남

아미도니아
공국

반

용병 국가
제므

네르바

우르슬라 산맥

아르토믈라

신호의
숲

신도시
건설 예정지

톨기스
공화국

엘프리덴 왕국

구두룡
제도 연합

현실주의 용사의
왕국 재건기

Re:CONSTRUCTION
THE ELFRIEDEN KINGDOM
TALES OF
REALISTIC BRAVE

도조마루
일러스트 ✛ 후유유키

Contents

Re:CONSTRUCTION
THE ELFRIEDEN KINGDOM
TALES OF
REALISTIC BRAVE

II

"리시아, 이 서류를 가져가 줘."

"……응. 알았어."

최근에 소마의 상태가 이상했다.

소마에게 서류 다발을 건네받으며 나는 그렇게 생각했다.

최근의 소마는 이전보다도 열심히 서류 업무를 처리했다. 마치 아버님께 왕위를 억지로 떠맡았을 무렵으로 돌아간 것 같았다. 지금은 그때만큼 일이 바쁘지도 않을 텐데 억지로 일을 찾아서 메워 넣는, 그런 느낌이었다.

그러는가 싶으면 어쩌다 텅 비는 여유로운 시간에는 뭘 하는 것도 아니고 그저 멍하니 창문 너머로 하늘을 올려다본다든지. 예전이라면 여유로울 때 내 방으로 와서 인형이나 토모에게 입히고 싶은 귀여운 옷 따위를 만들었을 텐데, 최근에는 그런 적도 전혀 없었다.

나는 묵묵히 서류 업무를 처리하는 소마를 바라봤다.

변화는 지극히 작은 수준이라 왕성에 있는 대부분의 사람은 알아차리지 못했을 테지.

"…………."

"……응? 왜 그래?"

내 시선을 깨달은 소마가 고개를 들었다. 나는,

"……아니. 아무것도 아냐."

그렇게만 말하고는 발길을 돌려 얼른 집무실을 나섰다.

"앗, 잠깐, 리시아."

등 뒤에서 소마의 목소리가 들렸지만 돌아볼 수가 없었다.

어찌된 영문인지 지금의 소마를 '보고 있을 수가 없었던' 것이다.

"그래서 공주님, 폐하의 상태가 이상……하다는 건가요?"

밤, 내 방을 찾은 주나 도마 씨가 그리 말하며 고개를 갸웃거렸다.

국왕 방송을 준비하고 있을 때 말을 걸어, 방송 후에 내 방으로 와 달라고 했다. 주나 씨는 소마의 상태가 이상하다는 이야기를 꺼내자 이런 시간임에도 불구하고 와 주었으니 그저 감사할 따름이었다.

"앉아, 주나 씨."

나는 침대에 걸터앉아서는 주나 씨에게 옆에 앉아줄 것을 청했다. 주나 씨가 "실례할게요."라는 말과 함께 옆에 앉는 것을 보고, 나는 이야기를 시작했다.

"뭐라고 할까…… 마음이 여기가 아니라 다른 곳에 가 있다는 느낌이야. 평소 이상으로 일에 매진하는가 싶다가도 멍하니 밖을 바라본다든지."

"……과연. 조금이지만, 알 것도 같네요."

주나 씨에게도 짚이는 바가 있었는지 묘한 표정으로 고개를 끄덕였다.

"저도 폐하와 방송 이야기를 나눌 때, 어쩐지 마음이 붕 뜬 것처럼 느꼈으니까요. 하지만 언제부터 그런 상태였는지, 그것까지는 모르겠어요."

"그건 아마도 [신호(神護)의 숲]에서 돌아온 뒤부터일 거라고 생각해."

소마를 호위해 주는 아이샤 우드가르드의 고향이자 다크 엘프족이 사는 [신호의 숲]이 오랜 비 때문에 산사태가 발생해, 소마가 근처에 있던 부대를 이끌고 구원에 나선 것이 2주 정도 전의 일이었다.

재해 소식이 전해졌을 때, 나는 소마의 부탁으로 왕도에 구원부대를 요청하고자 돌아왔기에 구조 활동 자체에 참가하지는 않았다. 하지만 소마는 할버트나 카에데 같은 금군 병사들과 하나가 되어 지옥 같은 재해 현장에서 구조 활동을 펼쳤다고 한다.

소마의 상태가 이상해진 것은 바로 그 후부터인 것처럼 느껴졌다.

"역시 이상해진 건, 그 구조 활동 이후인가……."

"하지만 폐하는 현장에서도 대활약하셨다고 들었는데요?"

"그래. 나도 소마는 충분히 잘 해줬다고 생각해."

자신의 능력 【리빙 폴터가이스트(살아 있는 유령들)】로 나무 조각 쥐를 조종해서 토사 아래를 탐색, 생매장된 많은 이들을 발견했다고 들었다. 하지만…….

"하지만 소마 자신은 그렇게 생각하지 않는 모양이야. 많은 시체를 보고 만 탓이기도 할 테지만, 아무래도 [좀 더 잘할 수 있지 않았을까], 그런 생각이 드나 봐."

"그 생각 자체는 나쁘지 않다고 생각하지만……."

주나 씨도 복잡한 표정이었다. 반성하는 일은 중요하다. 하지만 지나치게 반성하다가 자기혐오에 빠져서 마음의 병이 생기고 말아서야 본말전도다. 그리고,

"바로 그러니까 주나 씨가 소마를 위로해 줬으면, 하는 거야."

나는 주나 씨의 손을 잡고 그 위에 내 손을 겹치며 말했다. 주나 씨는 눈을 크게 떴다.

"제, 제가…… 말인가요?"

"이런 걸 부탁할 수 있는 사람은 주나 씨밖에 없는걸. 아이샤는 아직 [신호의 숲]에 있고, 토모에는 어리잖아. 그렇다고 어머님이나 세리나 같은 경우에는 관계가 너무 얕고."

"하지만 그렇다면 공주님이 가장 적임자가 아닐까요? 폐하의 약혼자이시고, 이렇게 폐하를 가장 걱정해 주시기도 하잖아요."

"나는…… 안 되는걸."

나는 조용히 눈을 내리깔았다.

"나는 소마보다 연하니까 '남자로서 약한 모습을 보이고 싶지 않다', 그런 식으로 생각하겠지. 내 앞에서, 소마는 틀림없이 허세를 부릴 거야."

"……저도 폐하와는 동갑인데요?"

"나이는 그렇더라도, 주나 씨는 행동거지가 어른스러운걸. 허세를 부리는 남자를 제대로 다룰 수 있지 않을까, 그렇게 생각해."

나는 자세를 바로 하고 주나 씨에게 머리를 숙였다.

"그러니까 주나 씨. 소마를 잘 부탁합니다."

"공주님…… 알겠어요. 미력하나마 협력해 드리겠어요."

주나 씨는 가슴께에 손을 대며 받아들여 주었다.

◇ ◇ ◇

리시아의 방을 뒤로한 주나는 소마가 개인실로 사용하는 집무실 앞에 도착했다. 낮에는 문관들이 빈번하게 드나들어 떠들썩하지만, 이미 밤도 깊어지기 시작한 시간이다 보니 낮의 소란이 마치 거짓말인 것처럼 조용했다.

문 양옆에는 호위병 둘이 방 안의 소마를 지키듯 서 있었다.

'아이샤 씨는 없는 거로군요. 당연한 얘기지만……'

주나는 아이샤가 없는 집무실 문 앞의 광경을 보고 그렇게 생각했다. 아이샤도 24시간 내내 소마의 곁에 있는 것은 아니지만, 없다는 사실을 부자연스럽다고 느낄 만큼 내내 호위 중이라는 이미지가 있었다.

주나는 호위병들에게 가볍게 인사를 건네며 문 앞에 섰다.

리시아에게서 이야기가 갔는지 호위병들은 주나를 제지하려고도 하지 않았다.

'새삼스럽지만, 이런 밤중에 약혼자인 소마 폐하의 방으로 여자를 혼자만 보내다니, 공주님도 참 과감하시군요…….'

밤중에 남녀를 단 둘이 두고서는, '무슨 일'이 생긴다면 어쩔 생각일까. '아무 일'도 벌어지지 않을 거라 믿는 걸까? 아니면 '무슨 일'이 생기더라도 그걸로 소마가 기운을 차려 준다면 상관없다, 그런 생각일까?

'……왠지 모르겠지만, 후자일 것 같네요.'

주나는 감탄의 한숨을 흘렸다. 최근의 리시아를 보고 있으면 미래의 왕비로서 관록이 엿보일 때가 있었다. 갑자기 소마와의 약혼이 정해졌을 당시에는 약혼자치고는 어색한 느낌도 있었지만, 지금은 이미 그 사실을 받아들인 것처럼 보였다.

'정말로 멋진 분이세요.'

리시아는 소마와 하루하루를 보내는 사이에 점점 매력적인 여성으로 변하고 있었다. 장래에는 훌륭한 왕비, 그리고 현모양처가 되리라. 같은 여성으로서 존경하고 만다.

'그런 공주님께서 직접 부탁하신 일이에요. 저도 제 역할을 다해야겠죠.'

주나는 한층 더 마음을 다잡고 집무실 문을 가볍게 노크했다. 그리고,

"폐하. 주나 도마입니다. 아직 업무 중이신가요?"

이미 잠들었을 경우에는 수면을 방해하지 않을 정도의 목소리로 말을 건넸다. 그러자,

[주나 씨? 들어와요.]

방 안에서 소마의 그런 목소리가 들렸다. 주나가 "실례합니다."라며 문을 열고 들어서자, 소마는 양초 불빛 아래에서 책상에 앉아 서류를 살피고 있었다. 소마는 책상 위에 서류를 내려놓고는 주나를 향해 피로가 섞인 미소를 지었다.

　"이런 밤중에 웬일이에요? 오늘은 성에서 묵고 가나요?"

　"아…… 예. 오늘은 공주님의 방에서 묵고 가기로 했어요."

　"여자 모임 같은 느낌인가요. 재밌을 것 같네요."

　순수하게 그리 대답하니, 주나는 딱히 거짓말을 한 것도 아닌데 뒤가 켕기는 기분이 들었다.

　"아뇨…… 그보다도 폐하야말로 뭘 하고 계셨나요? 오늘 정무는 이미 끝나셨다고 들었는데요?"

　"어―, 일단 잠자리에 들기는 했는데…… 어쩐지 잠이 안 와서 내일 처리할 서류를 훑어보고 있었어요. 그러는 사이에 잠이 오지 않을까, 해서."

　소마는 책상 위에 놓인 서류를 슥 훑어보며 그렇게 말했다. 그의 표정에서는 피곤한 기색이 엿보였다.

　"혹시…… 최근에 제대로 못 주무신 거 아닌가요?"

　주나가 묻자 소마는 떨떠름하다는 듯 머리를 긁적였다.

　"몸은 피곤하지만 머리가 영 잠들지를 못하네요. 자려고 눈을 감으면 이런저런 생각이 자꾸 떠올라서……. 이제까지 했던 일, 앞으로 해야 할 일, 이제까지 제 결단은 옳았는지, 앞으로 할 제 결단은 올바를지…… 그런 생각이 머릿속에서 빙글빙글 돌아다니는 통에 잠을 잘 수가 없네요."

그리 말하며 힘없이 웃는 소마를 보고 주나는 떠올렸다. 소마가 이 세계에 소환된 이후, 이제껏 짊어진 수많은 중책을. 나라의 재건, 식량 문제 해결, 재해 지역 구원. 그중 어느 것이든 얼마 전까지 학생이었던 소마에게는 너무나도 무거운 것이었다. 그리고 앞으로는 삼공과의 알력 다툼이나 은밀하게 움직이는 아미도니아 공국에 대한 대책이 기다리고 있었다.

그런 중압감이 소마의 수면을 방해하는 것이리라. 그런 생각에 이르러,

"아! ……실례할게요."

주나는 소마의 손을 잡고 일으켜 세웠다.

"엇, 아니, 무슨?"

"…………."

놀라는 소마를 개의치 않고, 주나는 잡은 손을 잡아끌더니 방 한구석에 설치된 간이침대 앞까지 데려가서는 그를 침대 위로 턱 내던졌다. 갑자기 침대에 눕혀져서 눈을 크게 뜨고 있던 소마에게 주나는 조용한 말투로 말했다.

"주무시도록 하세요."

"어, 주, 주나 씨?"

"됐으니까, 그만 주무세요."

항상 온화한 미소를 띠고 있는 주나치고는 드물게도, 말귀를 못 알아듣는 나쁜 동생을 타이르는 누나처럼 엄하면서도 어쩐지 상대를 배려하는 듯한, 그런 복잡한 표정을 짓고 있었다.

"중요한 시기라는 건 알겠지만, 부디 몸조심하시길. 리시아

공주님도 걱정하세요."

"리시아가?"

"예. 폐하의 상태가 이상하다는 사실을 가장 먼저 꿰뚫어 보고 저를 여기로 보내셨어요. 폐하를 잘 돌봐드렸으면 한다고."

"……이것 참."

소마는 천장을 바라보며 쓴웃음을 지었다.

"나는…… 열심히 잘하고 있다, 그렇게 생각했는데……."

"폐하께서는 열심히 하고 계세요. 하지만 그게 너무 과해요."

주나는 침대 끝에 걸터앉더니 소마의 이마에 손을 얹었다. 서늘한 주나의 손이 소마의 이마에서 열기를 앗아 갔다. 그 감촉이 기분 좋아서 소마는 눈을 감았다. 그런 소마를 바라보며 주나는 조용히 노래하기 시작했다.

오늘은 잠들렴. 내일까지 잠들렴.

깨어나면 잔뜩 걸으려무나.

피곤하면 잔뜩 자려무나.

오래오래 걸을수록 너와 함께하는 손길은 늘어난단다.

그것은 소마가 있던 세계의 노래가 아니라 이 세계의 자장가였다. 걸음을 뗀 자식에게 어머니가 들려주는 노래. 잔뜩 걷고 잔뜩 자며 건강하게 자라기를 바라는 노래. 다만 "오래오래 걸을수록 너와 함께하는 손길은 늘어난단다."라는 말은, 지금 소마의 마음에 스미어들어 자연스레 눈물을 불렀다. 소마는 팔을 눈 위에 대어 가렸다.

"······죄송해요. 꼴사나운 모습을 보이고 말아서."

노래를 마친 주나에게 소마는 그렇게 말했다. 주나는 미소를 짓고,

"약한 소리를 해도 괜찮아요. 저 역시 당신의 동료니까요."

그리 말하며 소마의 머리를 부드럽게 쓰다듬었다.

"공주님 앞에서 한심한 모습을 보이고 싶지 않다는 마음은 알아요. 그런 마음이 있으니까 강해지겠다고 노력할 수도 있는 거겠죠. 하지만 그러다가 지쳤을 때는 저를 부르세요. 잠들 수 없는 밤에는 언제든 당신을 위해서 노래할게요."

다정한 주나의 목소리가 소마의 귓가에 울렸다.

잠시 후, 주나의 귀에 소마의 잠든 숨소리가 들렸다. 몸도 마음도 무척 지쳤던 것이다. 마음이 풀어진 순간, 잠에 빠진 것이리라.

주나는 침대에서 일어나서는 소마가 완전히 잠에 빠진 것을 확인하고 이불을 덮었다. 그리고 조용히 방을 나서고자 문 쪽으로 걸어가서 손잡이에 손을 대려다가······ 문득 멈췄다. 주나는 침대 쪽으로 유턴해서는 귀에 걸린 머리카락을 쓸어 올리며, 잠든 소마의 귓가에 얼굴을 가져다 대고는 작게 속삭였다.

─────괜찮아요. 저는 당신의 동료예요. 공주님께서 강함을 이끌어낸다면, 저는 당신의 약함을 감출게요.

──────대륙력 1546년 9월 중순

　대륙의 나라들 가운데서도 사계절이 뚜렷한 엘프리덴 왕국은, 늦더위가 끝나고 지내기 편한 계절을 맞이했다. 이 나라에서 심각했던 식량 문제의 완전 해결을 기대할 수 있는 풍요의 계절. 그런 계절을 앞에 두고 왕국에는 불온한 분위기가 흐르고 있었다.

　그 불온한 분위기의 원인은 새로운 국왕 소마 카즈야와 삼공의 대립이었다.

　이세계에서 용사로서 소환되었다는 소마는, 소질을 꿰뚫어 본 선대 국왕 알베르토 엘프리덴으로부터 왕위를 물려받았다. 선대 국왕의 외동딸이자 소마의 약혼자가 된 리시아 공주의 지원도 받아 부국강병에 나선 소마는 다양한 인재를 모으고 식량 문제의 해결이나 교통망 정비, 재해 대책 등에 몰두하여, 용사라는 직함치고는 수수하면서도 견실한 치세로 국민들에게 지지를 얻었다.

　그에 맞서는 삼공이란 왕국의 육해공을 통솔하는 대장 셋을 가리키는 것이었다.

　사자 수인족인 육군대장 게오르그 카마인.

　교룡족인 해군대장 엑셀 월터.

　드래고뉴트(반룡인)인 공군대장 카스토르 바르가스.

　오랜 세월에 걸쳐 삼공들은 왕국을 수호해 왔지만, 현재까지도 새로운 왕 소마를 따르지는 않고 각자 군을 거느린 채로 자신의 영지에 틀어박힌 상태였다. 각자가 어떤 생각을 하는지는 불명이다. 하지만 삼공 가운데서도 육군대장 게오르그는 소마에게 부정을 추궁당하여 도망친 귀족들을 자신의 영내에 은닉시키는 등, 명백하게 반항적인 태도를 취하고 있었다.

　새로운 왕 소마와 육군대장 게오르그.

　양자가 격돌하는 것도 시간문제로 여겨졌다.

　"알겠어, 소마? 이 세계의 전쟁에서 중요한 건 지상과 하늘의 연계야."

　점점 서늘해져서 가을의 도래를 느끼게 되는 요즘.

　나는 리시아에게 이 세계의 전쟁에 대해 배우고 있었다. 부패 귀족을 은닉시킨 게오르그, 그리고 뒤에서 은밀하게 움직이는 아미도니아 공국과의 피할 수 없는 싸움이 다가오는 가운데, 전투의 흐름만이라도 알아 두고 싶었던 것이다.

　물론 초보인 내가 직접 지휘하려는 건 아니었다. 전투가 벌어진다면 국왕 직속군인 금군의 지휘는 근위기사단장 루드윈에게 맡기겠지. 그렇다고는 해도 왕으로서 개전 여부를 결단하기 위해서는 알아 두어야 하는 일이라고 생각했기에, 이렇게 리시아에게 가르침을 받기로 한 것이었다.

왕족이면서도 사관 학교를 졸업하였고 루드윈에게,

[대군을 이끌기에는 역시나 아직 경험이 부족하지만 담력도 있으시니, (공주님께서) 일군을 이끄는 데에는 아무런 문제도 없습니다.]

그리 칭해질 만큼 리시아는 군사 분야에서 뛰어났다. ……사실은 전투의 대략적인 흐름만 간단하게 가르쳐 주면 그만일 텐데, 리시아는 역시나 고지식했다. 준비한 칠판에 그림까지 그려 가며 설명하는 통에 마치 사관 학교의 강의 같은 모습이 되어 있었다.

리시아는 칠판에 커다란 원을 두 개 그리고 거기에 각각 [아군], [적군]이라고 이름을 붙였다. 그 두 개의 원 안에 [육군], [공군]이라는 단어를 하나씩 써넣었다.

여기서 하나, 주의해야 할 것이 있었다. 이 세계에서 말하는 [육군], [공군]은, 지구에서 가지는 인식과는 다르다는 점이었다. 이 세계의 전투에서는 아직 갑옷으로 몸을 감싼 기사가 활약하고 있기에 분위기만 본다면 [백년전쟁]처럼 보이기도 했다.

그러나 이 세계에는 [마법]이 있고 [와이번] 같은 불가사의한 생물이 있었다. [육군] 안에는 [보병], [기병], [궁병]만이 아니라 [마도사]가 있고, [공군]이라는 말은 [전투기] 같은 것이 아니라 [와이번]처럼 하늘을 날 수 있는 생물을 타고 싸우는 [와이번 기병]들을 가리켰다. 그렇기에 자연스레 싸움의 추이도 지구와는 달랐다.

"나는 해전에 대해서는 잘 모르니까, 이건 어디까지나 육상에서 벌어지는 전투의 경우야. 우선 야전의 경우, 양 진영내의 [육상전 부대]와 [공중전 부대]는 거의 동시에 전투를 개시하게 돼."

리시아는 우선 양쪽 육군에서 출발하여 서로 맞부딪히는 화살표를 그렸다.

"육군 사이의 전투는 정통적인 양상이야. 우선은 화살이나 마법 같은 원거리 사격전부터 시작해서, 상대의 진형이 흐트러진 참에 보병을 움직여서 밀어붙여. 기사나 기병은 상대의 틈을 노려서 소수로 돌진시켜 진형을 흐트러뜨리거나, 수를 갖추어서 돌진시키고 그 뒤를 보병이 따르는 형태로 적진을 갈라놓는 방식으로 운용해. 전자는 [돌파], 후자는 [붕괴]라는 전법이야. 이런 부분은 소마네 세계의 전투랑 큰 차이는 없을 텐데?"

"……뭐, 마법을 사용하지는 않지만, 그 외에는 같을 거라 생각해."

어쩐지 대하드라마의 전투신이 떠올랐다.

화살이나 화승총의 응수부터 시작하여, 돌격 명령을 받은 병사들이 화승총에 맞아 쓰러지면서도 전진해서 적의 목책에 매달린다. 접근을 허락하면 원거리 무기로는 대처하기 어렵기에 수비 측에서도 병사들을 내보내어, 그때부터는 병사들 사이의 공방이 시작된다. 이 세계에 총기는 발달하지 않았으니 화승총 대신에 마법이라고 생각하면 이해하기 쉽겠지.

그러자 리시아는, 이번에는 공군에서 출발하여 마찬가지로 서로 맞부딪히는 화살표를 그렸다.

"그리고 육군끼리 맞붙는 것과 때를 같이해서 공군끼리도 격돌해. 어쨌든 전장 상공을 제압할 수 있다면 와이번 기병들은 화살도 닿지 않을 법한 고도에서 지상의 적군을 향해 화약 항아리(폭탄 같은 것)를 떨어뜨릴 수 있으니까."

"그건…… 흉악하네."

그야말로 일방적으로 두들겨 맞는 아픔과 무서움……이라는 느낌이었다.

"그렇다면 전투의 승패는 공군이 쥐고 있다는 건가?"

"아니. 공군 사이의 전투로 승패가 결정되는 경우는 거의 없어."

"어? 하지만 지금, 상공을 제압할 수 있다면 일방적으로 공격할 수 있다고……."

"그래. 바로 그렇기에, 공군 사이에서 벌어지는 전투의 주목적은 [제공권을 획득하는 것]이 아니라 [상대에게 제공권을 빼앗기지 않는 것]이야."

그리고 리시아는 아군의 공군 쪽에 [1,000], 적군 쪽에 [500]이라고 적었다.

"와이번 기병의 숫자는 군의 총인원을 기준으로 보면 얼마 안 돼. 엘프리덴 왕국의 공군에 천 기, 아미도니아 공국에 오백 기 정도야. 이 경우, 정면으로 맞붙는다면 우리 공군이 이길 것 같지만, 상대는 수적으로 열세라는 걸 알기 때문에 적극적인 공세에 나서지 않고 철저하게 수비적으로 나올 테지. 그걸 억지로 공격하려고 한다면 공격 측에 더 큰 피해가 발생하게 돼. 와이번 기병 한 명을 육성하는 데에도 상당한 시간을 필요로 하는 만큼, 이 피해는 최대한 피하고 싶거든."

"아아, 어찌어찌 알겠어. 그러니까 야전에서 공군은 지상에서 육군 사이의 전투가 결판이 날 때까지 상공을 수비하는 역할이란 거구나."

"그렇지. ……뭐, 공군의 전투력이 다른 나라보다 월등히 앞선다면야, 공군의 전투만으로 결판을 낼 수 있는 경우도 있겠지만."

리시아는 칠판의 지도에서 대륙 서쪽에 있는 대국 [그란 케이오스 제국]과 중앙에 우뚝 선 [성룡 산맥], 그리고 그 북방에 있는 [노툰 용기사 왕국]을 가리켰다.

"[그란 케이오스 제국]은 와이번이 아니라 그리폰이라는 짐승으로 공군 부대가 편성되어 있어."

"그리폰이라면…… 머리가 매인, 날개가 있는 사자 같은 녀석이었던가?"

"맞아. 비행 지속거리에서는 와이번보다 뒤처지지만, 공중에서도 민첩하게 움직이고 격투전에서는 와이번을 압도해. 게다가 제국은 와이번의 보유 수도 많으니까 성가시지."

이야기를 듣자 하니 와이번은 폭격기, 그리폰은 전투기라는 느낌인 듯했다. 어느 쪽이든 용도에 따라서는 일장일단이 있지만, 특히나 전투 상황에서는 민첩한 전투기 쪽이 강하다는 거겠지. 그런 식으로 납득하자니 리시아는 이야기를 계속했다.

"그리고 [성룡 산맥]이나 [노툰 용기사 왕국]에는 [드래곤]이 있어."

"그러고 보니…… 침전지에서 드래곤의 뼈가 발굴되었을 때도 들었네."

드래곤은 와이번과는 비교가 되지 않을 정도의 마력을 지녔고 지능도 높아서, 사람의 말을 이해하는 데다가 인간의 모습으로 변신할 수도 있다나. 인류라는 범주에서는 벗어나 있지만 인류 측과는 상호 영토 불가침의 동맹을 맺고서 이 대륙 중앙에 있는 [성룡 산맥]에 확고한 나라를 구축하고 있었다. 겉모습도 와이번은 앞발이 날개로 되어 있어서 익룡 같은 느낌이라면, 드래곤은 날개도 있고 앞발 뒷발도 있어서 보다 더 지구의 서양식 드래곤에 가까운 형태였다.

"성룡 산맥 북쪽에 있는 [노툰 용기사 왕국]에는, 성룡 산맥의 드래곤과 계약을 맺은 용기사도 존재해. 용기사들은 드래곤을 반려로 맞이해서, 자손 번영에 협력하는 대신에 전장에서 힘을 빌린다나 봐. 즉, 드래곤과 혼인을 한다는 거지."

"흐음…… 와이번 기병의 상위호환이라고 생각하면 되나?"

"비슷하기는 하지만 강함은 차원이 달라. 부부가 된 드래곤과 기사는 그야말로 인룡일체. 육군이라면 천 명으로는 상대도 안 돼. 그리폰 부대를 앞세운 최전성기 제국의 침공마저 퇴치했다나 봐."

"그건…… 확실히 최강의 공군 전력이겠네."

부부 이인삼각…… 아니, 일인일용오각으로 일기당천이라는 건가.

참고로 공군대장 카스토르 같은 드래고뉴트는, 그런 기사와 드래곤 사이에서 태어난 종족이라고 한다. 드래곤과 기사 사이에는 드래곤, 기사의 종족, 드래고뉴트 셋 중 하나가 태어난다는데, 구별해서 낳을 수는 없고 완전히 랜덤이라는 모양이다. 반대로 드래고뉴트에게서는 용은 태어나지 않고 설령 이종족과 결혼한대도 반반의 확률로 드래고뉴트가 태어나기에, 종족으로서는 나름의 숫자가 존재한다는 듯했다.

"아니, 어라, 왜 화제가 이렇게 됐지?"

"와이번 기병은 전투의 결정타가 되기는 힘들다는 이야기부터잖아."

리시아가 어이없다는 듯 말했다. 아아, 그랬지 그랬어. 그러자 이번에는, 리시아는 칠판에 성 그림을 그렸다.

"그 경향은 [공성전]일 때에 더욱 현저히 나타나. 얼핏 보면 공군은 성벽을 뛰어넘어서 배후의 도시나 성을 직접 공격할 수 있을 것 같겠지만, 그건 사실상 불가능해."

"어째서지?"

"성벽에는 공군 킬러라고도 할 수 있는 [대공 연노포(連弩砲)]가 설치되어 있으니까."

리시아의 이야기에 따르면 이 세계에는 와이번 기병이 탄생한 것과 거의 동시에 대책에 대한 연구가 진행되었다는 모양이다. 하늘을 나는 와이번 기병들이 제멋대로 성벽을 뛰어넘게 놔두어서는 국가의 안전에 문제가 생기기 때문이었다.

그런 와이번 기병에 대한 대책으로 개발된 것이 [대공 연노포]였다.

거대한 사각형 상자 안에 벌집처럼 작은 공간이 있고, 그 안에는 마치 말뚝처럼 커다란 화살이 하나하나 수납되어 있다. 화살은 부여마법으로 비거리를 늘리고 상공을 움직이는 존재를 추격하는 사양이며, 이 [대공 연노포]는 그런 화살을 한 번에 수십 개나 발사할 수 있는 것이었다.

혹시 와이번 기병이 섣불리 성벽에 다가가기라도 한다면, [대공 연노포]에서 발사된 화살이 마치 유도미사일처럼 덮쳐들겠지.

"그러니까 도시를 공습하기 위해서는 우선 지상에서 성벽을 공격해서 대공 연노포를 파괴할 필요가 있어. 그때까지 공군의 역할은 성을 공격하는 육군의 상공을 엄호하는 일 정도야."

"과연…… 공성전에서는 일종의 가위바위보 같은 상태라는 거네."

육군은 공군에게 약하고, 공군은 대공 연노포에게 약하고, 대공 연노포는 육군에게 약하다.

그런 강약 관계이기에, 리시아는 처음에 '중요한 건 지상과 하늘의 연계야.' 라고 했나. 그러니까…….

"해군은 제쳐 놓고, 육군과 공군을 장악하지 못한 현 상황에서는 혹시나 아미도니아 공국이 침공한다고 해도 대처할 수 없다는 말인가."

"…………."

엘프리덴 왕국군의 총 병력은 대략 10만이라고 한다.

자세한 내역은, 국왕 직속군인 금군이 4만 남짓,

게오르그 카마인이 이끄는 육군이 4만,

엑셀 월터가 이끄는 해군이 1만,

카스토르 바르가스가 이끄는 공군이 1천, 그런 구성이었다.

우선 국왕인 내 직속군인 금군 말인데, 실제로 움직일 수 있는 건 그중에 1만 정도겠지. 금군은 공식적으로는 4만 남짓이라고 하지만, 그 숫자에는 용병 국가 제므에서 파견된 용병, 육해공군에 소속되지 않은 귀족이 거느린 사병이 포함되어 있었다.

이 중에 용병 국가 제므와의 계약은, 경비 절약과 함께 마키아벨리가 지적했듯이 "용병은 신용할 수 없다."는 이유를 바탕으로 이미 단절했다. 또한 아미도니아 공국이 상대라면 모를까, 나와 삼공의 대립에는 많은 귀족들이 우선은 상황을 살피려는 태도였다. 혹시 삼공 측과 개전하는 상황에 이르러도 그들의 사병은 병력으로 취급할 수 없겠지.

따라서 투입할 수 있는 병력은 근위기사단과 직속군을 합친 1만 정도라는 의미였다.

직속군의 내역은 대부분 보병(근위기사단 800명은 중장기병)인데, 최근의 인프라 정비에 투입하며 모두 공병 스킬을 획득했다. 또한 직속군에는 카에데 같은 토(土) 속성 마도사 부대

500명도 포함되어 있었다.

다음으로 삼공 측인데, 대충 설명하면 아래와 같았다.

우선 해군 1만 말인데, 그들 대부분은 전함, 순양함, 구축함, 어뢰정 등의 승조원이었다. 상륙전을 치를 수 있는 해병대는 2,000명 정도밖에 없었다. 그러니 설령 싸우게 되더라도 육상에서 싸울 때에는 그다지 위협이 되지 않겠지.

다만 대장인 엑셀 월터는 주의가 필요했다.

지용을 겸비하고 정치에도 정통한 여걸로서, 왕국 전역을 덮친 식량난도 독자적인 기지로 헤쳐 나왔다고 들었다. 적으로 돌린다면 전장 바깥쪽에서도 기발한 책략을 발휘하거나 허점을 파고들겠지. 개인적으로는 삼공 중에서 가장 적으로 돌리고 싶지 않은 상대였다.

그런 해군과는 반대로 대장은 다루기 쉽고 병사가 성가신 것이 공군 1천이었다.

병사는 기본적으로 [와이번 한 마리+기사 한 명]의 조합으로, 그런 와이번 기병이 천 기 정도 있다. 와이번 기병의 강함은 조금 전에 리시아가 설명한 그대로였다. 와이번이 전령용으로 몇 마리밖에 없는 금군으로서는 그들과 제대로 맞붙기는 어려웠다.

공군대장인 카스토르 바르가스는 드래고뉴트로, 과장 없이 일기당천의 무인이라나. 드래고뉴트이기에 와이번을 타지 않고도 자신의 날개로 날 수 있고, 열혈이고, 잔재주 부리는 걸 싫어하는 직설적인 성격이었다. 그의 행동은 쉽게 예측할 수 있지만 이해관계보다 신념을 우선시하는 경향이 있는 터라, 이해관계를 바탕으로 설득…… 같은 방식이 가장 통하지 않는 상대이기도 했다.

그리고…… 남은 육군 4만 말인데, 이건 장군과 병사 모두 성가셨다.

단순히 숫자가 많다는 것도 물론이거니와 병사 하나하나의 장비도, 질도 금군 직속군의 업그레이드 버전이라는 느낌이었다. 보병, 기병에 더하여 공성병기 부대도 있고 소속된 화(火) 속성 마도사의 화력도 차원이 달라서 그야말로 전쟁의 주역이라고 해도 될 군단이었다.

그런 군단을 이끄는 대장 게오르그 카마인 역시도 역전의 맹장이었다.

카스토르에 뒤지지 않는 무용을 지녔으면서도 그것에만 의지하지 않고 경험이 뒷받침된 냉정한 판단을 내릴 수 있는 희대의 무인이었다. 솔직히 월터 공과 마찬가지로 적으로 돌리고 싶지 않은 상대지만…… 상대는 이미 물러날 생각은 없는 듯했다. 내게 부정을 추궁당한 귀족들을 영내에 은닉하여 대결 자세를 선명히 드러냈다.

할의 부친, 그레이브 마그나의 이야기에 따르면 이런 카마인 공의 태도에 의문을 느끼고 이탈하는 육군 군벌 귀족이나 기사도 많다는 모양이지만, 그만큼 받아들인 부패 귀족들의 사병과 그들이 고용한 제므의 용병 부대가 가담했기에 병력수의 변화는 없었다. 육군 4만 대 금군 1만. 싸우면 병력 차이는 실로 네 배였다.

"병력 차이 네 배…… 손자에 이르길, 도망치든지 싸움을 피해야 할 숫자네."

"손자?"

"내가 있던 세계에 존재했던 병법가야."

손자란 중국 춘추시대의 오(吳)왕을 섬겼던 손무(저서 [손자]), 혹은 그의 자손으로 전국시대의 제나라 위왕을 섬긴 손빈(저서 [손빈병법])을 가리킨다. 둘 다 뛰어난 전략가로서 [손자]도 [손빈병법]도 뛰어난 병법서였다.

그리 설명하자 리시아는 의아하다는 표정을 지었다.

"소마는 학생이었지? 병법서 같은 걸 읽었어?"

"역사를 좋아했으니까. 그쪽 관련이라."

특히 [사기]나 [삼국지], 일본의 전국시대 같은 난세의 책을 읽는 걸 좋아했다. 그와 관련되어 [사기]의 등장인물인 두 손자의 [손자]와 [손빈병법]을 읽은 것이었다. 읽어보니 이 책들이 또 재미있었다. 마키아벨리와 마찬가지로 난세를 산 두 사람은, 자신들의 저서 안에서 "인간이란 이런 것이다."라고 결론을 내리고 사라지지 않을 전쟁에 어찌 대처해야 할지 설명했다.

두 사람은 전쟁으로 이름을 떨쳤지만, 그렇다고 호전적인 인물은 아니었다. 둘 다 안이하게 전쟁 행위에 나서서는 안 된다고 이야기했다. 손무는 "싸우지 않고서 이기는 것이 최선이다."(손자, 모공편)이라 말하였고, 손빈은 위왕과 마주하여 "병사(전쟁)는 즐기고자 하면 아니 된다."([손빈병법, '위왕문'])라고 하였다.

그러나 난세에는 그런 그럴싸한 소리만 하고 있을 수는 없었다.

막지 않으면, 공격하지 않으면 결과적으로 많은 목숨을 앗아가고 만다.

그 사실을 두 손자도 알고 있었다. 손빈은 "전설의 명군도 도덕으로 모든 것을 해결하고자 하였으나 그럴 수 없었다. 그러니 전쟁으로 악왕을 정벌할 수밖에 없었던 것이다."라고 했다. 이상은 이상으로 두고 현실적으로 사용해야 하는 수단을 취해야만 한다.

"하고 싶지 않은 일이라도 해야만 해. 지금은 내가 왕이니까."

"?! 소마⋯⋯."

리시아가 무언가 말하려고 한 그때, 누군가 방문을 노크했다. "들어와."라고 말하자 의붓동생 토모에가 문 뒤에서 얼굴을 불쑥 내밀었다.

"소마 오라버니. 하쿠야 님이 부르세요."

토모에는 재상 하쿠야의 부탁으로 나를 부르러 온 모양이었다.

"하쿠야? 알았어. 그럼 리시아, 뒷내용은 다음에 가르쳐 줘."

나는 리시아에게 그리 부탁하고는 하쿠야에게 가고자 방을 나섰다.

"저기⋯⋯ 무슨 일이세요? 언니."

소마가 떠난 문을 내가 멍하니 바라보고 있자 의붓동생 토모에가 걱정스레 그리 물었다. 안 되지, 안 돼. 이런 어린 아이에게 걱정을 끼치다니……

"조금…… 신경 쓰이는 일이 있어서……."

"신경 쓰이는 일이라고요?"

토모에는 고개를 갸웃거렸다. 그 동작이 사랑스러워서 조금 기분이 풀렸다.

"……소마가 있지, [지금은 내가 왕이니까]라고 그랬거든."

"소마 오라버니는 이 나라의 국왕이시죠?"

"그렇기는 한데, 말이지……."

하지만 이제까지의 소마였다면 절대로 그런 말은 하지 않았을 거라 생각했다.

최근까지는 '왕위는 일시적으로 맡았을 뿐.', '이 나라를 바로 세우고 나면 왕위는 리시아에게 돌려주겠다.'고 그랬는데. 역시 신호의 숲에서 구조 활동을 하면서, 소마 안에서 무언가 심경의 변화가 일어난 걸까. 물론 나는 소마가 왕위를 맡아 주었으면 하니, 왕으로서 자각이 생긴 거라면 그건 좋은 일일 텐데…….

'하지만, 뭘까…… 어쩐지 가슴이 술렁거려…….'

이 느낌을 제대로 형용할 수가 없었다. 가슴 속에서 어떤 예감이 슥 기어 올라왔다.

소마가 더는 소마가 아니게 되어 가는 듯한, 그런 예감.

"언니? 소마 오라버니가 이상하다는 말씀이세요?"

토모에가 또다시 걱정스러워하는 표정으로 이쪽을 보고 있었다.

또 가라앉은 표정을 짓고 만 모양이었다. 나는 토모에의 머리를 쓰다듬었다.

"괜찮아. 소마는 혼자가 아냐. 모두가 함께 있으니까."

"예, 그래요!"

토모에는 의욕이 가득한 느낌으로 늑대 꼬리를 붕붕 흔들고 있었다.

……그러네. 앞으로 어떤 미래가 기다릴지라도,

————나는 마지막까지 네 곁에서 걸을게. 소마.

♟ 제2장 ✦ 두 나라의 군상

─────대륙력 1546년 9월의 어느 날, 공국 수도 [반]

아미도니아 공국의 수도 [반]은 높은 성벽으로 둘러싸였고 너무 요란하게 치장한 건물도 없는 이 나라의 수도였다. 좋게 말하면 실질강건, 나쁘게 말하면 발전이 없이 단조로운 거리가 펼쳐져 있었다. 이 도시의 거친 풍경은 주민들의 성격과도 무척 닮았다.

전전대 엘프리덴 국왕 시절, 왕국과의 전쟁으로 영토를 잃은 이 나라는 그에 대한 복수를 국시(國是)로 삼고 있었다. 가장 우선시되는 것은 무인으로서의 기풍으로, 남성은 엄격하고 여성은 그런 남자들에게 순종적이며 정숙할 것이 요구되었다. 그렇기에 거리에서는 웃음을 터뜨리는 남자의 모습은 없고 치장한 여성의 모습도 없었다.

그렇듯 반은 '조용한 도시'이지만, 최근에 묘하게 들뜬 분위기가 흐르기 시작했다. 발단은 이웃나라이자 적국인 엘프리덴 왕국에서 갑작스러운 국왕 교대극이 벌어진 것이었다.

대륙력 1546년, 엘프리덴 국왕 알베르토, 퇴위.

선대 국왕 알베르토는 평범한 인물이었지만 온후한 인품으로 신하나 국민들로부터도 경애받았다. 다만 온후한 탓에 신하 가운데 숨어 있는 간신의 부정부패를 바로잡는다든지, 그런 과감한 정책을 진행하지는 못하였고, 또한 그 밖에도 다양한 요인이 겹쳐서 왕국은 천천히 쇠퇴하고 있었다.

　그런 알베르토가 돌연, 이세계에서 소환되었다는 용사에게 왕위를 양도한 것이었다.

　그 용사의 이름은 소마 카즈야라는 모양이었다.

　알베르토는 이 소마에게 왕위를 넘겨줌과 동시에 딸인 리시아 공주를 소마의 약혼자로 만들어 그의 권위를 보증했다. 왕위를 넘겨받은 소마는 대관식을 치르지 않았기에 정식으로 왕이 된 것은 아니지만 실질적인 왕으로서 국정 개혁에 나섰다.

　갑작스러운 왕의 교대극에 처음에는 찬탈을 의심하는 목소리도 있었던 모양이다. 그러나 소마는 리시아 공주의 지원과 함께 신하의 부정부패를 바로잡고, 인재를 모으고, 식량난을 경감시키고, 국내의 교통망을 정비하여 수송력을 향상하는 정책을 착실하게 진행해 그 결과 국민의 지지를 모았다. 용사로서는 너무도 수수하지만 국왕으로서는 상당히 우수. 그것이 백성들의 평가였다.

　그런 소마의 치세도 모든 것이 순풍에 돛 단 듯이 흘러가지는 않았다.

　우선 엘프리덴 왕국의 육해공군(이들 이외에 국왕 직속의 부대로 금군이 존재한다)을 각각 이끄는 삼공이 아직 소마의 군문으로 들어가지 않았다.

사자 수인족인 육군대장 게오르그 카마인.

교룡족인 해군대장 엑셀 월터.

드래고뉴트인 공군대장 카스토르 바르가스.

이들 세 명은 왕위 교대극 이후, 자신들이 이끄는 군을 품은 채로 자신의 영지에 틀어박혔다. 다른 나라의 일이다 보니 각자의 생각까지는 전해지지 않았지만, 소마와의 관계가 삐걱대고 있다는 것은 확실한 듯했다. 특히 육군대장인 게오르그 카마인은 영지에 군을 모으는 등 소마와의 대결 자세를 선명히 드러내고 있다는 소문이 돌았다.

또한 소마에게 부정부패를 추궁당한 귀족들이 반발하기 시작했다.

그 정도가 무거운 자는 신분을 박탈당하고 영지나 재산을 몰수당한다. 더욱 무거워지면 투옥당하고 처벌받고 만다. 이를 거부한 부패 귀족들은 재산을 가지고 국외로 도망치려 했으나 이미 국경선은 봉쇄되어, 어쩔 수 없이 소마에게 반항의 자세를 드러내는 게오르그 카마인이 있는 곳으로 집결하는 모양이었다.

이렇듯 소마와 삼공 사이의 대립이 표면에 떠올랐다는 사실이, 아미도니아 공국 사람들을 둘러싼 분위기를 들뜨게 만드는 원인이었다. 반항적인 태도를 무너뜨리지 않는 삼공을 상대로 마침내 소마 왕이 토벌 병력을 일으킨다는 소문이 그럴싸하게 돌고 있었다. 왕국에서 왕과 신하가 대립한다. 그것은 아미도 니아 공국의 입장에서는 그야말로 군침이 흐르는 상황임에 틀림없었다. 국시인 [영토 탈환]과 [왕국에 대한 복수]를 달성할 다시없을 호기로 여겨졌다.

그러니 군인만이 아니라 민초에 이르기까지,

"지금이야말로 왕국으로 쳐들어가야 한다!"

그런 의견이 넘쳐흘렀다. 이 나라는 군사 제일주의로, 공국 민의 생활은 뒷전으로 밀려났다. 자금은 군에 우선적으로 돌아가서 공국민은 풍요로워지지 않는다. 당연히 불만도 나올 터이나, 공국민들은 철저하게 [자신들의 생활고는 전부 영토를 빼앗은 왕국 탓]이라고 배웠다. 분노는 위정자나 군인을 향하지 않고 왕국으로 향했다.

아무리 악정을 펼쳐도 잘못은 왕국에 있다…… 위정자에게 이만큼 최고의 상황은 달리 없으리라.

또한 [왕국 때문에 자신들의 생활이 고통스럽다]라는 생각은 [왕국을 쓰러뜨리면 자신들의 삶이 나아지지 않을까]라는 생각으로 이어진다. 그렇기에 이런 절호의 기회에 왕국 침공의 기운은 높아지는 것이었다.

그 기운을 받아, 반의 거리에서는 위세 등등한 말이 오가고 있었다.

"드디어 왕국과 싸울 수 있는 때가 왔구나!"

"그렇지! 이제까지 고통을 참으며 기다리던 시기가 끝나는 거야!"

"용맹한 가이우스 님이 그깟 애송이 따위에게 질 리가 없지!"

"전쟁인가……."

흥분한 사람들이 있는 한편, 전쟁이 다가오는 분위기에 불안을 느끼는 자도 있었다. 자신이나 집이나 가족이 말려드는 건 아닐까, 그런 불안. 하지만 지금 이 나라는 그런 생각을 입에 담을 수 있는 분위기가 아니었다. 불안을 억누르고 흐름에 몸을 맡길 수밖에 없었다.

"…………."

그런 사람들의 모습을 골목 뒤쪽에서 지켜보는 이가 있었다.

후드가 달린 흙빛 로브를 머리부터 푹 뒤집어써서 표정은 알 수 없었다. 그러나 체구는 가늘고 키는 160센티미터도 되지 않을 정도였다. 그 인물은 마을 사람들의 모습에 한숨을 내쉬고는 터덜터덜 걸어갔다.

그 인물이 향한 곳은 어느 가게. 쇼윈도의 상품을 보아하니 남성용 복식을 취급하는 모양이었다.

간판에는 [은사슴의 가게]라고 붙어 있었다.

그 인물이 가게 안으로 들어가서 후드를 벗은 순간, 목덜미 부근에서 둘로 묶어 늘어뜨린 형태의 트윈테일이 나타났다. 후드에 가려져 있던 것은 사랑스러운 소녀의 얼굴이었다.

그러자 가게 안쪽에서 바텐더 같은 옷을 입은, 잿빛 머리카락의 중년 남성이 나타났다. 신사풍 분위기가 감도는 남성은 소녀의 모습을 보고 "다녀오셨습니까."라며 인사했다.

"어떠셨습니까? 로로아 님. 거리의 상황은?"

"어쩌고 자시고도 없어, 세바스찬. ……최악이데이."

이 가게의 주인 세바스찬에게 상인 슬랭(사이비 사투리)으로 이야기하는 이 소녀는, 아미도니아 공국 제1공녀 로로아 아미도니아였다.

"정말로 다들 앞으로 벌어질 전쟁을 기대하고 있데이. 소마라카는 그 왕을, 신하도 제대로 통솔하지 못하는 애송이로 보는 거겠지. 아버님이 패배한다고는 생각도 안 한다."

"가이우스 님은 강인하시니까요."

"그냥 뻣뻣한 것뿐이라. 강하다고 케봐야 일개 무인에 불과한 기다."

친아버지에 대한 이야기인데도 로로아는 단호하게 말했다. 경제적인 센스가 뛰어나서 자신이 벌어들인 자금으로 나라를 다시 세우고자 하는 로로아와, 군사제일주의로 자금을 군비에 퍼부을 뿐인 가이우스는 사고방식에 큰 괴리가 있다.

부녀 사이에 골이 있는 것은 슬픈 일이지만 그것을 그저 슬피 한탄하고 있을 수만은 없는 것이, 이 나라 공녀인 로로아의 입장이었다.

위에 서 버린 이상, 여차할 때를 대비해서 행동을 벌여야만 했다.

그런 로로아를 염려했는지 세바스찬은 가벼운 태도로 말했다.

"그렇다면 로로아 님은 소마라는 녀석을 어떻게 보십니까?"

"영 모르것다. 들리는 거라고는 지 활약은 없고 온통 부하들의 활약뿐이다 아이가. 바로 그라이까 진짜 저력을 알 수가 없네. 신하의 의견에는 귀를 기울일 줄 아는 왕이라 카는 모양이지만."

그리 말하더니 로로아는 허리에 손을 대고 신음했다.

"그라이 저력을 모르는 걸 상대로 전쟁을 벌이는 건 위험하데이. 아무리 국왕과 삼공의 사이가 삐걱댄다고 해도 말이지. 우리는 국토도, 국력도, 인구도 왕국한테는 진다고. 당연히 동원할 수 있는 병력도 말이다. 광물 자원은 많으니까 장비의 품질은 좋다 케도…… 그거뿐이다."

네거티브한 소리를 하는 로로아에게 세바스찬이 물었다.

"……로로아 님께선 이 나라가 질 거라고 생각하시는 건지요?"

"그라이까, 모르겠다고. 내는 전쟁엔 문외한이데이. 그래도 그런 내라도 알 수 있는 건, 지면 완전히 배리 뿐다는 기다. 성가신 건 왕국만이 아이거든. 북쪽에는 귀찮은 종교 국가 [루나리아 정교황국]이 있고, 남쪽에는 틈만 나면 북상하려고 드는 [톨기스 공화국]이 있제. 서쪽의 [용병 국가 제므]랑은 동맹 관계지만, 우리가 열세일 때도 협력해 줄지는 모르는 기고."

루나리아 정교황국은, 이 대륙에서는 [모룡(母龍) 신앙]과 인기를 양분하고 있는 대종교 [루나리아 정교]의 총본산이었다. 나라의 수장은 루나리아 정교의 교황이라 통치에도 종교적인 권위가 이용되어 다른 나라들과는 가치관이 크게 다르다. 아미도니아 공국에도 루나리아 정교도는 많기에, 그들이 선동당하기라도 한다면 나라가 기울어버릴 법한 사태가 벌어지리라.

남쪽의 톨기스 공화국은 극한의 나라이기에, 기나긴 겨울에는 육지는 눈으로 바다는 얼음으로 봉쇄된다. 그렇기에 얼지 않는 토지, 얼지 않는 항구를 원하여 호시탐탐 북상의 기회를 엿보는 중이다.

용병 국가 제므는 영세중립국을 표방하며, 자국의 용병을 각국에 파견하여 상호안보보장을 맺는 독특한 나라였다. 공국에도 용병을 파견한 상태지만…… 용병은 이익에 따라서 움직이는 존재. 한번 열세로 기운다면 과연 어디까지 진심으로 싸워줄까.

혹시 만에 하나, 왕국에 대패하기라도 한다면 이들 삼국은 어떻게 움직일 것인가.

로로아가 걱정하는 것은 그 부분이었다.

"지금 이 나라의 분위기는 최악이데이. 아무도 졌을 때는 생각 안 한다 아이가. 최악의 경우에는 주변 3개국이 동시에 쳐들어오는, 그런 터무니없는 일이 벌어질지도 모르는데 말이지."

로로아는 한숨을 섞어 그리 말했다. 그리고,

"그라이까 내는 내가 생각하는 대로 움직일끼다. 설령 아버님이나 오라버님과 연을 끊게 된다고 해도, 혹시라도 만약의 사태가 벌어질 때를 대비해가……."

그리 말하며 세바스찬을 향해 싱긋 웃어 보였다.

"그라이까 세바스찬. 협력해도."

"……어쩔 수 없군요.

세바스찬은 하는 수 없구나, 그런 느낌으로 어깨를 으쓱였다. 그런 태도를 보이면서도 마음속으로는 이 소녀와 운명을 같이

하겠다는 각오를 다지고 있었다. 로로아는 언동에서 아직 어린 면이 드러날 때도 있지만, 어쩐지 사람을 끌어당기는 매력을 지니고 있었다.

'참으로, 여자로 태어나셨다는 사실이 애석할 따름이로군 요…….'

혹시 로로아가 왕위에 올랐다면 이 나라는 지금보다도 더욱 살기 좋은 나라가 되지는 않았을까. 세바스찬은 그런 생각을 버릴 수가 없었다.

그런 로로아는 어떠냐면, 이미 마음을 새로이 다잡은 모양이었다.

"자, 그라기로 하기는 했지만 아직 사람이 부족하네. 협력자가 조금 더 있었으면 좋겠다, 싶은 참이다."

"……누군가 눈여겨보신 분은 있으신지요?"

로로아의 말투에서 무언가를 헤아린 세바스찬이 그리 묻자 로로아는 장난스럽게 "우후후." 라며 웃었다.

며칠 뒤.

공도 반의 성에서는 아미도니아 공국 공왕 가이우스 8세가 알현실로 이 나라의 주된 장수들을 불러 모았다. 가이우스는 옥좌에서 일어서더니 모인 장수들에게 말했다.

"때는 왔다! 병사를 엘프리덴 왕국과의 남부 국경선으로 모아라!"

그것은 엘프리덴 왕국과의 개전 선언이었다. 가이우스에게는 국왕 소마 카즈야와 삼공 중 하나인 게오르그 카마인 사이의 골이 결정적인 수준에 이르러 두 사람이 격돌하는 것도 시간문제라는 보고가 들어온 상태였다. 조만간 왕국은 혼란에 빠질 터. 그 혼란을 틈타서 50년 전에 빼앗긴 영토를 되찾고자 하는 것이었다.

"게오르그가 반란을 일으키는 것과 동시에 엘프리덴 영내로 침공을 개시한다! 목표는 남서부의 곡창지대! 일찍이 빼앗긴 우리 선조의 영토를 되찾을 때는, 바로 지금이다!"

"""오오오!!"""

모인 장수들이 감탄의 함성을 내질렀다. 마침내 왕국에 설욕할 기회가 찾아왔다. 근본부터 무인인 장수들은 아무런 이의도 없이 자신들의 용솟음치는 피를 그대로 드러냈다. 그런 가운데,

"기다려 주십시오, 공왕 폐하!"

단 하나, 반대의 목소리를 내며 왕 앞으로 나와 무릎을 꿇은 사람이 있었다.

이 나라의 젊은 재무대신 개츠비 콜베르였다.

유례가 드문 경제 센스로, 아직 20대 중반의 젊은 나이이면서도 재무대신을 맡고 있는 영걸이었다. 로로아가 자금을 사용하고 회수한다는 사이클로 경제를 돌리는 것이 특기인 데 반해, 콜베르는 헛된 지출을 끊고 자금을 짜내는 것이 특기였다. 타입은 다르지만 이 두 사람이 연계를 취하여, 조일 때는 조이고 쓸 때는 쓰며 이 나라의 경제를 아슬아슬한 상태로 유지하고 있었다.

"콜베르인가."

가이우스는 콜베르에게 냉엄한 눈빛을 향했다. 명백하게 기분이 나쁘다는 태도. 역전의 장수들조차 노여움을 사는 것을 두려워하는 가이우스가 그런 눈빛으로 쳐다보니 일개 문관에 불과한 콜베르는 몸이 떨렸지만, 그럼에도 용기를 짜내어 진언했다.

"송구스럽사오나, 폐하! 엘프리덴 침공은 다시 생각해 주시옵소서! 현재 이 나라의 백성은 식량난과 불황에 신음하고 있습니다! 지금 전쟁을 벌인다면 백성들이 굶주릴 것이옵니다!"

"알고 있다. 그렇기에 곡창지대 탈환이 급선무일 터인데."

"전쟁에는 막대한 예산이 듭니다! 그만한 예산이 있다면 타국으로부터 식료품을 수입할 수도 있을 터! 이길지 질지도 모르는, 이긴다고 해도 들인 수고에 합당한 보답이 있을지 보증도 없는 전쟁을 하는 것보다, 지금은 힘을 비축해야 할 때……."

"닥쳐라!!"

"윽……."

가이우스는 콜베르에게 일갈하더니 그에게 걸어가서 걷어찼다. 가이우스는 바닥을 구르는 콜베르를 분노한 모습으로 내려다봤다.

"네놈들 내정관은 항상 똑같은 소리만 하지! 내정에 충실해라, 지금은 그럴 때가 아니다, 그 소리뿐이지 않느냐! 그러는 사이에, 봐라! 우리 나라는 눈에 띄게 피폐해졌다! 그와 맞바꾸어, 왕국은 어리석은 선대 국왕 시절에야 정체되었을지 몰라도, 새로운 왕이 즉위한 뒤로는 나날이 국력이 왕성해지는 중이다!"

"그, 그건…… 새 국왕 소마가 부국에 힘을 쓰기 때문에…….”

"아직도 할 말이 있는 게냐!"

다시 한번 콜베르를 걷어차는 가이우스. 입안이 찢어졌는지 콜베르의 입가에는 피가 흘렀다. 그러나 콜베르는 직언을 멈추지 않았다.

"폐하…… 아미도니아 공국군의 총 전력은 엘프리덴 왕국군의 절반 정도밖에 되지 않습니다. 너무도…… 너무도 무모한 계획입니다!"

"문관인 네놈 따위가 말하지 않아도 잘 알고 있다! 바로 그렇기에, 삼공과 왕이 대립하는 지금이 호기가 아니냐!"

"그것도 언제까지 계속될지 알 수 없지 않사옵니까!"

"후하하, 걱정할 것 없다. 다른 사람도 아니고 게오르그 카마인이 반란을 일으키는 게다. 애송이 왕 따위가 쉽사리 토벌할 수 있을 리가 없지. 내란은 길게 이어진다. 또한 게오르그가 승리한대도 마찬가지. 반역자가 위에 서봐야 나라는 제대로 굴러가지 않을 테니까 말이다!"

콜베르는 입술을 깨물었다.

'폐하께서 성급한 태도이신 이유가 그건가!'

삼공 중 하나이자 맹장으로 이름 높은 게오르그 카마인이 소마에게 반기를 들었다는 사실이 가이우스를 개전으로 움직이게 만드는 것이리라. 사실 이만한 기회가 훗날 또다시 돌아온다는 보증은 없었다. 가이우스도 이미 쉰이니 결코 젊지는 않았다. 자신이 선두에 서서 지휘할 수 있는 이 절호의 기회를 놓치고 싶지 않은 것이었다.

'하오나…… 그건 너무도 무른 생각입니다!'

"들어주십시오, 폐하! 엘프리덴으로 침공한다면 우리 나라는 다른 여러 국가들로부터의 비난에 직면하게 됩니다! 저희는 제국의 [대마족 인류 공투 선언]에 서명하지 않았습니까!"

"……[인류 선언]인가."

이제 와서야 처음으로 가이우스의 표정이 일그러졌다.

[그란 케이오스 제국]이 주도하는 [대마족 인류 공투 선언(통칭 [인류 선언])]이란, 대륙에서 최대 판도와 최강 전력을 자랑하는 제국이, 마왕령의 확대에 따라 인류 사이의 분쟁을 멈추고 마물 및 마족이 이 이상 남하하는 것을 저지하기 위해 인류가 하나 되어 함께 협력하자는 선언 및 국제 조약의 이름이었다.

그 [대마족 인류 공투 선언]의 주요 골자는 이하의 3개 조항이었다.

하나, 인류 사이의 분쟁으로 인한, 무력에 따른 국경선의 변경을 인정치 않는다.

둘, 각국 내 여러 민족의 평등한 권리와 자결권을 존중한다.

셋, 마왕령에서 먼 곳의 나라는 방파제가 되는 마왕령 근접국을 지원한다.

두 번째는 국내의 주요 민족 이외의 민족을 보호하기 위한 조항이었다.

무력에 따른 국경선의 변경이 인정되지 않는다면, 국내의 소수민족을 몰아내거나 탄압하거나 하여 그들의 이익을 빼앗으려 생각하는 나라가 나올지도 모른다. 때문에 그런 걱정을 바탕으로 포함시킨 것이었다. 또한 명문화되지는 않았으나, 이 3개 조항을 위반하는 나라가 있다면 맹주인 제국이 무력개입을 하게 된다. 말하자면 이 [인류 선언]은 타국 침략을 포기하는 대신에 제국의 보호를 얻는 안전보장조약이었다.

"저희가 엘프리덴으로 침공한다면 제국의 개입을 초래하게 될 것이옵니다! 폐하, 부디 다시금 생각해 주시기를!"

"네놈…….."

가이우스는 허리춤에 찬 칼자루에 손을 얹었다. 벤다, 그 자리에 있던 모두가 그리 생각했을 때, 가이우스와 콜베르 사이로 슥 들어오는 이가 있었다.

"콜베르 경, 그럴 걱정은 없겠지."

둘 사이로 들어온 것은 공태자인 율리우스 아미도니아였다.

감정을 내비치지 않는 차가운 눈동자가 콜베르를 향했다.

"왜냐면 엘프리덴은 [인류 선언]에 서명하지 않았으니까 말이야."

"율리우스……. 님. 그건 궤변입니다! 저희는 [인류 선언]을 지키면서 비준하지 않은 나라를 공격한다. 그런 짓을 한다면 제국의 체면에 먹칠을 하고 맙니다!"

"하지만 외교란 나눈 조약만이 중시되는 것. 모든 것은 마족을 상대로 함께 싸우자는 제국의 숭고한 뜻에 찬동하지 않았던 엘프리덴의 어리석음이 초래한 일. 우리에게는 아무런 과오도 없다."

"하오나……."

"이제 됐다!"

가이우스는 칼자루에서 손을 떼고는 늘어선 장수들을 향해 말했다.

"현시점을 기해 콜베르를 재무대신에서 해임한다."

"폐하!"

"콜베르. 네놈에게는 한동안 근신을 명한다. 저 밖에서 지켜보거라. 우리가 선조의 땅을 되찾는 모습을, 말이다."

그리 말하고 가이우스는 그 후로 콜베르에게 눈길 한번 주지 않고서 장수들을 이끌고 알현실을 나섰다. 콜베르는 잠시 입술을 깨물었지만, 카펫에 주먹을 내려치고는 일어서서 남아 있던 율리우스에게 다가갔다.

"율리우스! 정말로…… 길은 이것밖에 없는 건가?!"

가이우스 앞에 있을 때와는 달리 콜베르는 스스럼없는 말투로 말했다. 나이가 거의 같기도 해서, 공태자와 신하라는 입장이면서도 율리우스와 콜베르는 친구라 부르는 사이였다. 율리우스는 콜베르에게 냉담한 말투로 대답했다.

"천재일우의 기회라는 건 확실해. 게오르그 카마인 이외에도, 왕국에는 우리와 내통 중인 귀족도 많아. 그들과 연계한다면 남부의 영지 정도는 빼앗을 수 있겠지."

"하지만 패배한다면 나라의 명맥이 끊어질 거라고."

"그러나 반대로 이 기회를 놓치면 두 번 다시 영토를 되찾지 못할 수도 있어. 네 말대로 왕국의 새 국왕이라는 녀석이 부국을 만들고자 노력 중이라면, 이번 기회를 놓쳐서야 차이가 벌어지고 만다는 이야기잖아?"

율리우스는 가이우스보다는 냉정하게 상황을 보고 있었다. 그럼에도 선택은 다르지 않았다.

"잃어버린 영토 탈환과 왕국에 대한 복수는 아미도니아 공왕가의 비원이야. 공왕가만이 아니라 장병이나 민초에 이르기까지 그것을 바라고 있지."

"그건……."

나라가 다른 선택지를 제시하지 않았으니까! 콜베르는 그리 말하고 싶었지만…… 말할 수 없었다. 그것을 입에 담는 것은 가신으로서의 분수를 넘어서는 일이었다. 말을 잃고 고개를 숙인 콜베르의 어깨에 율리우스는 손을 툭 얹었다.

"지금은 얌전히 있어 줘, 콜베르. 네 능력은 높이 사고 있어. 언젠가 내가 이 나라를 이어받을 때를 위해서라도, 아버님의 노여움 따위로 너를 잃고 싶지 않아."

"율리우스……."

콜베르는 매달리는 듯한 시선을 보냈지만 율리우스가 그에 응하는 일은 없었다.

조금 뒤. 낙심한 콜베르가 터덜터덜 공성의 복도를 걷고 있자니 대리석 기둥 뒤쪽에서 사랑스러운 얼굴의 소녀가 불쑥 얼굴을 내밀었다.

"야호, 콜베르. 어째 기운이 없는 표정인데?"

"공주님?! 저기, 이건 그게……."

기둥 뒤에서 나온 것은 이 나라의 제1공녀 로로아 아미도니아였다.

콜베르는 로로아에게 낙담한 모습을 보이고 말았다는 사실에 당황했다.

어릴 적부터 경제관념이 제대로 박혀 있던 로로아는, 성장해 가며 국내의 큰 가게나 재무 관료들과 행동을 같이하게 되었다.

재무대신으로 일하는 콜베르에게 로로아는 경제를 이해하는 동포이자, 또한 어쩐지 손이 가는 여동생 같은 존재이기도 했다.

"얼굴을 보니…… 아버님께 충언해 준 모양이지?"

로로아는 콜베르의 얼굴에 생긴 파란 멍을 보고 면목 없다는 듯 말했다.

"어, 그게, 아니…… 이건 그러니까……."

"숨길 것 없다. 미안하네—, 우리 멍청이 아버지가. 정말이지…… 충언해 주는 가신을 멀리하다니, 그야말로 망국으로 가는 지름길 아이가. 정말로 뭔 생각인지."

다른 사람에게는 무서워서 꺼낼 수 없을 법한 이야기를 하며 귀엽게 화내는 로로아. 콜베르는 로로아가 자신을 위해 그런 표정을 지어 준 것만으로 충분하다고 생각했다.

"감사합니다, 공주님. 저는 괜찮으니까요."

"그런가? 자, 준비해."

"예……? 준비, 라고요?"

갑작스러운 이야기 전개에 따라가지 못하여 눈을 끔뻑이는 콜베르.

그 모습을 보고 로로아는 웃으며 손을 팔랑팔랑 흔들었다.

"아버님한테 짤려서 할 일도 없잖아? 그렇다면 내한테 협력해 줄 수 있지 않으려나. 이미 눈에 띄는 관료한테는 이야기를 해 뒀지만, 아직은 인원이 더 필요해가 말이다."

"어, 저기, 공주님? 대체 뭘 하시려는 겁니까?"

"그야 뻔하재. 같이 종적을 감추는 기다. 세바스찬한테는 준비를 시키뒀으니까, 일단 우리는 네르바에 있는 헤르만 할배한테라도 갈까."

"예? 예에에에에에에?!"

소맷자락을 붙잡고 척척 걸어가는 로로아와 붙잡혀서 끌려가는 콜베르.

며칠 뒤, 가이우스 8세와 율리우스가 공도 반에서 출진하는 것과 때를 같이하여 공성 안에서는 로로아 공주와 관료 몇 명이 종적을 감추는 사건이 발생했다. 큰 소동이 벌어져도 이상할 것 없는 사건이었지만 이 사실은 로로아의 수단으로 교묘하게 은폐되어, 가이우스도 율리우스도 눈치채지 못했다.

◇　◇　◇

──대륙력 1546년 9월 하순, 왕도 [파르남]

　엘프리덴 국왕의 거처, 파르남 성.

　성의 집무실에서 나는 폰초와 토모에로부터 보고를 받는 중이었다.

　우선은 폰초부터. 얼마 전까지의 직함은 식량 문제를 담당하는 대신이었지만, 문제가 해결된 현재는 공적도 고려하여 농림 대신으로 승격시켰다.

　농업, 임업, 병량 관리 외에 계단식 논의 정비 등 이 나라에 새로운 작물을 뿌리내리는 프로젝트에도 관여토록 했다. 참고로 수산업이 없는 이유는 나라가 관할하는 조업권 같은 것이 없기 때문이었다. 각지의 어부 길드 사이에 구역 같은 건 있는 모양이지만, 나라는 길드에서 세수를 거두고 그들의 권리를 보장할 뿐이었다.

　언젠가 그 부분의 시스템도 정비하고 싶지만, 그건 해군을 장악한 다음에 해야겠지. 어민의 권리를 나라로서 보호하기 위해서는 해양경찰청 같은 부서가 필요하다. 보호도 없이 의무만 밀어붙여 봐야 어민은 따르지 않는다.

　음, 이야기가 엇나갔네. 나는 폰초에게 물었다.

　"부탁했던 군량(병사의 병량과 기마 등의 사료) 건은 어떻게 됐어?"

"예. 어떻게든 준비할 수는 있었습니다만……."

준비할 수 있었다고 말하기는 했지만 폰초는 말끝을 흐렸다.

"무슨 일 있었나?"

"아뇨…… 정말로 이 수량이 맞는지 걱정이 되어서."

흘러내리는 땀을 닦으며 폰초는 그리 말했다.

"폐하께서 말씀하셨던 군량의 양은, 현재의 금군이라면 한 달이상은 여유롭게 유지할 수 있는 숫자라서…… 상당히 무리해서 모았기에 혹시 숫자 오기라고 그러신다면 막대한 손실이 되어 버릴 겁니다. 예."

아, 과연. 현재 움직일 수 있는 금군의 숫자를 바탕으로 보면 준비시킨 군량의 양이 지나치게 많아서 불안했던 건가. 지금은 1만 정도밖에 없으니까 말이지.

"문제없어. 이만한 양이 필요하거든. 오히려 이 대량의 군량이 이번 싸움의 승패를 가른다고 해도 될 거야."

"그, 그렇습니까? ……올해가 풍년이라 다행이네요. 작년까지였다면 절대로 이런 양을 준비할 수는 없었을 겁니다."

"음. 하지만 그건 모두 함께 노력한 성과야. 물론 폰초 덕분이기도 하고."

"과, 과분한 말씀이십니다, 예!"

갑작스러운 칭찬에 폰초는 황송해하며 뒤로 젖혀질 정도로 등줄기를 쫙 폈다. 나는 그런 폰초의 태도에 쓴웃음을 지으며 시선을 토모에 쪽으로 움직였다.

"토모에 쪽은 어땠어?"

"아, 예. 새로 라이노사우루스 씨 다섯 마리가 협력해 주겠다고 해요."

토모에에게는 그녀의 [동물이나 마물의 말을 알아듣는 재능]을 활용하여, 신호의 숲 구원에 사용했던 왕도마뱀 라이노사우루스들에게 '권유'를 부탁했다.

도로 공사 등에서 본 그들의 수송 능력은 실로 훌륭했다. 금군으로서도 보유 마릿수를 대폭으로 늘리고 싶었지만 생물인 라이노사우루스의 조련에는 상당한 시간이 걸리고 말 것이다. 그렇다고 해서 조련이 제대로 되지 않은 상태로 운용하다가 만에 하나 날뛰기라도 한다면, 그런 거구이니 상당한 피해가 발생하고 말겠지.

바로 그 부분이, 생물의 말을 알아들을 수 있다는 토모에가 활약할 차례였다.

토모에라면 자신의 능력으로 라이노사우루스 측의 요청을 들을 수가 있다. 뭐, 라이노사우루스는 별로 지능은 없는 (뇌의 크기가 달걀 사이즈라고 하는 스테고사우루스 수준?) 모양이니, 그들의 요청은 대개 '맛있는 밥.' 이나 '안심하고 번식할 수 있는 장소.' 라나. 그래서 국내에 라이노사우루스의 보호구역을 만들게 되었지만, 그걸로 조련 없이 고분고분하게 열차 수준의 장거리 고속 수송 수단을 확보할 수 있다면 값싼 대가겠지.

"여, 역시 토모에 경의 능력은 굉장하군요, 예."

"정말이야. 다른 나라의 손에 넘어가기 전에 보호할 수 있어서 다행이네."

"화, 황송합니다."

폰초와 둘이서 절절하게 그리 말하자 토모에는 부끄러운지 얼굴을 새빨갛게 물들이며 고개를 숙였다. 그러자 집무실 문이 열리고 리시아가 들어왔다.

"소마……."

어쩐지 무언가를 결심한 듯한 표정이었다. ……조금 걱정인데.

"……폰초, 토모에. 잠깐 자리를 비켜 주지 않겠어?"

"무, 물론입지요. 예."

"아, 알겠어요. 오라버니."

두 사람은 인사를 하고 집무실을 나가, 방에는 나와 리시아만 남겨졌다.

둘 다 잠시 말이 없었지만, 나는 의자에서 일어서서는 방 한구석에 있는 침대 쪽으로 이동했다. 그리고 침대에 앉아서는 리시아에게 옆으로 오라고 말했다.

리시아는 시키는 대로 옆에 앉았다. 자기 침대에 미소녀와 둘이 나란히 앉아 있다는 멋들어진 시추에이션인데도 답답한 분위기였다.

"……할 이야기가 있어서 왔잖아?"

그 침묵을 더는 견디지 못하고 나는 리시아에게 물었다. 그러자 리시아는 결의를 다진 듯 천천히 이야기를 시작했다.

"성 아래에서…… 소마가 마침내 삼공을 상대로 군을 움직인다는 소문이 퍼지고 있어."

"…………."

"특히 카마인 공과는 반드시 격돌하고 말 거래."

리시아는 고개를 이쪽으로 향했다. 그녀의 눈동자는 불안으로 흔들리고 있었다.

……무리도 아니었다. 리시아에게 나는 국왕이자 약혼자이고, 육군대장 게오르그 카마인은 육군 재적 당시에 그녀가 존경했던 상사였다. 우리가 맞붙는다는 건 리시아가 두 입장 사이에서 이러지도 저러지도 못하는 신세가 된다는 사실을 의미했다. 이리되는 것을 피하고자, 영지에 틀어박힌 게오르그에게 수도 없이 나와 만나 달라고 서간을 보냈다는 사실도 알고 있었다.

"정말…… 이제는 다른 방도가 없는 거야?"

흔들리는 눈동자로 그리 물었기에 나는 무언가 말해 주고 싶었지만…… 적당한 말을 찾지 못하고 그저 묵묵히 고개를 끄덕일 수밖에 없었다. 그런 내 반응에 리시아는,

"그래…… 그렇구나……."

그렇게만 말하고 앞을 보더니 힘없이 어깨를 떨어뜨렸다. 안타까웠다. 리시아가 슬퍼하리라는 걸 알면서도 이 길밖에 고를 수 없다는 사실이. 나도, 게오르그로서도 이미 돌이킬 수 없는 곳까지 와 버렸다. 그렇다면…… 적어도…….

"……리시아."

"……왜?"

"게오르그 카마인에 대해서 가르쳐 줬으면 해."

"?!"

리시아가 고개를 들어 이쪽을 봤다.

"……어째서, 지금 와서 그런 말을?"

"지금부터 싸울 상대의, 사람 됨됨이를 알아 두고 싶거든. 생각해 보면 나는 만난 적조차 없으니까 말이지."

"…………."

리시아는 조금 당황한 듯했지만 이윽고 조금씩 이야기를 시작했다.

"카마인 공…… 게오르그 카마인은 유례가 없을 정도의 무인이야. 늠름한 사자 수인으로, 개인의 전투력도 상당하면서 동시에 대군을 이끌 때 진가를 발휘한다고 해. 공성전도 농성전도 야전도 치를 수 있는 명장으로, 전전대 국왕 무렵에 최후미를 맡은 철수전에서는 패전임에도 적장의 수급을 취했다고 들었어."

"굉장하네……."

철수전은 동료의 손해를 최대한 막아 내기만 해도 대성공으로 평가되는데, 그 상황에서 적에게 더욱 타격을 주다니 그야말로 전국시대 명장의 에피소드 같았다. 철수하는 아버지, 노부토라의 군에서 몰래 빠져나와 기습으로 성을 함락시킨 젊은 시절의 타케다 신겐을 연상시켰다.

"굉장하지? 패잔병의 사기를 유지하는 통솔력에 더해 효율적으로 적을 요격할 장소를 찾아내는 통찰력도 뛰어나지 않고서는 불가능한 재주야."

리시아는 살짝 자랑스러워하는 태도로 그리 이야기했다. 정말로…… 존경하고 있구나.

"아버님의 치세가 되어 이 나라는 확장 노선을 변경했어. 본래라면 좋든 나쁘든 평범한 왕이었던 아버님이 다스리는 이 나라는, 인근 나라들에게는 좋은 먹잇감이 되었을 거야."

"신랄하네…… 자기 아버지 이야긴데."

"사실인걸. 하지만 그렇게 되진 않았어. 서쪽에 카마인 공이 버티고 있으니까 아미도니아 공국도 톨기스 공화국도 손을 댈 수 없었지. 그런 당대 유일의 무인이면서도 야심이라고는 일절 없이 아버님께 충성을 다했어. ……아니지. 아버님을 위해서 그랬다기보다도, 카마인 공은 순수하게 이 나라를 사랑했던 거야."

"이 나라를?"

"알고 있어? 세계에는 아직 이종족을 차별하는 나라가 있어. 제국은 지금이야 종족 평등을 기치로 내걸고 있지만, 인간족이 아닌 다른 이들에 대한 차별이 남아 있는 지역도 있다나 봐. 반대로 북서쪽 하이엘프의 섬나라는 하이엘프 지상주의를 앞세워 인간족 등을 멸시하고 있어."

어디에나 있을 법한 문제는 이 세계에도 당연히 존재하는 건가.

"하지만 이 나라에는 그런 차별이 없어. 있다고 해도 실제로 벌어지긴 어려운걸. 애당초 그런 차별이 싫었던 종족이 누구에게도 종속당하지 않기 위해 초대 폐하께 협력해서 일으킨 나라니까. 그런 이 나라를…… 카마인 공은 누구보다도 사랑했어."

그 부분에서 리시아는 잠시 뜸을 들이더니 다시 한번 이야기를 시작했다.

"개인으로서의 카마인 공은 예절을 무척 중시하는 사람이었어. 아버님과는 공사를 뛰어넘는 친분으로, 자주 아버님의 상담자 역할을 했지. 나를 상대로도 친딸처럼 귀여워해 줬어. 나도…… 그런 카마인 공이 무척 좋았어."

"…………"

"내가 군인이 되고 싶어서 사관 학교에 들어가려고 했을 때, 처음에는 반대했어. 공주님이 할 일이 아니라고. 하지만 결국에는 내 말을 들어주셨지. 뭐, 사관학교 졸업 후에는 카마인 공 곁에서 병사들을 독려하는 일만 하게 했지만."

그야 뭐…… 주군인 공주님을 부하로 부릴 수는 없겠지. 제아무리 게오르그라고 해도 리시아의 왈가닥에는 꽤 애를 먹은 걸로 보였다.

"제2의 아버지라는 느낌이었구나."

내가 그리 말하자 리시아는 슬픈 듯 고개를 숙였다.

"그래…… 무척 멋진 사람이었어. 그런 사람이, 어째서……."

리시아는 무언가 말하려다가 그만두고 고개를 내저었다.

"카마인 공이 무슨 생각을 하는지 확실하게는 모르겠지만…… 어쩌면 그가 무인이었기 때문일지도 몰라."

"무인이었기 때문에?"

"카마인 공도 쉰을 넘었어. 수인의 수명은 인간과 다르지 않아. 평범한 장군이었다면 아직 더 원숙해질 수 있을 테지만, 한 사람의 무인으로서는 내리막길이 기다리고 있지. 바로 그렇기에 지금, 이 나라에 무언가 커다란 것을 이루고 싶었던 게 아닐까."

"……설령 반역자가 될지라도?"

"그게 나라를 위한 일이라고 생각했다면, 카마인 공은 할 거야."

조금 질투가 날 정도로 신뢰가 엿보이는 말.

"내일…… 나는 국왕 방송을 통해서 삼공과 회담을 진행할 거야."

이 나라가 보유한 국왕 방송의 보옥은 네 개. 그 보옥을 통해서 영상통화 형식의 회담 같은 걸 진행할 예정이다. 그 자리에서 나는 삼공 측을 향해 신하로서 따르라고 최후 권고를 한다. 이 걸 거부한 상대와는 싸울 수밖에 없다. 그리고 다른 둘은 모를까, 게오르그가 이 권고를 따를 확률은 제로였다.

"리시아. 힘들 것 같으면……."

"동석할게."

삼공과의 회담에는 동석하지 않아도 된다. 그리 말할 타이밍도 주지 않았다.

리시아는 그늘이 드리운 미소를 띠었다.

"알고 있어. 카마인 공은 각오를 다졌다는 걸. 이제 돌이킬 수 없겠지."

"리시아……."

"그걸 알고 있으니까 지켜보고 싶어. 그 사람의 삶, 그 모습을."

내 눈을 똑바로 보고, 리시아는 말했다.

역시…… 적당한 말을 찾을 수 없었다.

그러니 아쉬운 대로 그녀의 어깨를 품어 안았다. 조금 떨리고 있었다.

리시아는 내 어깨에 머리를 기댔다.

국왕임에도 불구하고 그런 것밖에 할 수 없는 스스로에게 화
가 치밀었다.

◇ ◇ ◇

————같은 날, 붉은 용 성읍.

"젠장…… 뭐가 어떻게 된 거야!"

엘프리덴 왕국의 북부에 있는 도시 [붉은 용 성읍]에서는, 공
군대장 카스토르 바르가스가 집무실 책상 앞에서 머리를 부여
잡고 있었다.

붉은 용 성읍은 카스토르의 거처가 있는 바르가스 공령 중심
도시였다.

조금 높은 산 중턱의 트인 장소에 세워져서 중심도시로서는
교통이 무척 나쁜 장소라고 생각할지도 모르겠지만, 왕국 공군
을 거느린 바르가스 공령에는 전투용 이외에 수송용 와이번도
있었다.

한 마리에 케이블카 차량 한 대 분량 정도라면 옮길 수 있고 각
도시 사이에는 와이번 네 마리가 옮기는 버스 같은 것도 있기
에, 외진 장소라고 해도 별로 문제는 없었다.

그리고 붉은 용 성읍은 공군대장의 거처인 만큼 도시의 방비
는 탄탄했다.

입지부터가 이미 산성 같은 곳인 데다가 높은 성벽까지 둘려 있었다. 산의 경사가 충차(문을 부수기 위해 거대한 말뚝이 장착된 차량)나 사다리차(소방차 같은 구조로 성벽을 뛰어넘을 수 있는 발판이 된다)의 접근을 막고, 보병이나 기병이 공격하더라도 높은 성벽으로 막을 수 있다.

유일하게 와이번 등의 항공 전력을 이용한 공격이 유효한 수단으로 여겨지지만, 그 또한 바르가스 가의 장기이니까 그야말로 난공불락의 성벽이라고 할 수 있으리라.

또한 현재 이 도시를 다스리는 카스토르도 지휘관으로서는 우수했다.

정치적 흥정 같은 것에는 서툰 카스토르도 전장에서는 탁월한 강함을 발휘한다. 최근 100년 정도 엘프리덴과 관련된 대전쟁에서는 항상 와이번 부대의 선두에 서서 돌격대장으로 외적을 쓸어 버렸다.

생각이 부족하기에 실패도 많지만 호탕하고 시원시원한 성격과 빼어난 강함에는 부하들을 사로잡는 매력이 있었다. 중국 역사로 말하면 장비, 일본 역사로 말하면 후쿠시마 마사노리 같은 인물이라고 하면 쉽게 알 수 있을까.

그런 인물이기에 도시의 경영은 그의 아내, 해군대장 엑셀의 딸인 액셀라 및 공군의 부관이자 가문의 재상이기도 한 톨먼에게 전적으로 맡겨 두었다. 경영이 서투른 인간이 이러쿵저러쿵해 봐야 이도 저도 안 될 것이기에 이러는 편이 나았으리라. 카스토르로서도 도시 경영에 관여하는 것보다는 전장에서 날뛰는 편이 성격에 맞았다.

그렇듯 생각하는 것이 어울리지 않는 남자 카스토르가, 지금은 웬일인지 고민에 빠져 있었다.

"톨먼! 카마인 공은 아직 아무런 말도 없나?!"

"……아직 아무런 소식도."

맞은편에 있는 신사풍의 남자가 똑바로 선 채로 대답했다. 이 남자가 붉은 용 성읍의 정무를 맡고 있는 바르가스 가의 재상 톨먼이었다. 카스토르는 책상을 두드렸다.

"왕의 최종 권고는 내일이라고! 그때까지 우리한테 아무런 연락도 주지 않는다니 대체 무슨 생각이야?!"

"…………."

거리에서는 새 국왕과 삼공의 대립에 대한 소문이 퍼지고 있었지만, 삼공 측은 완전히 단결된 상태가 아니었다. 육군대신 게오르그 카마인은 왕과의 대결 태세를 선명히 하고 있었지만, 반대로 해군대신 엑셀 월터는 왕과의 싸움에 소극적이었다. 그리고 남은 카스토르는 어쩌면…… 왕과 대결하겠다는 자세를 드러내면서도 마음속으로는 흔들리고 있었다.

육군대장 게오르그는 전우이자 무인으로서 존경하기도 했다. 그런 게오르그가 반란의 깃발을 들었기에 무언가 생각하는 바가 있으리라 믿어, 장모이기도 한 엑셀을 뿌리치고 그에게 가담해서 왕과 대립하게 된 것이었다. 즉, 카스토르는 갑작스러운 왕위 교대에 의심을 품은 것은 확실했지만 새 국왕과 대립하겠다는 결단은 타인에게 맡겨 버린 것이었다.

이것은 카스토르가 정신적으로는 어린 데에도 원인이 있었다.

카스토르 같은 드래고뉴트는 인간족이나 수인족보다 오래 사는 종족이었다. 각 종족의 정신적인 성장 속도는 수명의 길이에 반비례해서 늦어지는 경향이 있었다. 그렇기에 카스토르는 이미 100년 이상 살았지만 정신연령을 따지면 서른 살 정도라서, 쉰을 넘은 게오르그를 연장자로 보고 마는 것이었다.

그러나 그렇게 판단을 맡긴 게오르그에게 앞으로의 행동에 대해서 수도 없이 서간을 보내어 물어보고 있는데도 대답은 일절 돌아오지 않았다.

"이상하잖아?! 이제 와서 새 국왕이랑 화해할 거라면 적대 행동 따윈 취하지 않았을 테지. 반대로 새 국왕이랑 싸울 거라면 무슨 일이 있어도 우리 공군의 조력이 필요할 거야. 그런데 왜 우리한테 아무런 말도 없지? 육군만으로 새 국왕과 싸우겠다는 건가?!"

"우선 떠오르는 거라면…… 월터 공께서 말씀하신 것처럼 [야심에 사로잡힌 상태]인 건 아닐까요? 나리께서도 새 국왕 소마에게는 의심을 품으셨을지언정, 선대 국왕이신 알베르토 님이나 왕비 엘리샤 님, 리시아 공주님까지 해하고자 생각하지는 않으시잖습니까?"

주군을 해한다. 그런 소리를 입에 담는 톨먼을 보고 카스토르는 고함을 쳤다.

"당연하지! 카마인 공도 [소마 왕 배척 후에는 알베르토 왕이 복위토록 하고 우리가 그를 뒷받침한다]고 그랬잖아!"

"그게 거짓말이었다면 어떨까요. 사실은 자신이 왕위에 오를 생각은 아닐까요? 그리된다면 이번에는 나리나 월터 공은 적이 될 겁니다. 그렇게 되었을 때를 위해서, 전후에 두 분의 발언력이 강해지지 않도록 자신의 군세만으로 결판을 낼 생각은 아닐까요? 전후에 두 가문을 멸망시키려고."

"그게 무슨 말도 안 되는 소리야?! 다른 사람도 아니고 카마인 공이 그런 생각을 할 리가 없잖아?!"

카스토르는 부정했지만, 톨먼은 재상을 맡을 정도인 만큼 사안을 냉정하게 보는 눈이 있었다. 그런 톨먼이 감정론을 도외시하고 이해관계만을 생각해서 꺼낸 추론.

그러나 게오르그를 잘 아는 카스토르는 그 추론을 받아들일 수 없었다.

"카마인 공만큼 이 나라를 생각하는 무인은 없어! 주군을 해하다니……."

"하오나 그런 카마인 공께 의심을 품었기에, 월터 공은 그에 따르지 않으시는 게 아닐까요? 마님과 카를 님을 본가로 데려가면서까지."

"…………."

카스토르의 아내 액셀라와 어린 적남(嫡男) 카를은, 사태에 말려들 것을 염려한 엑셀의 요청에 따라 절연한 뒤에 본가인 월터 가로 보냈다. 적어도 앞으로 벌어질 소마와 게오르그의 대결에 말려들 일은 없을 것이다. 그것이 현재의 카스토르에게는 최소한의 위안이었다.

카스토르는 책상 위에 양팔을 괴고 깍지 낀 양손으로 눈을 덮었다.

"……나로서는 역시, 카마인 공이 야심에 사로잡혔다고는 생각되지 않아."

"나리……."

"미안하지만 잠시 혼자 있게 해 주지 않겠어?"

"……알겠습니다."

톨먼은 꾸벅 인사를 하고 집무실을 나섰다. 홀로 남겨진 카스토르는 의자 등받이에 몸을 기대고 높다란 천장을 올려다봤다. 그리고,

"카를라. 거기 있겠지?"

그리 중얼거렸다. 그러자 카스토르의 등 뒤에 있는 창문이 열리고 붉은 날개를 펼친 소녀가 떨떠름하니 들어왔다. 날개와 같은 색깔의 긴 머리카락을 지닌, 열여덟 전후로 보이는 아름다운 소녀는 카스토르의 하나뿐인 딸 카를라였다. 이 아름다운 소녀의 외모와는 달리, 이리 보여도 공군의 한 부대를 이끌고 싸울 수 있을 정도의 무용과 전투 센스를 지니고 있었다.

"알아차리고 계셨군요."

"기척을 지우는 방법이 아직 멀었어. 발코니에 내려서는 날갯소리가 훤히 들리잖아."

"그건 기척이 아니잖아요."

카를라는 어깨를 으쓱였다. 딸과의 대화이기도 하여 카스토르는 스스럼없이 말했다. 그러자 카를라는 품속에서 편지다발

을 꺼냈다.

"그건?"

"리시아가 보낸 거예요. 새 국왕 소마와 화해해 달라고 몇 번이나 서간을 보냈어요."

카를라에게 리시아는 친구였다. 얼굴을 마주한 것은 리시아가 육군에 들어온 이후였다. 두 사람 모두 고지식한 성격에, 높은 신분의 여성으로 태어났으며 군에 재적하고 있는 등등 여러모로 공통점도 많았기에 마음이 맞아 친구라 부를 수 있는 사이가 되었다.

그러나 카를라는 리시아 이상으로 고지식…… 나쁘게 말하면 융통성이 없었기에, 리시아가 새 국왕 소마의 약혼자가 되었을 때는 억지로 강요당한 것이 아닐까 의심하여 그에게 적개심을 품게 되었다. 그래서 어머니와 동생이 월터 가로 떠난 뒤에도 홀로 아버지 카스토르 곁에 남은 것이었다.

그러나 지금에 이르러 카를라에게도 심경의 변화가 찾아왔다.

"편지에서 전해지는 리시아의 열정…… 이건 약혼을 억지로 강요당한 사람의 것이 아니라고 생각해요. 또 서간 안에서 리시아는 [지금의 카마인 공은 주의해야 한다]고 했어요. ……잘못을 저지르고 있는 건 우리 쪽일지도 몰라요."

"……그런가. 리시아 공주님도 그리 느끼고 있나."

카스토르는 어깨를 풀썩 떨어뜨렸다. 그리고는 결심한 듯 고개를 들더니,

"카를라…… 지금부터라도 액셀라와 카를이 있는 곳으로 가

라. 카마인 공과 어울리는 건 나만으로도 족해."

그리 말했다. 자신의 우의(友誼)에 딸이 말려들게 하고 싶지 않다는 부모의 심정이리라. 그러나 카를라는 이미 각오를 다진 표정으로 조용히 고개를 가로저었다.

"이제 와서 어떤 표정으로 리시아를 만나면 좋을지 모르겠어요. 게다가 아버님은 카마인 공에게는 무언가 생각하는 바가 있는 거라고 지금도 믿고 계시잖아요? 그렇다면 마지막까지 그 입장을 관철해야만 해요. 설령 카마인 공이 패배하고 반역자가 될지라도, 그 우의를 믿고 함께 쓰러진다면 세상 사람들도 비웃지는 않겠죠."

"하지만 그래서는 너도……."

"저도 무가에서 태어났으니 각오는 했어요. 뭐, 카를이 있으니까 핏줄과 가문은 남길 수 있겠죠. 그러니까 저희는 바르가스 가문으로서 무명(武名)을 남기는 거예요."

"……그러느냐."

카를라의 각오를 알고 카스토르 역시 각오를 다졌다.

마지막까지 게오르그 카마인을 믿고, 그 믿음으로 패배하더라도 괜찮다고.

그렇기에 바르가스 공령 각지에 있는 공군 부대는 소집하지 않았다. 내일의 최종 권고로 왕과 대립하게 되더라도, 붉은 용 성읍에 있는 자신의 세력만으로 싸우고 다른 공군 부대가 말려들지 않게 하기 위한 배려였다.

◇ ◇ ◇

――――같은 날 밤. 모처에서.

"그래…… 두 사람은 각오했구나."

카스토르와 카를라의 동향을, 붉은 용 성읍에 풀어 두었던 밀정을 통해 알게 된 해군대장 엑셀 월터는 아름다움이 흐르는 얼굴에 근심을 가득 드리우고 한숨을 내쉬었다.

이미 500년은 살았음에도 불구하고 스물다섯 전후로밖에 안 보이는 사슴뿔 미녀는, 어두운 방 안에서 창가에 서서 하늘을 올려다보았다. 두르고 있는 옷이 무겁게 느껴졌다.

오늘 밤은 구름이 많아서 별이 거의 보이지 않았다.

"카스토르는 게오르그와의 우의에 목숨을 버릴 각오. 그리고 카를라는 그에 마지막까지 함께 할 각오. 어리석기는 할지언정 전적으로 부정하지는 못하겠다는 기분도 있네요."

엑셀은 살며시 눈을 감고, 일본풍 옷 위로도 알 수 있을 만큼 풍만한 가슴에 손을 얹었다. 사위와 손녀의 각오를 알고서 무엇을 생각하는 것일까.

잠시 후 눈을 뜨고는 창문에서 등을 돌리고 걸어갔다.

"바로 그렇기에, 저는 제가 해야 할 일을 해야겠죠."

설령 그것이 두 사람의 각오를 짓밟는 일이 될지라도……

♔ 제3장 ✦ 최종권고

파르남 성 안 [방송의 방].

국왕 방송에 사용되는 직경 2미터의 보옥이 중앙에 떠 있는 이 방에는, 국왕 방송을 수신하는 장치가 있었다. 각 도시에 설치된 [수신 장치]는 분수와 함께 설치된 장치에서 안개를 분출하고 거기에 수(水) 속성 마법으로 기록된 영상을, 풍(風) 속성 마법으로 기록된 음성을 비추는 물건이지만, 이 방에 있는 것은 물을 채운 얇고 폭이 넓은 수조 같은 장치에 영상을 비추는 물건이었다.

구별을 위해서 이것을 [간이 수신기]라 부른다.

분수 설치형 수신 장치가 영화라면 간이 수신기는 텔레비전이라고 하면 되겠지. 간이 수신기 쪽이 영상도 깨끗했다. 보옥은 던전에서 발견되는 희소한 물건이라 양산할 수는 없는 모양인데, 이 간이 수신기는 양산할 수 없을까. 혹시 방법을 찾을 수 있다면 언젠가 가정에서도 국왕 방송을 볼 수 있을지도 모른다.

음, 이야기를 되돌리자. 이 방에는 그런 간이 수신기가 세 대 준비되어 있었다.

그리고 수신기 세 대는 각각 사자 수인족인 육군대장 게오르그 카마인, 드래고뉴트인 공군대장 카스토르 바르가스, 교룡족인 해군대장 엑셀 월터의 얼굴을 비치고 있었다. 틀림없이 상대편에도 나와 리시아가 나란히 선 모습이 비치고 있을 테지.

"······이렇게 얼굴을 마주하는 건 처음이로군. 내가 선대 엘프리덴 국왕 알베르토 경으로부터 왕위를 선양받은 잠정 국왕 소마 카즈야."

[네놈이······.]

내 인사를 듣고 카스토르가 놀란 듯 눈을 크게 떴다.

"뭐지?"

[아니, 이세계에서 온 용사라고 하기에 좀 더 거친 녀석을 상상했는데······.]

[바르가스 공!]

그러자 엑셀에게서 질타하는 듯한 목소리가 날아들었다.

[무인이라면 어떤 상대라 하더라도 경의를 표해야만 해요.]

[······알았어. 공군대장인 카스토르 바르가스다.]

엑셀이 타이르자 카스토르는 순순히 그 말에 따르며 이름을 댔다. 보고에 따르면 카스토르는 엑셀의 사위였던가. 들었던 인물상(뇌 근육 타입)보다도 고분고분하게 보이는 것은 그런 파워 밸런스의 영향일까.

[······좀 전에는 큰 소리를 내어 죄송합니다. 처음 뵙겠습니다, 새로운 국왕 폐하. 엑셀 월터라고 합니다.]

이어서 엑셀이 자신을 소개하며 우아한 동작으로 인사를 했다.

[육군대장 게오르그 카마인이라고 한다.]

그리고 게오르그를 마지막으로 서로의 소개를 마쳤다.

'……사자 얼굴을 지닌 이 수인족이 게오르그 카마인인가.'

일반인인 나와는 비교도 안 될 만큼 우람한 체구. 왕성한 갈기. 그리고 형형히 빛나는 사자의 눈동자. 영상임에도 마치 이자리에 있는 듯한 풍격을 자아내고 있었다.

리시아가 동경하는 것도 이해가 갔다. 그야말로 역전의 무인이 지닌 풍격이었다.

"카마인 공……."

[………….]

옆에 있는 리시아가 무심코 목소리를 흘렸지만 게오르그는 시선 한 번 주지 않았다.

"지금부터 삼공 측에게 최종권고를 하겠다."

게오르그의 분위기에 삼켜지지 않도록 나는 단호한 말투로 말했다.

"내가 왕위를 이어받은 이후, 귀공들은 거듭된 협력 요청에도 응하지 않았다. 알베르토 경 본인의 생각이라고는 해도, 갑작스러운 왕위 교대극에 혼란스러운 부분도 있었을 테지. 그렇기에 이제까지 따르지 않았던 것에 대해서는 책임을 묻지 않겠다. 그러나 앞으로도 계속 내 명령에 따르지 않겠다고 한다면, 나는 귀공들을 반역자로 인정할 수밖에 없다. 귀공들의 생각을 말해 줬으면 한다."

[폐하께 여쭐 것이 있습니다.]

가장 먼저 입을 연 것은 엑셀이었다.

"……뭐지."

[폐하께서는 삼공령을 어찌하실 생각이십니까.]

　영상 속의 엑셀과 시선이 마주쳤다. 교룡(시 서펜트)의 피를 이어받은 만큼, 그녀의 눈은 어디까지고 냉철하게 내 마음속을 들여다보려 하는 것 같았다.

"내 명령에 따른다면…… 삼공령 자체에 손을 댈 생각은 없다."

[그렇다면 삼공군은?]

　곧바로 되받아쳤다. 적절하게 이야기의 핵심을 찌르고 드는 걸 보면, 역시나.

"……삼공군은 금군에 편입하여 새로운 통일군을 만든다. 또한 귀족령에는 경찰력에 필요한 것 이상의 사병을 지니는 것을 금지하고, 과잉 병력 역시도 금군에 편입한다. 이에 따라 삼공령에는 군의 유지를 위해 인정되었던 특권은 폐지. 취급은 다른 귀족령과 마찬가지로 한다."

[역시 그런가요…….]

[……너는 자기가 하려는 일이 뭔지 알고는 있나?]

　그리 말하며 카스토르가 나를 노려봤다.

[카스토르…….]

　엑셀은 그의 태도를 타이르려고 했지만 카스토르가 손을 들어 그것을 막았다.

[이건 중요한 이야기야. 월터 공.]

[………….]

진지한 말투로 말하니 엑셀은 불만스러워하면서도 입을 닫았다. 그것을 승낙으로 받아들인 카스토르는 내 눈을 똑바로 보며 이야기했다.

　[삼공군의 시스템은 폭군이 나올 때를 대비한 거다. 이 나라는 다종족 국가지만 왕가는 인간족이지. 혹시 폭군이 왕의 자리에 올라서 인간족 우위의 정책을 편다면 다른 종족은 탄압당할지도 몰라. 그렇게 되지 않도록 하기 위해 선인들이 생각해낸 것이 삼공군이다. 이종족인 우리 삼공이 왕가를 모시는 것과 동시에 감시하고, 여차할 때는 폭군을 폐위시킬 수 있도록 말이야. 너는 그 구조를 망가뜨리겠다는 건가?]

　정면으로 던져진 질문에 나도 카스트로의 눈을 보고 대답했다.

　"평온한 시대라면 그래도 상관없을 테지. 하지만 현재 정세는 불안정하다. 북쪽의 마왕령은 지금이야 확대를 멈춘 상태지만 언제 사태가 급변할지는 알 수 없다. 서쪽의 강대국 [그란 케이오스 제국]의 동향도 불명이지. 이 나라를 향해 복수를 주창하는 [아미도니아 공국]이나 북진을 국시로 삼은 [톨기스 공화국]은, 빈틈만 생기기를 바라며 호시탐탐 이 나라를 노리고 있다. 동쪽의 [구두룡 제도 연합]과는 조업권을 둘러싸고 작은 분쟁이 끊이질 않아."

　이야기하는 것은 이 나라가 처한 현 상황. 이 나라는 이렇게나 불안정한 상황 아래 놓인 것이었다. 본래라면 내부에서 서로 다투고 있을 상황이 아닐 터였다.

"정세를 봐 다오, 바르가스 공. 불안정한 상황 아래에서 복수의 지휘 계통을 지닌 군대는 효율이 너무도 나쁘다. 지금은 중앙집권을 이루어야 할 때지."

[그 중앙이 썩어 버리면 어쩌려고. 네가 폭군이 되지 않는다고 어떻게 단언할 수 있겠어. 전군을 네 밑에 두면 누가 너를 단죄할 수 있겠느냐고?]

"그때는 네가 내 수급을 취해라!"

나는 지금이 승부처라는 것 마냥 책상을 탕 두드렸다. 시선 끝으로 팔짱을 낀 채 눈을 감고 있는 게오르그가 비쳤다. 이 남자는…… 이미 막을 수 없을 것이다. 바로 그렇기에 이 자리에서 카스토르와 엑셀을 동료 진영으로 끌어들여야만 한다.

"나도 한 사람의 인간이다. 절대로 폭군이 되지 않는다고는 보증할 수 없어. 물론 리시아를 포함해서 다른 이들을 슬프게 만들 법한 짓은 절대로 하지 않겠다는 생각은 있지만 말이야."

"소마……."

리시아가 비통한 목소리를 흘렸지만 나는 개의치 않고 계속 말했다.

"삼공군은 해체하겠지만 국방군 내에서 귀공들의 지위는 약속하겠다. 그러니 혹시 내가 폭군이 된다면, 그때 다시금 군을 이끌고 혁명이든 뭐든 일으켜라."

[입으로는 무슨 말이든 할 수 있겠지. 그때 너는 자기 보신에 급급하지 않을까?]

"내가 있던 세계의 정치사상가——마키아벨리가 말했지. [국내에 성을 쌓는 것보다 국민을 같은 편으로 만드는 편이 국왕은 (반란으로부터) 몸을 지킬 수 있다]고. 국민을 같은 편으로 만들 수 있다면 반란을 꾀하는 자가 있어도 금세 드러난다. 반대로 백성에게 외면받는다면 한두 번이야 성에 틀어박혀서 반란을 넘길 수 있을지라도 목숨을 위협하는 내우외환은 끊이지 않겠지. 혹시 내가 폭군이 되어 국민에게 외면당한다면 혁명은 손쉽게 성공할 것이다."

[…………]

카스토르는 묵묵히 내 이야기를 듣고 있었다. 과연 내 말이 전해졌을지…… 지금 단계에서는 판단할 수 없었다. 그러자 엑셀이 또 질문을 건넸다.

[하나 더 여쭙겠습니다. 폐하께서는 새로이 연안도시를 건설하고 계신다 들었습니다. 그 도시가 완성되었을 때, 라군 시티는 어찌 되는 건가요.]

연안도시 [라군 시티]는 월터 공령의 중심도시였다.

그들 교룡족은 무엇보다도 우선 라군 시티를 가장 먼저 생각하는 종족이라고 들었다. 듣기로는 원래 살고 있던 구두룡 제도에서 밀려나게 된 교룡족이 방랑 끝에 간신히 얻은 안식의 땅이기 때문이라고 했던가.

나는 교룡의 역린을 건드리지 않도록 정중하게 설명했다.

"신도시는 관광지로도 기능하는 교역항으로 설계하고 있다. 기밀의 관점을 고려하여, 관광지와 상성이 나쁜 군항의 기능을 가지게 할 생각은 없다. 그러니 군항은 앞으로도 라군 시티에 맡기게 되겠지. 전함 건조도 기본적으로는 라군 시티에 맡긴다."

라군 시티는 군항, 신도시를 교역항으로 하여 정비하면 서로의 영역을 나눌 수도 있겠지. 공존공영(共存共榮)도 가능할 터. 그리 설명하자 엑셀은 만족스레 고개를 끄덕였다.

[그 말을 듣고 안심했어요, 폐하. 지금부터 저 엑셀 월터와 엘프리덴 왕국 해군은 폐하의 지휘 아래에 들어가서 지시하시는 바에 따르겠어요.]

그리 말하고 영상 속의 월터 공은 무릎을 꿇어 신하의 예를 취했다. 이것으로 엑셀 휘하의 해군 전력 1만이 이쪽으로 붙게 되었다.

"월터 공의 영단에 감사한다. 앞으로도 이 나라를 위해 잘 부탁하지."

[알겠사옵니다.]

엑셀이 신하로서 나를 따르고자 맹세하는 모습을 게오르그는 표정 하나 바꾸지 않고, 카스토르는 어쩐지 체념한 듯한 태도로 보고 있었다. 나는 카스토르에게 다시 한번 손을 내밀었다.

"바르가스 공. 귀공도 이 나라를 위해서 힘을 빌려다오."

[……안타깝지만, 그렇게는 못 하겠네.]

[카스토르!]

월터 공이 질타했지만 카스토르는 조용히 고개를 가로저었다.

[월터 공은 신용할 수 있다고 판단한 모양이지만, 나로서는…… 무리야. 나는 전전대 엘프리덴 국왕 시절부터 이 나라를 지켜왔어. 외적을 내쫓고 적의 영토를 빼앗기를 벌써 100년

은 되었지. 그런데도 어째서 알베르토 왕은 우리와 아무런 논의도 없이, 갑자기 나타난 너에게 왕위를 넘기고 말았나…….]

"그건…… 나도 알고 싶을 정도야."

무심코 입에서 본심이 새어 나오고 말았다. 왕위를 넘겨받은 뒤로 나는 제국에 넘겨지지 않고자, 이 나라를 궁지에서 구하고자 필사적으로 일했다.

너무나도 바빠서 생각할 여유도 없었지만, 어째서 리시아의 아버지는 막 소환되었을 뿐인 내게 그리도 간단히 왕위를 넘겨주고 말았나. 이 나라에서 용사란 '시대의 변혁을 이끄는 자'라는 모양인데, 거기에 그렇게까지 신용할 가치가 있다는 걸까.

그러자 카스토르는 내 곁에 서 있는 리시아에게도 물었다.

[리시아 공주는 뭔가 알고 계시는가?]

"……미안해요. 아버님은 이 건과는 관계하지 않기로 결정하셨어요. 저도 삼공 분들의 설득에 협력해 주시길 부탁드렸지만, [내가 움직이면 괜히 의심하는 자도 나타난다. 이미 국왕은 소마 경이다.] 그런 태도만 고수하셔서……."

[……그렇습니까.]

카스토르는 전임 국왕 알베로트의 의도를 알 수 없어 곤혹스러워하는 모양인데, 그건 나도 마찬가지였다. 그 사람은 그 사람대로 뭘 생각하는 건지 전혀 알 수 없었다.

신경이 쓰이기는 하지만…… 이 자리에서는 대답이 나올 리가 없다는 건 분명했다.

지금은 카스토르의 설득에 집중해야지. 그리 생각했지만,

[역시 나는 널 따를 수는 없겠어.]

카스토르는 또다시 거절의 말을 입에 담았다.

"바르가스 공."

[더 이상 아무 말도 하지 마. 월터 공이 따르는 이상, 네 말에 타당한 이치가 있어 보인다는 건 알아. 하지만 나는 카마인 공이 아무런 생각도 없이 네게 반항한다고는 생각되지 않거든. 월터 공이 그쪽에 붙겠다고 한다면, 나는 카마인 공에게 붙도록 하겠어.]

정말로 고뇌가 담긴 결단인지 카스토르의 표정은 괴로워 보였다. 그런 표정을 지어 버리니…… 더는 아무 말도 할 수가 없었다.

"그게…… 네 결단이로군?"

[그래. 하지만 이건 나 혼자서 결단한 일이야. 카마인 공 측에 붙는 건 우리 붉은 용 성읍의 부하 백 명뿐이고, 나머지 공군 부대는 소집하지 않고 중립을 지키도록 해 두겠어. 혹시…… 내가 패배했을 때는, 남은 자들은 잘 부탁하지.]

"……그런가."

자신이 패배하는 상황도 이미 염두에 두고서 하는 행동인가. 그렇다면…… 어떤 말도 할 수 없었다.

[폐하, 카스토르는…….]

엑셀이 무어라 거들려고 했지만 나는 손을 들어 제지했다.

"안 돼. 이 이상 시간을 줄 수는 없다."

[큭…….]

엑셀의 마음도 알겠지만, 이미 사태는 움직이기 시작한 것이었다. 설득에 이 이상의 시간을 할애할 수는 없었다. 결국 카스토르의 공군은 동료로 삼을 수 없었나. 이러면 상당히 힘겨워지겠지만, 공군 대부분이 중립을 지켜 준다니 그나마 다행인가.

실망스러운 기분을 새로이 바꾸듯, 나는 남은 게오르그 쪽을 봤다.

"그럼, 육군대장 게오르그 카마인."

[………….]

사자 얼굴의 맹장과 서로를 노려봤다. 모니터 너머임에도 굉장한 압력을 느꼈다. 직접 마주했다면 다리가 떨려서 흉한 꼴을 드러냈을 것이다.

"카마인 공. 귀공에게 나를 따를지 여부는 묻지 않겠다. 부패 귀족들을 받아들인 시점에서 따를 의사가 없다는 사실은 명백하니까 말이야. 설득해 봐야 시간 낭비겠지."

[………….]

"그러니 하나만 묻고 싶군. 무엇이 귀공을 거기까지 내몰았나?"

[무인으로서의 긍지.]

내 질문에 게오르그는 똑똑히 그렇게 대답했다.

[나이 오십을 넘어 이제는 쇠퇴하는 것뿐인 이 몸이다만, 최고의 기회를 얻었다. 자신의 재능을 가지고 엘프리덴의 운명을 결정한다. 평생에 한 번, 후세에 남을 커다란 일을 해내는 것은 무인의 숙원이지.]

"그런 걸 위해서……."

그런 *인간 오십 년 같은 이유로 이만한 일을 계획했다는 건가? 리시아가 슬퍼한다는 걸 알면서, 그런데도 이런 길밖에 고르지 못하는 건가?

　"나로서는 이해할 수 없군. 귀공은…… 어마어마한 멍청이다."

　[우문이로군. 그런 멍청이가 아니고서야 무인이 될 수는 없다. 귀공에게는 내가 사는 방식을 보여 드리지.]

　"죽는 방식이 아니고?"

　[마찬가지. 살고자 한다면 죽을 것이고, 죽고자 한다면 살 것이다. 그것이 무인이다.]

　사자의 포효를 연상케 하는 의연한 목소리였다. 일말의 흔들림도 없었다.

　바로 그렇기에 여기서 내가 흔들려서는 안 된다.

　"그렇다면 그 거목을 넘어 보도록 하지."

　[시들었다고는 해도 오랫동안 뿌리를 뻗은 거목이다. 어설픈 각오로는 못 넘어설 게다.]

　"각오라면 충분하다!"

　단 한 번의 잔학으로 손을 물들일 각오라면 이미 다졌다.

　"게오르그 카마인, 그리고 카스토르 바르가스."

　[………….]

　[뭐냐.]

　"이제부터 싸움을 벌이게 된 만큼, 하나 제안이 있다. 나도,

---

* 전국시대 무장 오다 노부나가의 아츠모리 시구 중 '인간 오십 년은 하늘의 세월에 비한다면 한낱 덧없는 꿈.' 이라는 구절에서 따온 말. 인생의 덧없음 등의 의미가 있다.

귀공들도 싸움을 질질 끌어서 관계없는 국민들이 휘말려드는 건 바라는 바가 아니겠지. 그러니까 [상대를 베거나 포박하면 그의 휘하에 있는 군을 즉각 지배하에 둔다.]라는 규칙만큼은 세워 두고 싶다. 이건 수장을 친다면 군에 의한 복수나 반항이 이어지는 것을 막기 위한 처치다."

이 제안을 듣고 두 사람은 고개를 끄덕였다.

[괜찮겠지.]

[나도 괜찮아. 내가 패배했을 때는 공군 전부가 너를 따르도록 통지해 두지.]

"……감사한다."

[그럼 이걸로 실례하겠다.]

"잠깐만!"

게오르그가 자리에서 일어나서 통신을 끊으려고 하는 것을 멈춰 세운 건, 그때까지 계속 입을 다물고 있던 리시아였다. 게오르그의 눈이 가늘어졌다.

[공주님인가…….]

"카마인 공……."

서로 상대의 이름을 부르면서도, 서로 그 이상의 말은 하지 않고 그저 가만히 마주 볼 뿐이었다. 리시아와 게오르그. 왕성에서는 왕족과 가신. 육군에서는 부하와 상사. 두 사람 사이에는 그만큼 통할 수 있는 무언가가 있는 거겠지.

두 사람은 한동안 말없이 서로를 마주 봤지만, 다음 순간 리시아는 허리춤에 차고 있던 레이피어를 뽑아 들었다. 갑작스러운 일에 놀라고 있자니, 리시아는 칼날을 머리 뒤쪽으로 향하고는 백금발 포니테일을 썩둑 잘라냈다.

아니, 어어어어?!

금색 실 같은 머리카락이 하늘하늘 바닥으로 떨어졌다.

[[[………….]]]

너무나도 갑작스러웠기에 나는 물론 삼공들조차도 말을 잃었다. 리시아는 갑자기 단발에 가까운 머리가 되어 버렸는데, 당사자는 전혀 신경 쓰는 모습도 보이지 않고 보옥을 향해 레이피어를 내질렀다. 그리고,

"이게 제 각오입니다. 저는 소마와 함께 걸어가겠어요."

올곧은 눈으로 그리 선언했다. 나와 마찬가지로 게오르그도 멍하니 있었지만 이윽고 번쩍이는, 먹잇감을 발견한 육식동물 같은 미소를 지었다.

[공주님의 각오는 잘 알았다. 그렇다면 그 각오를 전장에서도 지켜보도록 하지.]

"반드시요."

무언가 서로 통한 모습인 두 사람. 나로서는 이해할 수 없지만 무인의 커뮤니케이션인 거겠지. 마지막은 리시아 때문에 모두 깜짝 놀라고 말았지만…… 어쨌든 이것으로 삼공을 향한 최종 권고는 끝이 났다.

"머리…… 잘라 버렸는데 괜찮아?"

게오르그, 카스토르와의 통신이 끊어진 뒤에 나는 옆에 선 리시아에게 물었다.

삼공을 향한 최종권고가 끝나자 다크 엘프 마을에서 돌아온 아이샤, 하쿠야, 폰초, 그리고 토모에가 [방송의 방]으로 들어왔다. 다들 리시아의 변화를 깨닫고는 일제히 (하쿠야만은 그다지 표정 변화는 없었지만) 눈을 동그랗게 떴다. 리시아는 잘린 머리카락 끝을 만지작거리며 뺨을 물들였다.

"이건 그동안의 나와 구분하는 거니까. ……안 어울려?"

"아니, 어울린다고 생각해. 그렇지?"

모두에게도 물으니 다들 고개를 끄덕끄덕 움직였다.

"늠름하고 멋있어요, 공주님." (아이샤 왈)

"단발도 잘 어울릴지도." (하쿠야 왈)

"무, 무척 잘 어울린다고 생각합니다, 예." (폰초 왈)

"귀여워요, 언니." (토모에 왈)

입을 모아 칭찬하니 리시아는 부끄러운 듯이 (하지만 나쁘지만도 않다는 듯이) 얼굴을 새빨갛게 물들였다. 그렇게 분위기가 풀어진 참에,

[폐하…….]

삼공 중에서 유일하게 아직 통신이 이어져 있던 엑셀이 나를 불렀다.

"……실례했다, 월터 공."

[아뇨, 저는 폐하를 따르겠다고 맹세했어요. 엑셀이라고 불러주세요.]

"그럼…… 엑셀. 미안하군. 카스토르를 설득하지 못했어."

[어쩔 수 없어요. 스스로의 의지로 결정한 일이니까요.]

말로는 그리 이야기했지만 엑셀은 분하다는 듯이 입가를 꼭 다물고 있었다.

20대 중반 정도로밖에 안 보이는 미녀는 이래 봬도 500살의 나이이며 카스토르는 그녀의 사위이고 손녀도 아직 그의 곁에 남아 있다고 한다. 가족과 적으로 갈려 버렸으니 안타까워하는 것도 당연했다. 그렇다, 엑셀의 가족이라면…….

"엑셀. 그곳에 그녀는 있습니까?"

[으…… 예. 있어요.]

[부르셨습니까, 폐하.]

그러자 화면에 비치는 엑셀 옆에 푸른 머리카락의 미녀가 나란히 섰다. 누구라도 홀릴 미모에 발군의 스타일, 그리고 나이 이상으로 어른스러운 행동거지. 그녀야말로 엘프리덴 왕국에서 인기 급등 중인 로렐라이 주나 도마 씨였다.

"감사합니다, 주나 씨. 당신이 연결해 준 덕분에 우리는 엑셀 씨와 싸우지 않을 수 있었어요."

[아뇨. 저는 명령받은 걸 했을 뿐이에요. 게다가 저는 폐하의 자질을 멋대로 판단하여 대모님께 보고한 몸. 그때의 무례, 정말 죄송합니다.]

그렇다, 주나 씨는 월터 공이 파견한 밀정이었던 것이다.

선견지명이 있는 엑셀은 리시아의 아버지인 전임 국왕 알베르토가 내게 왕위를 넘긴 이상 무언가 이유가 있으리라 판단하여 진즉부터 이쪽을 정탐한 모양이었다.

그리고 파견된 밀정이 사실은 해군의 해병대장인 주나 씨였다.

게다가 주나 씨는 엑셀의 손녀이기도 하다나. 듣자 하니 엑셀의 자식 중 하나가 라군 시티에서 상가를 운영하며, 로렐라이를 선조로 두었다는 도마 가에 사위로 들어가서 태어난 것이 주나 씨였다나. 그녀의 미모는 엑셀에게서 물려받은 모양이었다.

주나 씨는 인재 모집 이벤트를 기회로 나와 접촉하고는, 내게 국왕으로서의 자질이 있는지를 정탐한 모양이었다. 그리고 국왕으로서 문제가 없다고 판단해서는 그 뜻을 엑셀에게 보고하고 우리에게 자신의 정체를 밝혔다. 처음 들었을 때는 놀라기도 했지만, 실제 연령 이상으로 어른스러운 분위기나 할과 한바탕 치렀을 때에 보여 주었던 민첩한 움직임 등 납득이 가는 부분도 있었기에 비교적 시원스레 받아들일 수가 있었다.

그리고 주나 씨는 나와 엑셀을 잇는 파이프 역할이 되어 주었다.

즉, 엑셀만은 최종권고 이전부터 가신으로서 나를 따라 줬다는 말이다. 다만 게오르그의 불온한 동향을 감시하고 카스토르를 아슬아슬한 시점까지 설득하기 위하여, 한동안은 그 사실을 숨기고 다른 삼공들과 보조를 맞추게 되었지만.

나는 면목 없다는 듯 머리를 숙이고 있는 주나 씨에게 말했다.

"아뇨. 주나 씨 덕분에 엑셀과 연계할 수 있었어요. 동료가 되어 주었으니 감사한다면 모를까, 책망할 생각 따위 없어요."

[그날 말씀드린 그대로예요. '저 역시도 당신의 동료니까요.']

"……그랬지요."

잠들 수 없었던 그날 밤, 주나 씨는 그렇게 말하면서 내가 잠들 때까지 계속 노래를 불러 주었다. 나중에 주나 씨에게서 사실은 리시아가 주선한 일이라는 이야기도 들었다.

리시아는 항상 나를 신경 써 준다. 주나 씨는 그때 했던 말대로 계속 내 동료로 있어 주었다. 아이샤도 평소에는 얼빠진 면이 있지만 여차할 때는 나를 지켜 주겠지. 이렇게 받쳐 주는 사람이 있기에 나는 국왕 노릇을 계속할 수 있다.

그렇기에 나는 그런 사람들을 위해서라도 해야 할 일을 하겠다.

"하쿠야, 준비는 어떻게 되고 있지?"

내가 시선을 보내자 하쿠야는 손을 맞대고 허리를 숙였다.

"만사형통입니다. 루드윈 경 이하 금군 직속군 1만은 당장에라도 움직일 수 있습니다."

"아미도니아 공국군의 움직임은 어떠하지."

"이미 국경 근처에 집결하고 있는 모양. 예상대로입니다."

하쿠야의 보고를 듣고 나는 고개를 끄덕인 뒤 모두를 향해 돌아서서 주먹을 위로 내질렀다.

"간다! 지금부터는 시간과의 싸움이다! 날아드는 불꽃을 모두 털어 버리고 게오르그에게 보여 주지 않겠나! 미래를 짊어진 우리의 힘을!"

"""옛!"""

내 구호에 모두도 응해 주었다. 때는 무르익었다.

"자, 정벌을 시작하자."

◇ ◇ ◇

─────대륙력 1546년 9월 30일

엘프리덴 국왕 소마, 게오르그 정벌의 군을 일으키다.

이 소식은 엘프리덴 왕국과의 국경 근처에 집결해 있던 아미도니아 공국군에게도 전해졌다. 가이우스 8세는 이 소식을 듣자,

"때가 왔다! 지금이야말로 우리의 비원을 이룰 때다!"

그리 선언하고, 마침내 공국군 3만을 이끌고 엘프리덴 왕국으로 침공을 개시했다.

아미도니아에서 엘프리덴으로 들어오려면 두 가지 루트가 있다.

하나는 왕국 북서쪽에 있는 카마인 공령을 통하는 루트. 탁 트인 평야가 이어져서 왕래도 간단하지만, 가이우스는 이 루트를 사용하지 않았다.

그 루트는 전부 카마인 공령으로 막혀 있기 때문이다. 겉치레라고는 해도 가이우스는 국왕 측과 게오르그 측 양쪽의 원군을 표방하고 있기에, 게오르그에게 가담하는 것으로 보이는 루트는 피할 필요가 있었으리라. 또한 카마인 공령은 국왕의 군과 게오르그의 군이 맞부딪치는 장소이니 그곳에 공국군이 나타

나면 정전 상태가 될 우려가 있었다. 공국 측으로서는 국왕과 게오르그가 가능한 한 오래 싸워 주기를 바랐다.

그렇기에 공국군이 선택한 진군 루트는 다른 한쪽, 남부의 산악지대를 지나가는 루트였다. 아미도니아 공국과 엘프리덴 왕국의 국경선 남반부를 가로지르는 우르술라 산맥. 그 산중에 있는 골도아의 계곡을 통과하는 루트였다.

이쪽은 길이야 험악해도, 계곡을 넘어간 곳에 있는 도시 아르토믈라 근교는 우르술라 산맥에서부터 흐르는 맑은 물로 자란, 엘프리덴 왕국에서도 유수의 곡창지대였다. 그리고 과거에는 아미도니아의 영토였던 장소이기도 했다.

골도아의 계곡을 나아가는 공국군 3만 가운데서, 아미도니아 공왕 가이우스 8세는 말 위에서 번쩍번쩍하는 눈빛으로 사나운 미소를 띠고 있었다.

"큭큭큭, 소마도 게오르그도 실컷 싸워 보라고. 그러는 동안에 우리는 잃어버린 땅을 되찾도록 할 테니."

그늘진 계곡을 나아가며 가이우스 8세는 비원의 성취를 믿어 의심치 않았다.

♔ 번외편 ✦ 어느 모험가들의 이야기 2

그것은 삼공에 대한 최종권고가 있기 며칠 전의 일이었다.

어스름한 방 안에서, 나는 하쿠야와 테이블 위에 가득 펼쳐진 이 나라의 지도를 보고 있었다. 지도 위 여기저기에는 다양한 크기의 [凸] 형태를 한 말이 놓여 있었다.

왕도 [파르남]에 해당되는 장소에는 큰 말과 중간 정도의 말이 하나씩 놓여 있고 카마인 공령 중심도시 [랜들]에는 [큰 말]이 넷, 바르가스 공령 중심도시 [붉은 용 성읍]에는 말 중에서도 가장 작은 것이 하나 놓여 있었다. 이 [凸] 모양의 말은 각지에 존재하는 군대를 나타내는 것이었다.

하쿠야는 긴 막대기로 각지의 말에 대해서 해설했다.

"이 큰 말은 1만, 중간 정도는 5천, 작은 건 백의 군대를 나타냅니다. 즉, 폐하께서 움직이실 수 있는 군은 1만 5천이고, 카마인 공에게 집결한 군이 4만 정도입니다. 육군은 그레이브 마그나 경 등을 시작으로 다수의 이탈자가 나오고 있지만 그 부분은 부패 귀족들의 사병으로 메우고 있는 모양입니다."

"수치적인 변화는 없나."

"예. 또한 월터 공의 정보에 따르면 바르가스 공은 공군을 소집하지 않고 휘하의 백 명만으로 참전할 생각인 듯합니다.

"흠…… 하지만 카스토르의 휘하라는 건 전부 와이번 기병이 겠지?"

나는 지도 밖에 놔두었던 [중간 말]을 들어 붉은 용 성읍 위의 [작은 말]과 교체했다.

"와이번 기병은 한 기가 육군 5백 명의 역할을 한다는 모양이 잖아. 실질적인 전투력을 따지자면 우리 군 5천과 같다고 봐야 해. 백이라는 숫자로 얕봐서는 안 되는 세력이야."

"훌륭한 혜안이십니다."

하쿠야가 공손하게 허리를 숙였다. 과장된 태도지만 그냥 겉 치레겠지.

"그만둬. 나쁜 상황을 맞췄다고 해봐야 기쁘지도 않아."

"그렇군요. 상황은 아직 악화되고 있는 모양이니……."

하쿠야는 그리 말하고는 남서부에 있는 아미도니아 공국과의 국경선 위에 [큰 말]을 세 개 놓았다. 이 [큰 말] 셋이 이 나라로 쳐들어오려고 하는 아미도니아의 군대였다.

"아미도니아 공국군은 우르술라 산맥의 계곡을 지나서 침공 할 태세를 보이고 있습니다."

"저쪽의 총 병력은 5만 정도지?"

아미도니아 공국의 국력은 엘프리덴 왕국의 절반 정도밖에 되 지 않았다. 그렇기에 상비할 수 있는 병력도 우리의 절반 정도 였다. 덧붙여, 아미도니아 공국은 우리 말고도 3개국과 국경을 접하고 있기에 그쪽의 경계를 남겨 둘 필요도 있었다.

"이런 상황에서 3만이라니, 제대로 작정을 했군."

"그만큼 가이우스도 진심이라는 거겠지요. 그야말로 건곤일 척(乾坤一擲)의 정신입니다."

"우리한테는 성가실 따름이지만 말이야. ……공국군은 앞으로 어떻게 움직일까?"

"아마도 남서부 도시 [아르토플라]를 점령할 생각이겠죠. 아르토플라를 함락시킨 뒤에는 주변 지역을 정리하고 곡창지대 확보에 나서겠죠. 그리고 이 지역 일대를 실효지배하고 영유권을 선언할 것으로 여겨집니다."

건곤일척의 각오로 군을 출진하고는 고작 한다는 게 불난 집 도둑질인가.

"각오는 거창하더니 정작 행동은 자질구레한 짓이군."

"아미도니아가 보유한 병력으로는 이게 한계이지 않을까요. 섣불리 설친다면 폐하와 카마인 공의 분쟁에서 눈치를 보던 귀족들이 폐하 쪽으로 집결하고 말 테죠."

"과연…… 국경수비대의 병력은 어떻게 되어 있지?"

내가 묻자 하쿠야는 파르남에 있던 [중간 말]을 남서쪽 국경선으로 가져갔다.

"이미 금군에서 5천을 나누어 국경 부근으로 파견했습니다."

"공군도 있는 3만을 상대로 육상전력 5천뿐인가……."

병력 차이는 여섯 배 이상. 알고는 있었지만…… 불안한 숫자였다.

"……어느 정도나 버틸 수 있을까?"

"국경 근처의 요새에 틀어박혀도 하루만 버티면 다행이겠죠. 애당초 시간벌이가 목적이니, 지휘관에게는 무리를 하지 말고 단계적으로 철수하도록 명령했습니다."

"그것도 말만큼 간단하지는 않을 거라 생각하지만…… '그 사람'이라면 잘 해내려나. 병사들은 그걸로 됐고…… 주위에 사는 주민들은 어떻게 할 생각이야?"

나는 단호한 눈빛으로 하쿠야를 쳐다봤다.

행군은 기습을 노리기라도 하지 않는 한, 험악한 지형은 피하고 평탄한 길을 선택한다. 그런 길은 평상시부터 사람의 왕래가 있고, 사람이 모여 마을이나 도시를 구축한다. 당연히 공국군이 아르토플라로 향하는 진군 루트 상에도 마을이나 도시가 군데군데 존재했다.

"공국군이 공격할 때까지 시간이 없어. 왕명으로 피난을 재촉할까?"

그리 묻자 하쿠야는 조용히 고개를 가로저었다.

"그만두시죠. 여기서 우리가 공국의 계획을 탐지하고 있다는 게 상대에게 알려지면 공국군에게 경계를 사 버리겠죠. 이제까지의 준비가 수포로 돌아가 버릴 겁니다."

"……내버려 두라는 말인가?"

"어쩔 수 없지 않을까 합니다."

하쿠야는 노려보는 내 시선에서 눈길을 피하지도 않고 잘라 말했다.

"싸울 의지가 있으신 이상, 폐하도 백성의 피가 흐를 거라는 사실은 잘 아실 터. 국왕으로서 보다 더 많은 백성을 구하기 위해서는 눈물을 삼키고 버려야만 하는 장면도 있습니다."

진지한 표정으로 그런 소리를 하는 하쿠야. 냉혹하게 들릴지도 모르겠지만, 일부러 귀 따가운 소리를 해 주는 거겠지. 내가 그런 선택지에서 도망치지 않도록.

"……그래. 하쿠야가 무슨 말을 하려는지는 알겠어. 아마도 그게 가장 확실하고 가장 안전한 방법이겠지. 하지만…… 정말로 선택지는 그것밖에 없을까?"

"…………."

"지금은 다소 난폭해도, 위험해도 괜찮아."

이제부터 전쟁이 벌어지는 이상, 어느 정도의 희생은 어떻게든 발생하고 말겠지. 그럼에도 그 숫자를 극한까지 줄이려고 노력하지 않는 건, 견실이 아니라 태만이다.

"뭐든 괜찮아. 뭔가, 할 수 있는 일은 없을까?"

내가 짜내는 듯한 목소리로 그리 말하자 하쿠야는 잠시 생각에 잠기는 모습을 보였다. 잠시 후…… 하쿠야는 한숨을 내쉬고는 할 수 없다는 듯이 어깨를 으쓱였다.

"최근에는 폐하께서도 무척 국왕다워지셨다고 생각했습니다만."

"정에 휩쓸려서야 아직 멀었다, 인가?"

어쩔 수 없다는 것치고, 하쿠야로서는 드물게도 입가가 살짝 올라가 있었다. 하쿠야도 가도의 백성을 버리는 것에 대해서는 생각하는 바가 있었을지도 모르겠다.

"한 가지 안이 있습니다. 하오나 이건 이것대로 상당히 난폭한 방법이온데…….."

그리 말하며 하쿠야가 내게 제안한 것은, 확실히 무척 난폭한 방법이었다. 가도의 백성들에게는 무척 민폐가 되겠지. 하지만…… 버리는 것보다는 훨씬 나았다.

"그 안으로 가자. 시간이 없어. 시급히 [모험가 길드]에 연락을 취하도록."

"알겠사옵니다."

엘프리덴 왕국 남서부에 미확인 마물 출현.

그 마물은 이족보행의 인간 형태인데, 누덕누덕한 어릿광대 같은 풍모에 머리는 불꽃으로 타오른다고 한다. 이제까지 발견 보고가 없는 마물이었다.

겉모습을 본떠서 그 마물은 [플레임 피에로(화염 어릿광대)]라고 가칭하게 되었다.

플레임 피에로는 복수로 나타나서 마을을 습격, 머리의 불꽃으로 집들을 불태운다고 한다. 이런 새로운 종류의 마물이 갑자기 나타나는 사태는, 각지에 던전이 존재하는 이 세계에서는 빈번하지는 않을지라도 그렇게 드문 일도 아니었다.

아마도 이 플레임 피에로도 던전에서 나온 마물일 것이다. 이런 새로운 종류의 마물에 대한 대처는 주로 모험가의 역할이었

다. 그리고 플레임 피에로의 발견 보고가 들어오자마자 모험가 길드에서 어떤 퀘스트가 발령되었다. 그것은,

[플레임 피에로에게 습격당한 마을에서 피난민을 호위하라.]

……라는 퀘스트였다.

이는 왕국이 국왕 명의로 의뢰한 것이었다. 이 사태에 왕국은 우선 플레임 피에로가 출현한 곳 근처의 마을부터 사람들을 피난시키고자 하는 모양이었다.

다만 현재 왕국은 국왕 소마와 육군대장 게오르그가 대립하는 상태로, 병사를 움직일 여유가 없었다. 그래서 모험가 길드에 의뢰하여 그들에게 피난민 호위를 맡기고자 한 것이리라. 나라의 퀘스트라서 상당히 괜찮은 액수의 포상금이 나오는 모양이라, 모험가들은 모조리 이 퀘스트를 수주하고 피난민의 호위를 맡았다.

그런 모험가 파티 중 하나가 이곳에도 있었다.

리더가 젊고 늠름한 검사 디스, 동안에 슬렌더한 여자 도둑 유노, 온화하고 사람 좋은 인상의 청년 신관 페브랄, 나이스 보디 서글서글 미인 마도사 줄리아. 예전에 무사시 도련님과 함께 퀘스트를 받은 모험가 파티였다.

이번에는 그 네 사람에 더해 울룩불룩한 마초 권투사 오거스도 있었다.

이전에 무사시 도련님이 이 파티에 가담했던 것은 바로 이 오거스가 없었기 때문으로, 그의 구멍을 메우고자 임시 멤버를 모집했던 것이 인연이었다.

그들 역시도 왕국의 퀘스트를 수주했다.

주민을 피난시키는 마을은 왕도에 가까울수록 빨리 매진되어 버려, 뒤처진 그들이 맡은 마을은 왕국 남서부 국경선에 무척 가까운 작은 산촌이었다. 서른 명 정도의 마을 사람들을 호위하며 그들은 나무가 우거진 숲속을 동쪽으로 나아갔다.

'현재로서는…… 이상 없음.'

파티 안에서 척후 역할인 유노가 나무 위에서 주위를 경계하고 있었다.

마을 사람들을 호위해야 하는 상황에서, 경계해야 하는 건 플레임 피에로만이 아니었다. 흉포한 야생동물이라든지, 치안이 나쁜 나라 같은 경우에는 산적 따위도 호위 임무를 맡았을 때는 경계해야 하는 존재였다.

그래서 유노는 원숭이처럼 나무 위를 뛰어다니며 주위를 탐색 중이었다.

'괜찮은 보수인 거 치고는 문제도 없고…… 어쩐지 맥 빠지네.'

하늘을 날며 유노는 그렇게 생각했다.

괜찮은 보수의 퀘스트는 대부분의 경우에 난이도가 높다. 얼핏 난이도가 낮은 것처럼 보이는 퀘스트도 좋은 보수가 붙은 경우에는 무언가 이면이 있다. 구미 당기는 이야기에는 조심, 이것은 모험가 사이에서는 철칙이었다. 설령 신뢰할 수 있다고 여겨지는 나라에서 건넨 퀘스트일지라도.

그러나 막상 받아들였더니 플레임 피에로 따윈 나타나지 않고, 그저 마을 사람들과 함께 걸어가면 그만인 편한 퀘스트였다.

유노가 경계 임무를 마치고 돌아오자 디스와 페브랄이 이야기를 나누고 있었다.

"역시 이 퀘스트, 지나치게 간단한 것 같군요."

"간단하다면 그보다 더 좋을 일도 없잖아?"

생각하는 표정인 페브랄을 향해 디스는 어깨를 빙글빙글 돌리며 말했다. 페브랄은 이 파티 내에서는 분석가로서, 리더인 디스의 상담자 역할이었다.

"애당초 퀘스트의 원흉인 플레임 피에로를 우린 아직 본 적이 없어요. 위험성만 들었는데…… 아무래도 과장된 거 같네요."

"그래, 나도 그런 생각은 했어."

유노도 두 사람의 대화에 가담했다. 디스가 유노를 봤다.

"주변 상황은?"

"문제없음. 숲은 고요하더라고."

"그런가…… 그래서, 유노도 그렇게 생각했다는 건?"

"이 퀘스트는 플레임 피에로를 상대로 한 [호위 퀘스트]잖아? 어째서 플레임 피에로 [토벌 퀘스트]가 아닐까, 했거든. 듣자 하니 그렇게까지 많은 숫자가 있는 것 같지도 않으니까, 마을 사람들을 줄줄이 이동시키는 것보다는 그 플레임 피에로를 섬멸하는 편이 빠르잖아?"

"유노 씨의 의견도 타당하다고 생각해요."

페브랄은 그리 수긍했지만 디스는 아직 회의적이었다.

"토벌 퀘스트를 의뢰할 수 없을 정도로 위험한 녀석이 아닐까?"

"그렇다면 좀 더 큰 피해 보고가 있어도 이상하지 않겠죠. 하지만 현 상황에서 들리는 피해는, 마을 사람이 도망쳐서 텅 빈 마을 두세 개가 불탄 정도…….”

“……뭐, 묘한 느낌은 들려나.”

디스는 파티의 리더를 맡고 있는 만큼 다른 이의 의견에 귀를 기울일 줄 아는 사람이었다. 경청할 가치가 있는 의견이라고 생각했다면 받아들일 수 있는 도량이 있었다.

디스는 손을 들어 머리 뒤로 깍지 낀 유노에게 말했다.

“유노, 엄중하게 경계해 줘. 지금부터는 마물이나 동물 이외의 것에도 주의를 기울이고.”

“알았어.”

유노는 그리 말하고 또다시 나무 위로 올라가서는 뛰어갔다.

그런 유노를 지켜본 뒤, 디스는 페브랄에게 말했다.

“페브랄은 지금 이야기했던 걸 선두에 있는 오거스랑 줄리아 한테도 해 줘. 나는 이대로 최후미를 맡을게.”

“알겠습니다.”

페브랄이 선두 쪽으로 걸어가는 것을 보며 디스는 한숨을 내쉬었다.

‘이 퀘스트, 어쨌든 편하게 끝나주면 좋을 텐데…….’

디스는 절실하게 그리 소망했다.

다른 이들과 떨어진 유노가 다시 경계를 시작했다.

숲은 여전히 적막했지만 숲속의 가느다란 산길로 나갔을 때,

예민한 유노의 청각이 무언가의 소리를 감지했다. 나무에서 내려온 유노가 바싹 엎드려서 지면에 귀를 댔다.

'이 소리는…… 말발굽?'

여기서 그리 멀지 않은 거리에서 들리는 말발굽 소리. 복수이고 소리도 무거웠다.

또한 들리는 것은 말발굽 소리뿐이고 바퀴가 굴러가는 소리는 들리지 않는 것까지 고려하면 이 소리의 주인은 기병…… 그것도 중장기병 무리로 여겨졌다.

'이런 산길을 중장기병이 지나간다고?'

수상쩍게 생각한 유노는 소리가 들린 방향을 정찰하기로 했다. 정찰에 나서기 전에,

"아오오오오오!"

회색 늑대의 울음소리 흉내를 냈다. 이것은 다른 동료들에게 [이변 발생. 주의하라.]라는 의미의 신호였다. 이렇게 해두면 다른 동료들은 경계할 터이고, 무슨 일이 있어서 자신의 귀환이 늦어졌을 때에는 구원하러 와 줄 것이다.

유노는 그때까지 이상으로 소리를 죽이고 나무들 위를 뛰어다니며 소리의 주인을 찾았다.

잠시 후, 먼 곳에서 갑옷이 스치는 금속음이 들렸다. 유노는 그늘로 몸을 숨기고 주변 상태를 살폈다. 그러자 예상대로 중장기병 무리가 산길을 달려오는 것이 보였다. 수는 다섯. 모두 검은 갑옷으로 몸을 감싸고 있었다.

'어째서 이런 장소에?'

유노가 수상쩍게 생각하여 관찰하자니 기병들이 든 방패에 그려진 문장이 시야에 들어왔다.

'저건…… 아미도니아 공국의 문장. 그럼 저 녀석들은 공국의 기병인가?'

이곳은 엘프리덴 왕국의 영지. 그곳에 아미도니아 공국의 기병이 있다는 사실 자체가 이상했다. 던전이나 퀘스트를 찾아서 대륙을 돌아다니는 모험가는 국가에 대한 귀속 의식이 희박했다. 그러나 대륙을 돌아다니기에 국가 사이의 정세에는 환했다.

'공국은 왕국을 적대시할 터. 그런 공국의 기병이 이곳에 있다는 건…… 엘프리덴 왕국은 아미도니아 공국에게 침공당했다는 말인가?'

확실히 남서부 국경선에 아미도니아 공국군이 집결 중이라는 이야기가 있었다.

모험가 길드에는 국가가 일정 금액을 지불하여, 다른 나라로부터 침공당했을 때에는 자국 내에 있는 모험가를 강제적으로 징병할 수 있다는 제도가 있다. 그래서 왕국 안에서 활동하고 있는 모험가들은 그런 공국군의 동향을 주시하고 있었는데, 왕국에서 모험가 길드에 원군을 요청했다는 소식은 없었다. 그러니까 큰일에 이르지는 않으리라 생각했던 것이다.

참고로 그 계약은 용병과 같은 이유로 자금 낭비라고 판단한 소마가 중지했지만, 그 사실은 말단 모험가들에게는 알려지지 않았다.

'숫자를 보면 척후 부대겠지. 그렇다는 건 본대도 근처에 있나?'

저 녀석들이 이동하고 있는 마을 사람들을 발견한다면 너무도 위험했다. 저 다섯뿐이라면 모를까 다수가 온다면 승산은 없었다.

마을 사람들은 포로로 끌려갈지도 모르고 호위 중인 자신들은 살해당할지도 모른다. 그렇다고 해서 퀘스트를 포기하고 도망친다면, 이번에는 모험가 길드에게 수배자로 쫓기는 몸이 될 것이다.

유노는 작게 한숨을 내쉬고는 마음을 다잡았다.

'어쨌든 발은 묶어 둬야지.'

유노는 나뭇잎 사이로 몸을 숨기며 이동하여 서서히 다섯과의 거리를 좁혔다. 그리고 손에 든 돌멩이를, 선두에서 달리는 말 머리를 향해 던졌다.

탁.

히히히히이잉!

"우왁?!"

머리 옆에 돌멩이를 맞고, 선두에서 달리던 말이 앞발을 쳐들었다. 타고 있던 공국 병사는 하마터면 떨어질 뻔했다. 동료 기병이 다가왔다.

"왜 그래?"

"아니, 말이 갑자기 날뛰어서 말이지……."

"벌한테 쏘이기라도 한 거 아냐?"

"모르겠어. 뭔가 날아온 것 같기는 했는데……."

공국의 기병들이 그런 대화를 나누는 사이, 유노는 이동해서 그들의 후방으로 돌아 들어갔다. 그리고 최후미의 기병이 탄 말에게 또다시 돌멩이를 던졌다.

탁.

푸르히이이이이잉!

맞은 순간, 최후미의 말이 마구 날뛰었다.

"우왁, 이 자식, 진정해!"

"뭐야?! 뭔가 있나?!"

기병들이 주위를 두리번두리번 둘러봤다. 갑자기 말이 두 마리나 날뛰었으니 무척 신중해진 모양이었다.

그 모습을 보고 유노는 안도하며 가슴을 쓸어내렸다.

'좋아. 이걸로 행군 스피드는 떨어지겠지.'

주위를 경계하면 경계할수록 속도는 느려진다. 이제는 다른 동료들과 합류해서 마을 사람들을 재촉하는 것뿐이리라. 그리 생각하고 유노가 발길을 돌린 그때였다.

갑자기 몸을 돌린 탓에 나뭇가지가 살짝 흔들리고 말았다. 그 진동 때문에, 하필이면 유노의 머리 위에 있는 가지에 앉아 있던 새가 놀라서 날아오른 것이었다. 파닥파닥 새 날개 소리가 들리고, 공국 기병들이 유노가 있는 방향을 보고 말았다.

"?! 뭔가 있다?!"

"이런……."

유노는 곧장 도망쳤다. 순간적인 판단으로, 온 방향과는 반대쪽으로 뛰었다. 이 녀석들을 데리고 마을 사람들이 있는 곳으로 돌아갈 수는 없었다.

그런 유노를 기병들이 쫓았다.

"놓치지 마라! 반드시 붙잡아야 한다!"

그런 목소리가 유노의 후방에서 들렸다. 유노는 나무들이 밀집한 장소를 선택하여 도주하고 빠른 몸놀림을 이용해서 뿌리치려 했지만, 땅에서 달리는 것은 말 쪽이 빨랐다.

기병들은 교묘하게 말을 몰아 나무들이 밀집한 곳을 우회해서 유노를 쫓았다.

'젠장…… 끈질기네!'

유노는 반쯤 죽었다고 생각했다. 모험가인 유노는 딱히 왕국에 애착이 있는 인간이 아니었다. 그러나 상대에게는 그런 사정 따윈 통하지 않으리라. 붙잡힌다면 어떤 꼴을 당할지…… 그리 생각하니 등골이 얼어붙는 기분이었다.

'허억…… 허억…… 누가, 어떻게든 해 줘…….'

마음속으로 그리 기도했을 때였다.

전방에 뭔가 일렁이는 불꽃이 보였다. 그 숫자, 여섯. 멀리서도 또렷이 보인다니 상당히 커다란 불꽃인 듯했다. 유노는 무심코 멈춰 설 뻔했다. 그러자,

"우왁."

갑자기 뻗은 무언가에 팔을 붙잡혀 유노는 수풀 속으로 끌려 들어갔다.

"대, 대체……(턱)."

소리를 지르려고 한 유노의 입을 무언가 부드러운 것이 뒤덮었다. 자세히 보니 유노가 전에 폭 감싸였던 무언가가 있었다.

그 모습을 보고 유노는 작은 목소리로 외쳤다.

"다, 당신은?!"

유노는 알고 있었다. 땅딸막한 체형. 흰 천을 감은 얼굴에서 엿보이는 동그란 눈. 등에는 대바구니를 짊어지고 커다란 염주를 어깨에 걸었으며 손에는 언월도를 들고 있었다.

왕도에서 소문이 자자한 [인형 옷 모험가] A.K.A. 무사시 도련님이었다.

"인형 옷 형씨잖아! 어째서 이런 곳에?!"

유노의 질문에 무사시 도련님은 동그란 손을 자신의 입가에 댔다.

[…………("조용히 해 주세요. 발각당할 거예요."라고 말한다).]

"발각당한다니, 이미 바로 저기까지…….'"

[…………("괜찮아요. 자, 저기 보세요."라며 유노에게 보라고 재촉한다).]

"응―?"

여전히 어째선지 성립되는 대화를 거쳐 유노가 수풀 사이로 살피자, 조금 전 불꽃의 정체가 눈앞을 지나가고 있었다. 그것은 온통 너덜너덜해진 누더기를 걸치고 좀비처럼 기묘하게 움직이며 머리에서 불꽃을 피워 올리고 있었다.

'플레임 피에로…….'

유노는 금방 그것이 모험가 길드에 보고되었던 신종 마물 [플레임 피에로]라는 사실을 깨달았다. 그러나 자세히 보니 뭔가 이상했다. 움직임은 묘하게 삐걱삐걱해서 마치 마리오네트처럼 보였다.

그렇게 생각하고 있자니,

"우와아아아악!"

"이, 이놈들은 뭐야!"

쫓아오던 공국 기병들 쪽에서 그런 소리가 터졌다.

낄낄 소리를 내며 다가오는 불꽃의 이형을 보고 기병들은 척후 임무 운운할 때가 아니었다. 지금 이 자리에서 이런 정체 모를 것과 싸워 봐야 그들에게 메리트는 없었다. 그보다도 이 녀석들의 존재를 본대에 보고하는 쪽이 우선이었다.

"칫, 이런 녀석들을 상대하고 있을 때냐. 본대로 돌아간다!"

리더로 보이는 하나가 그리 말하자 기병들은 퇴각했다. 유노는 가슴을 쓸어내렸지만 위험이 사라진 것은 아니었다. 이번에는 대신에 플레임 피에로 무리가 근처에 있는 것이었다. 유노는 언제든지 싸울 수 있도록 단검을 들었다.

턱.

그러자 그런 유노의 머리 위에 무사시 도련님이 손을 얹었다. 갑자기 그런 행동을 당하여 유노는 눈을 동그랗게 떴다.

"자, 잠깐만 형씨! 이럴 때 대체 뭘……."

[…………("이제 괜찮아. 위험은 사라졌으니까."라며 손을 절레절레).]

"위험은 사라졌다니…… 하지만 저 녀석들은!"

[…………("이제 그만 됐으니까. 빨리 동료들과 합류하자."

라고 말한다).]

그리고 무사시 도련님은 유노를 들어서는 등에 짊어진 대바구
니 안에 넣었다.

"우왁, 또 이거야?!"

유노의 항의 따윈 무시하고, 유노를 짊어진 무사시 도련님은
타박타박 걷기 시작했다. 유노는 잠시 어안이 벙벙했지만, 다
시 기운을 차리고는 무사시 도련님의 머리에 턱을 얹었다.

"······형씨가 구해준 건 이걸로 두 번째네."

[············(무사시 도련님, 엄지를 척).]

"어째서 형씨는 이런 곳에 있어?"

[············.]

유노의 질문에 무사시 도련님은 아무 말도 하지 않았다. 아니,
원래부터 아무 말도 안 했지만, 유노로서도 그 생각을 알아차릴
수 없었다. 그저 그의 등을 바라보며 어쩐지 [슬픔] 같은 것을
느낀 기분이었다.

유노는 머리를 긁적이고는 무사시 도련님의 머리를 툭툭 두드
렸다.

[············("그, 그만해요."라며 팔다리를 바동바동).]

"흥. 그만하길 바란다면 기운을 내. 살다 보면 잘 안 풀리는 일
도 있지만, 그래도 끝까지 살아남으면 이기는 거야. 내일의 밥
을 먹을 수 있어."

[············.]

그런 유노의 말에 무사시 도련님은 아무런 말도 하지 않았다.

다만 발걸음은 조금 전보다도 조금 가벼워진 것처럼 느껴졌다.

"살아남으면 이긴다…… 인가."

조금 난폭했지만 유노 나름대로의 격려였으리라. 그런 유노의 말은, 멀리 떨어진 왕도에서 무사시 도련님과 '플레임 피에로'를 조종하는 소마의 마음에도 확실하게 전해졌다.

하쿠야가 공국군으로부터 남서부의 백성을 구하기 위해 생각해낸 방안.

그것은 소마의 능력【리빙 폴터가이스트】를 이용해서 움직이는 기묘한 인형을 신종 마물 [플레임 피에로]로 퍼뜨리고, 공국군의 진로 상에 있는 마을이나 도시를 습격하게 하여 강제적으로 피난시키는 것이었다.

그리고 모험가 길드에 퀘스트를 의뢰하여, 이야기에 진실성을 부여하는 것과 동시에 모험가에게 피난하는 주민의 호위를 맡긴 것이었다.

실제로 플레임 피에로를 사용해서 텅 빈 마을을 불태우기도 했다. 불탄 마을의 주민들에게는 더없이 폐가 되는 이야기이리라. 나중에 제대로 배상해 줄 생각이라고는 해도, 추억이 담겨 있을 마을을 이쪽의 형편에 따라 일방적으로 불태운 것이었다.

하쿠야가 난폭한 방법이라고 사전에 경고한 것도 지당했다.

그럼에도 소마는 선택했다. 아무것도 모르는 백성이 공국군에게 유린당하는 것보다는 낫다며. 피해의 경중을 비교하여 취사선택을 하고 말았다. 사람으로서는 결코 칭찬받을 수 없는 행위이리라.

마음이 무거워지기는 했지만 유노의 말로 조금이나마 편해진 기분이었다.

"그러네…… 살아남지 못한다면 사죄할 수도 없으니까 말이야."

소마는 그리 중얼거리고는 집무실 문을 나섰다.

한편 그 무렵, 아미도니아 공국군 본대에서 정찰부대의 보고를 받은 율리우스는 고개를 갸웃거리고 있었다. 불꽃의 마물이 출현했다……. 별안간 믿기는 힘든 이야기였다.

'진로 상에 있는 마을이나 도시가 불태워졌다는 보고가 올라왔지…….'

그 보고를 받았을 때, 앞서간 병사가 폭주해서 약탈을 벌인 것인지 의심했다. 전후에 이 지방 일대의 병합을 노리는 이상, 지역 주민에게 지나친 반감을 사서는 안 된다.

율리우스가 전군에 주의를 촉구해야 할까 생각한 참에, 그 마을이나 도시는 아무래도 공국군이 도착하기 며칠 전에 불탄 것이라는 보고가 올라왔다. 병사의 폭주가 아니었던 것은 다행이지만, 그렇다면 어째서 마을이나 도시가 불타 버렸을까.

다음으로 율리우스가 생각한 것은 청야전술이었다.

원정군인 아미도니아 공국군이 현지에서 식량이나 물 등을 보급하지 못하도록 진로 상에 있는 마을이나 도시를 태워 버린 것은 아닐까, 그런 생각이었다. 그 경우, 왕국에 이쪽의 움직임이 완전히 읽혀 버렸다는 이야기였다. 그렇다면 이대로 진군하는 것은 위험하다. 율리우스로서는 아버지 가이우스 8세에게 철군을 진언해야 하리라.

'하지만…… 청야전술치고는 방법이 너무 조잡해.'

지금은 9월 말이기도 해서 한창 수확철이었다. 청야전술을 벌인다면 수확물이 있는 밭 등에도 불을 낼 테고, 우물도 메워 버리거나 독을 풀었을 것이다.

그러나 불탄 것은 어디까지나 마을, 도시뿐. 밭에는 손을 대지 않았고 우물도 쓸 수 있었다. 실제로 공국군은 현지에서 식량이나 물의 보급이 가능했다.

또한 불탄 마을에서는 금품 따위가 발견되었다. 주민들이 황급히 피난을 갔다는 증거이리라.

결국, 이곳 일대의 마을이나 도시는 마물이나 산적의 습격을 받은 모양이다, 그리 결론을 지었다. 그렇기에 율리우스도 가이우스에게 별다른 진언은 하지 않았다.

'불꽃의 마물을 목격했다는 증언은 현장의 상황과 전혀 모순되지 않아…… 하지만.'

지나치게 딱 들어맞는 것이 아닐까. 율리우스는 그런 느낌을 받고 있었다.

'아무래도 지금의 국왕에게서는 어쩐지 수상한 낌새가 느껴지는군.'

————복마전 같았다.

북동쪽을 바라보며 율리우스는 그렇게 생각했다.

🔱 제4장 ✦ 아르토플라의 영주

──────대륙력 1546년 9월 32일

이날부터 시작된 소마 왕의 싸움은 세 장소에서 동시에 전투가 진행되었다고 하여 [삼면 전쟁], 혹은 짧은 기간을 바탕으로 [일주일 전쟁] 등으로 불리게 된다.

이 전쟁은 엘프리덴 왕국에도, 또한 아미도니아 공국에게도 무척 중요한 의미를 지닌 전쟁이 되었기에, 이 전쟁을 바탕으로 고사성어가 몇 개나 만들어지게 되었다. [아르토플라의 영주]라는 표현도 그런 고사성어 중 하나였다.

엘프리덴 왕국 남서부에 있는 도시 [아르토플라].

곡창지대의 중심에 있는 성벽도시인데, 그런 아르토플라는 현재 아미도니아 공국군 3만에게 포위당한 상태였다. 아르토플라 수비병은 5천 정도밖에 없으니 상대가 밀어붙인다면 며칠도 못 버티고 함락되리라. 그렇다고 새 국왕 소마는 관계가 멀어진 육군대장 게오르그와의 싸움에 병력을 보낸 상태이기에 원군을 보낼 수도 없었다.

　누구라도 아르토플라의 함락은 시간문제라고 생각할 것이다. 그러나 포위하고 있는 공국군은 공격을 가하려 하지 않아, 아르토플라 주위는 기묘한 적막으로 뒤덮여 있었다.

　왜 이런 상황이 되었나?

　그것은 한 남자의 행동에 따른 것이었다. 지금 아르토플라를 포위한 공국군의 본대에는 한 중년 남성이 아미도니아 공왕 가이우스 8세 앞에 엎드려 있었다. 그 남성은 비쩍 마른 것이 참으로 유약해 보이는 풍모였다.

　그의 이름은 와이스트 가로.

　아르토플라를 비롯하여 이 주변 일대를 다스리는 영주였다.

　와이스트는 아르토플라에 관저를 둔 만큼 그곳을 수비하는 쪽의 수장일 터인데, 지금은 어찌 된 영문인지 적인 가이우스 8세에게 머리를 조아리고 있었다.

　걸상에 앉은 가이우스 8세 옆에는 공태자 율리우스도 함께 있었다. 그리고 걸상에 앉은 채로 와이스트를 흘겨보던 가이우스가 입을 열었다.

　"호오…… 그럼 아르토플라는 저항하지 않고 성문을 열겠다는 거로군."

　"예, 예입! 아미도니아 공국군에게 거스를 의사 따윈 없사옵니다!"

　가볍게 움찔거리면서도 와이스트는 대답했다. 가이우스는 눈을 가늘게 떴다.

"……이유를 들어 보지."

"이유고 뭐고, 이런 대군을 막아내는 건 불가능하옵니다! 아르토믈라는 곡창지대인 평지에 세워진 도시라서 수비하기에 좋은 지형이 아니옵니다. 또한 방어설비도 성벽뿐이고 수비병도 수천 정도밖에 없습니다. 왕도에서 원군도 기대할 수 없는 상황에선, 이런 대군에게 공격을 받으면 당연히 함락당할 것이옵니다!"

가이우스가 율리우스 쪽으로 시선을 주자 그는 입을 다문 채로 고개를 끄덕였다. 와이스트가 이야기한 내용과 가이우스, 율리우스 부자의 인식에 상이한 점은 없다고 판단되었다.

우선 그의 이야기에 거짓은 없다고 판단한 가이우스는 "흠." 하며 신음했다.

"그래서 우리에게 항복하겠다는 건가?"

"예, 예입. 수비하는 것이 불가능하다면 그저 공왕 폐하의 온정에 매달리는 수밖에 없사오니."

와이스트의 말을 듣고 가이우스는 싱긋 웃었다.

가이우스의 입장에서도 와이스트의 항복은 호박이 제 발로 굴러들어 온 격이었다. 지금은 왕국 내의 불화를 틈타 출병했지만 혹시 이후에 왕국이 소마나 게오르그 아래에서 하나가 된다면 국력 차이에서 밀리는 공국은 불리한 상황으로 내몰린다. 그런 사태에 대비하기 위해서라도 병력의 손실 없이 도시를 손에 넣을 수 있다면 그보다 더 좋은 일은 없었다.

"괜찮겠지. 그렇다면 바로 성문을 열어라."

"그, 그건 조금만 기다려 주십시오."

가이우스의 미간이 기분 나쁜 듯이 움찔 올라갔다.

"어째서냐?"

"혀, 현재 성내에서는 비전파와 철저항전파로 의견이 나뉘어 있습니다. 철저항전파 중에는 '설령 항복하더라도 아미도니아는 우리를 모두 죽일 것이다.'라고 주장하는 자들이 있고, 비전파 중에도 그렇게 될 거라 의심하는 자가 있사옵니다."

"호오…… 그건 네놈 말인가?"

"저, 전혀 그렇지 않사옵니다! 저희는 목숨을 구걸하는 입장. 그럼에도 상대를 의심하다니, 당치도 않은 일이옵니다!"

와이스트는 식은땀을 흘리며 황급히 변명했다.

"저, 저는 믿고 있사오나 그런 의견을 가진 자가 있다는 말씀입니다. 그래서 우선 제가 이곳으로 와서 공왕 폐하의 의향을 여쭙기로 한 것이옵니다."

와이스트의 말에 가이우스는 생각에 잠겼다. 변명에 이상한 점은 보이지 않았지만, 과연 이 남자의 말을 믿어도 될 것인가.

가이우스가 생각에 잠겨 있자니 옆에 선 율리우스가 끼어들었다.

"성내 따위, 설득하지 않더라도 우리는 언제든지 아르토플라를 함락시킬 수 있다."

"예. 그건 이미 잘 알고 있사옵니다."

와이스트는 율리우스를 상대로도 잔뜩 머리를 조아리며 대답했다.

"하오나 그걸 모르는 어리석은 자도 많사옵니다. 그런 어리석은 자들 때문에 가이우스 폐하께서도 병력을 소모하고 싶지는 않으시겠지요. 목숨만 보증해 주신다면 제가 반드시 성내의 의견을 모으도록 하겠습니다."

메뚜기처럼 꾸벅꾸벅 머리를 숙이는 와이스트를 보고 율리우스는 혐오감을 느꼈다.

'왕국 귀족은 이렇게까지 평화에 절어 있었나. 선대 국왕 알베르토 경의 치세에는 큰 싸움도 없었으니까 말이지. 맹장 게오르그가 이 나라를 단념한 것도 당연할지 모르겠어.'

율리우스가 그렇게 생각하던 중, 가이우스가 무릎을 탁 두드렸다.

"……좋다. 성문을 연다면 성내에 있는 자들의 안전은 보증하지. 얼른 성으로 돌아가서 의견을 모으도록 해라."

가이우스의 말에 와이스트는 머리를 땅에 비벼대며 기뻐했다.

"가, 감사하옵니다! 그럼 바로, 실례하겠습니다!"

그리 말하자마자 와이스트는 얼른 본진을 나섰다. 마치 도망치는 생쥐처럼 바삐 움직이는 뒷모습을 바라보며 율리우스는 가이우스에게 물었다.

"괜찮겠습니까? 중용할 인물로는 보이지 않습니다만……."

"흥, 성문만 연다면 우리 마음대로 하면 돼."

가이우스는 사악한 미소를 지었다.

"적에게 알랑거리는 쥐새끼 따윈 필요 없다. 용무만 마치면 목을 베어 성문 앞에 효수해 주마."

"……과연."

율리우스는 납득한 듯 물러났다. 가이우스는 걸상에서 일어서더니 장수들을 향해 '아르토플라의 성문이 열리는 대로 즉각 입성하여 제압하라.' 하고 전령을 날렸다.

그러나 해가 지도록 아르토플라의 성문이 움직일 기미는 전혀 없었다.

"에에잇! 와이스트는 뭘 하는 거냐!"

제대로 바람맞은 꼴이 된 가이우스는 짜증을 내고 있었다. 노발대발한 공왕의 분노가 자신에게로 향하지는 않을까, 부하 장병들도 걱정스러운 표정으로 서로를 마주 봤다. 그런 가운데 단 한 사람, 율리우스는 냉정하게 사태를 분석하고 있었다.

"성내의 의견을 모으는 데에 실패했나…… 아니면 우리는 와이스트에게 속은 걸지도 모릅니다."

"젠장! 지금부터 전군을 동원해서 밀어붙여 버릴까!"

가이우스는 당장에라도 총공격을 명령할 듯한 분위기였다. 그런 가이우스의 모습에 율리우스는 애써 냉정하게 진언했다.

"기다려 주십시오. 적이 책략을 꾸미고 있다면 무언가 함정이 있을지도 모릅니다. 야음을 틈타 기습을 가할 가능성도 있으니, 우선은 수비를 굳히고 날이 밝기를 기다렸다가 해가 뜨는 것과 동시에 공격해야 하지 않을까 합니다. 저런 도시 따윈 반나절만 있으면 함락시킬 수 있을 테죠."

율리우스의 적절한 지적에 가이우스는 쳐들었던 주먹을 내렸다.

"으으윽…… 어쩔 수 없군."

가이우스는 율리우스의 진언을 받아들여, 장수들에게는 날이 밝는 것과 동시에 공격하도록 명령했다. 가이우스가 공격을 참아 주었다는 사실에 안도하면서도, 율리우스는 아르토플라에게서 무언가 꺼림칙한 것을 느끼고 있었다. 율리우스가 와이스트에게서 느낀 혐오감. 그것은 정말로 알랑거리는 와이스트의 태도에서 느낀 것이었을까.

'그 남자가 땅에 머리를 대고 있을 때, 우리에게는 보이지 않는 위치에서 그 남자는 어떤 표정을 짓고 있었을까. 공격당하지 않는다는 사실에 안도했을까, 아니면…….'

무언가…… 있는 것일까. 깊은 곳으로, 더욱 깊은 곳으로 끌려들어가는 듯한 감각. 마치 보이지 않는 누군가에게 제대로 농락당하고 있는 듯한…….

'아무래도 와이스트 가로가 아닌 인물의 냄새가 나는데…….'

그의 시선 끝에 있는 아르토플라는 기분 나쁠 정도로 적막했다.

─────대륙력 1546년 10월 1일, 새벽

하룻밤이 밝았다. 율리우스가 걱정했던 야습 따위도 없었다.

가이우스 8세는 예정대로 전군에게 공격을 명령하려고 했다. 그때였다.

[[[우오오오오오오오오오오오오오오오오오!!!]]]

조용했던 아르토플라의 성벽 안에서 갑자기 함성이 터졌다.

기개는 드높아서 가이우스가 공격 명령을 주저할 정도였다. 어제까지 그렇게나 조용했던 아르토플라에서 대체 무슨 일이 벌어진 것인가. 설마 원군이라도 도착했나. 이런저런 억측이 가이우스의 머릿속에 떠올라서 판단을 내릴 수가 없었다.

그런 가운데, 아르토플라 쪽에서 말 한 마리가 아미도니아 진영을 향해 달려왔다. 말 위에 있는 사람은 다름 아닌 와이스트가로였다. 와이스트는 굴러떨어지듯 말에서 내리더니 분노한 표정으로 맞이한 그들 앞에 엎드렸다.

"와이스트! 네놈, 성문을 열겠다는 약조는 어찌 된 게냐!"

가이우스의 호통에 와이스트는 더욱 움츠러들었다.

"죄, 죄송하옵니다! 성내의 사람들은 자포자기해서 설득에 시간이 걸리고 있사옵니다."

"에에잇, 변명 따윈 듣고 싶지 않다!"

가이우스는 허리춤에 차고 있던 칼을 뽑아 들어서는 날 끝을 와이스트의 목덜미를 향해 내질렀다.

"히익!"

"네놈의 목을 효수해서 성내에 있는 자들에게 보여 주마!"

"소, 송구스럽사오나 공왕 폐하. 이렇게 말하는 것도 무엇하오나…… 이런 수만의 대군에 포위당해서야 정상적인 판단은 불가능하옵니다……."

와이스트는 지독히 허둥대면서도 변명을 시작했다.

"지, 지금 아르토플라에서 나온 함성은 [어차피 아미도니아 공국은 약속을 지킬 생각 따윈 없다. 그렇다면 하나라도 더 많이 저세상으로 끌고 가 주마.]라며 으르렁대는 소리이옵니다."

"…………."

실제로 약속을 지킬 생각이 없었던 가이우스는 말문이 막혔다.

성내의 병사들이 모두 죽음을 각오했다면, 힘으로 밀어붙여서는 리스크가 지나치게 크다. "죽는다면 같이 죽겠다."면서 숨이 끊어질 때까지 계속 싸우는 기계 같은 존재이니까. 정면으로 맞붙으면 아군의 피해가 커진다. 아미도니아의 승리는 당연하겠지만, 당연하기에 이런 곳에서 병력을 소모하고 싶지 않았다.

그러자 보다 못한 율리우스가 끼어들었다.

"아버님, 저런 병사들과 싸우는 건 피해가 크니 피해야 합니다. 지금은 큰 도량을 보인다 생각하시고, 와이스트 경에게 재차 설득을 부탁하는 것이 어떠실까요."

율리우스의 이 제안에 와이스트는 "이게 내 명줄이다!"라는 양 달려들었다.

"이, 이번에야말로 반드시! 반드시 성내의 사람들을 설득하겠습니다!"

가이우스는 잠시 생각에 잠겼지만 결국 와이스트에게 맡기기로 했다.

"알겠다. 이게 마지막 기회라고 생각하라."

"예, 예입! 맡겨 주십시오."

"흥…… 하나 말이다. 어떻게 해야 우리의 도량을 보여줄 수 있겠느냐.”

“그거라면, 제가 성으로 돌아가자마자 포위를 풀어 주시는 건 어떠실까요.”

와이스트의 이 제안에 가이우스는 노발대발했다.

“포위를 풀라고! 네놈, 누굴 바보로 아느냐!”

“다, 당치도 않사옵니다! 물론 잠깐만 해 주시면 됩니다. 적어도 정오까지 포위를 풀어 주신다면, 그걸 가지고 공왕 폐하께서 도량을 보여 주신다는 증거로 성내의 사람들을 설득하겠사옵니다.”

가이우스는 “흥.” 하고 코웃음 쳤다.

“……알겠다. 정오까지 포위를 풀겠다. 그때까지 성문이 열리지 않으면 공격을 진행할 것이다. 이러면 되겠느냐?”

“예, 예입! 반드시, 반드시 설득하겠사옵니다!”

와이스트가 올 때와 마찬가지 기세로 돌아가자, 가이우스는 곧바로 군을 움직여 아르토플라 포위를 풀었다. 물론 이것을 기회로 성내에서 빠져나오려는 듯한 부대가 있다면 즉각 붙잡을 수 있도록, 기동력 높은 부대를 율리우스에게 맡겨 전면에 배치했다.

‘흥, 아르토플라의 명줄 따윈 앞으로 반나절이야…….’

가이우스는 아르토플라를 향해 분노가 실린 눈빛을 보냈다.

그런 가이우스의 시선 끝. 아미도니아 공국군에게 포위당한 아르토플라에 있는 와이스트 가로의 관저 거실에서는, 지금 한 여성이 느긋이 쉬고 있었다.

3만의 대군에게 포위당한 도시 안임에도 불구하고 그 여성은 참으로 우아하게 차를 즐기고 있었다. 공국군의 진지에서 돌아온 와이스트는 그런 여성의 외모와는 다른 강단에 쓴웃음을 지으며 교섭 경위를 설명했다. 지금 와이스트의 표정은 조금 전까지 아미도니아 진지에서 드러낸 추태 따윈 전혀 느껴지지 않았다.

"이걸로 괜찮을까요, 맘…… 아니, 엑셀 공."

"그래요. 잘했어요. 와이스트도 제대로 연기를 할 수 있게 되었다니, 장한 아이네요."

홍차를 마시던 여성은 엘프리덴 왕국의 해군대장, 엑셀 월터였다. 외모는 20대 중반이지만 실제 나이는 500살이 넘은 교룡족의 시선에서는, 쉰을 지난 와이스트마저도 어린아이 취급이었다.

"엑셀 공…… 이제는 좀 어린아이 취급하진 말아 주시지 않겠습니까?"

"내가 보기에, 해병들은 다들 어린아이에요."

"저는 이미 해군 소속이 아닌데 말이지요."

"후후, 아무리 출세했을지라도 제가 살아있는 한, 당신은 제 부하이자 아이에요."

"아—, 그래서야 평생 어린애 취급 결정이로군요."

인간족인 와이스트가 백발의 노인이 될지라도 엑셀은 젊은 모습 그대로 그를 어린아이로 취급할 것이다. 와이스트에게는 그런 미래가 훤히 보이는 것 같았다.

"하지만······ 그런 엑셀 공을 심부름꾼으로 다루는 국왕 폐하도 무서운 사람이로군요."

"폐하 쪽도 사람을 참 험하게 다룬다니까. 아무리 처음부터 가신으로 따르겠다고 표명했다고는 해도, 갑자기 '국왕 방송의 보옥과 간이 수신기를 가지고 아르토믈라로 가라.'고 그러더란 말이지?"

소마의 최종권고는 이틀 전에 진행되었는데, 엑셀은 월터 공령이 아니라 이곳 아르토믈라에서 권고에 참가한 것이었다. 방송에 비치는 풍경은 제한되어 있기에 실내만 그럴싸하게 갖춰놓으면 그녀가 어디에 있는지는 알 수도 없으리라. 아미도니아의 밀정이 최종권고가 진행되었다는 사실을 보고했다면 그들은 엑셀이 월터 공령에 있다고 생각했을 터.

그것을 이용해서, 소마는 월터가 몰래 아르토믈라로 들어가도록 지시한 것이었다.

임무는 바로 공국군의 발을 묶어놓는 것.

공국군은 우선 곡창지대의 중심도시인 아르토믈라를 제압하고, 그곳에서부터 주변 정리를 진행하여 실효지배의 기반을 굳힐 것으로 예상되었다. 그리고 왕국 측은 원군을 보낼 여유가 없는 이상, 피해를 막기 위해서는 아르토믈라에서 버티는 것 말고 달리 방도가 없었다. 그것도 가능한 한 전투를 피하는 형태로. 그것을 위하여 산전수전을 다 겪은 여걸 엑셀이 나선 것이었다.

"가이우스도 설마 엑셀 공께서 이런 장소에 있으리라고는 생각하지 않겠죠."

"라군 시티에서 여기까지는 빨라도 사흘은 걸리는걸. 뭐, 닷새 전부터 여기에 있었지만…… 정말이지, 폐하도 노인을 이리도 힘하게 부려먹으신단 말이지."

"자기 편할 때만 노인 행세하지는 마시죠."

"자학은 괜찮잖아. 다른 사람이 그렇게 부르면 절대로 용서 못 할 테지만."

목숨 아까운 줄 모르는 그런 사람은 바르가스 공 정도뿐이라고요! ……그런 외침은, 와이스트는 가슴속에 살며시 묻었다. 쉰을 넘겼다고는 해도 아직 목숨은 아까웠다.

"그런데 엑셀 공. 그렇게 번 시간은 정오까지인데 괜찮을까요? 예정대로라면 조금 더 시간을 벌 필요가 있을 터인데?"

"괜찮아. 정오까지 포위를 푼다면 재차 포위할 때까지 또 시간이 걸리니까. 총공격이 개시된다고 해도 저녁이 다 되어서야 진행되겠지."

"과연. 그럼 이제 제 역할은 끝이로군요."

"그래. 수고했어요, 와이스트. 뒷일은 나한테 맡기고 느긋하게 쉬도록 해요."

엑셀은 그리 말하며 인자한 어머니 같은 미소로 와이스트를 바라봤다.

소마에, 하쿠야에, 엑셀까지. 와이스트는 시종일관 휘둘리기만 했지만, 그 미소를 볼 수 있었다는 사실만으로도 모두 용서해 버리고 마는 스스로의 태도에 쓴웃음을 지었다.

아르토믈라의 영주

✦ **종 류** 속담

✦ **의 미** 말도 안 되는 약속을 하는 사람

✦ **유 래** 일주일 전쟁 당시,
아미도니아 공국의 가이우스 8세에게 공격당한
아르토믈라의 영주 와이스트 가로가,
가이우스를 상대로 "성문을 열겠습니다."라는
거짓 약속을 되풀이하여 시간을 번 것에서.

✦ **용 례** "저 사람은 아르토믈라의 영주니까 믿지 않는 게 좋아."

병법36계 중 제30계를 [반객위주(反客爲主, 손님이 도리어 주인 노릇을 한다)]라고 한다.

하극상이라는 의미로 사용하는 것이 일반적이지만, 방어 측(주인)과 원정 측(손님)의 입장을 뒤바꾸어 버리는 것을 가리키는 경우도 있다. 전쟁은 방어 측이 유리한 것이기에 원정 측도 그곳에서 방어전을 벌이는 듯한 상태로 몰고 가기를 바라는 것을 가리킨다.

지금 현재 카마인 공령 중심도시 랜들 근교에서 벌어지고 있는 전투는, 그런 [반객위주]의 후자 쪽에 해당된다고 할 수 있으리라.

―――――대륙력 1546년 9월 32일

카마인 공령으로 공격해 들어갈 터인 금군이 수비 측일 터인 육군을 상대로 방어전을 전개하고 있었다. 바야흐로 육군 4만의 공격을 받고 있는 '요새' 내부의 방벽 그늘에 몸을 숨기며, 지금은 금군 사관인 할버트 마그나는 투덜대는 중이었다.

"젠장…… 저쪽, 너무 열심히 하는 거 아냐?"

"어쩔 수 없는 거예요, 할."

그리 대답한 것은, 마찬가지로 방벽 뒤에 몸을 숨기고 있는 금군 소속 마도사 카에데 폭시아였다. 머리 위로는 적과 아군이 쏜 화살이 오가는 상황임에도 태평한 목소리였다.

"적의 입장에서는, 아침에 일어났더니 눈앞에 요새가 있는 데다가 안에 금군이 있는 상황이었던 거예요. 당황하는 것도 당연한 거예요."

"뭐, 그렇지…… 금군 1만으로 육군 4만한테 덤빈다니 무모한 일에도 정도라는 게 있다고 생각했는데, 이 요새에서 싸우는 게 전제였나. 대체 어디까지 용의주도하게 준비한 거야?"

"여기는 원래 아미도니아를 감시하던 요새가 있었는데, 전전대 국왕 시절에 국경선이 훨씬 서쪽으로 이동하면서 폐기된 거예요. 그걸 소마 왕께서 되살리신 거예요. 그것도…… 예전에 있던 것과는 명백하게 다른 방어력의 요새로서 말이에요."

소마가 게오르그 카마인에게 최종권고를 날린 것이 어제였다.

권고가 결렬되고 소마는 곧바로 금군 1만을 카마인 공령으로 파견했다.

금군은 육군의 상식을 뒤집을 듯한 속도로 진군하여 카마인 공령 중심도시 랜들 근처까지 접근하더니 그들의 눈앞에서 이 '요새'를 만들어낸 것이었다.

요새 건설을 위한 자재도 왕도에서 사전에 어느 정도 완성해 두고 현장에서는 지정된 장소에 설치하면 되는 투 바이 포 방식이었다. 이것은 소마가 키노시타 토키치로 시절의 히데요시가 스노마타에 [일야성(一夜城)]를 세웠을 때의 방법을 참고로 한 것이었다. 키소 강 대신에 라이노사우루스 육상열차를 사용했다.

그에 더해, 요새를 건설하는 금군 병사들에게도 비밀이 있었다.

소마의 명령으로 신도시 건설이나 도로 부설 작업에 동원되었던 금군 병사들은 이미 하나하나가 우수한 공병이 되어 있었던 것이다.

병사들은 인력으로 흙을 파거나 쌓고, 마도사가 만든 방벽을 고대 콘크리트로 덮고, 왕도에서 가져온 자재를 조립하여 배치했다.

토 속성 마도사들은 마법으로 지면을 도려내어 굴을 만들고, 지면을 쌓아 올려 방벽을 만들고, 병사가 방벽을 덮은 고대 콘크리트를 마법으로 굳히며 강화 마법으로 방벽을 강화했다.

이 세계의 상식으로는 황야에 요새를 건설할 경우에는 토 속성 마도사의 힘만으로 진행하는 것이 보통이었지만, 지금의 직속군에서는 마도사 이외에도 모든 인원이 건설 작업을 진행할 수 있었기에 작업 스피드가 월등한 것이었다.

그리고 금군 부대가 현장에 도착한 것은 어제 저녁이 다 된 시간이었음에도 불구하고 아침이 되었더니 이미 요새는 완성된 것이었다. 랜들에 있는 사람들의 입장에서는 그야말로 하룻밤 만에 요새가 지어진 것처럼 보였으리라. 후대의 역사서에 남은 [랜들의 하룻밤 요새]였다.

최종권고 이후로 틈도 두지 않고 벌어진 이 전격적인 건설에,

랜들에 틀어박힌 육군이나 부패 귀족의 사병들은 아무것도 할 수가 없었다.

"그래도 역시 카마인 공인 거예요. 동요를 보이는 건 귀족의 사병들뿐, 육군은 의연하게 이쪽을 포위하고 있는 거예요."

"잠깐, 얼굴 내밀지 마! 그러다가 화살에 맞는다고."

화살 틈바구니로 적진을 들여다보던 카에데를 할버트는 잡아 당겼다.

바로 그때,

펑!

근처에서 엄청난 폭발음이 들렸다. 할버트는 카에데가 뒤로 쓰러지려는 것을 얼른 받쳐 들었다. 지금 이 소리에는 역시나 놀랐는지 카에데는 눈을 끔뻑거렸다.

"고, 고마운 거예요, 할."

"정말이지, 정신 단단히 차려. ……지금 건 가까웠지."

아마도 적이 발사한 마법이 방벽에 적중한 것이리라.

일단 카에데를 포함한 마법사들의 손길로 방벽은 대마법용으로 강화된 상태다. 그렇다고는 해도 저렇게 몇 번이고 직격을 받아서는 버티지 못할 것이다.

할버트는 근처에 있던 투척용 창에 마법으로 만들어낸 불꽃을 둘러서는, 조금 전에 마법을 쏜 것으로 여겨지는 집단을 향해 방벽 틈새로 투척했다. 불꽃의 창은 마치 미사일처럼 날아가서 한 사람에게 박히더니 동시에 터지며 집단을 불태웠다.

"갸아아아아악!"

단말마가 여기까지 닿았다. 그것을 확인하고 할버트는 다시 방벽 뒤에 숨었다.

"그보다도 말이지—. 아무래도 이 서쪽만 공격이 격렬하지 않나? 다른 방면은 산발적으로밖에 공격받지 않는 모양인데."

"……저건 제므의 용병들이에요. 아마도 부패 귀족들에게 고용된 사람들이겠죠."

방벽 뒤에서 흘끗 살펴보며 카에데가 말했다.

"썩은 귀족들은 말 그대로 목이 걸린 상황이니까요. 이 싸움에 패배한다면 그들을 기다리는 건 처형대예요. 필사적인 거예요. 물리적으로 목이 날아가는 만큼."

"하나도 재미없거, 든!"

두 번째 불꽃의 창을 던지며 할버트는 말했다. 빗나가지 않고 또 많은 용병을 불태웠다.

"갸아아아아아아아아아아아아아아."

"악, 뜨거워!"

"불이, 불이이이이이이이이이이이이!"

용병들이 불덩어리가 되어 굴러다니는 광경을, 할버트는 씁쓸한 표정으로 보았다. 할버트에게 이 전투는 첫 출전이었다. 싸우는 힘은 남들 이상이었지만 사람을 죽이는 일에는 익숙하지 않았다.

'뭐, 아는 사람이 많은 육군 부대와 싸우는 것보다는 마음이 편하지만 말이야.'

본래는 육군 소속인 할버트로서는 마음속이 복잡했다. 개인적으로 왕과 가까운 할버트와 카에데는 이 싸움의 전모를 아는 몇 안 되는 사람 중 하나였다. 그러니 왕이 하려는 일도 이해한다. 이해는 하지만…… 그럼에도 복잡한 기분이었다.

"할!"

카에데의 목소리에 할버트는 정신이 들었다.

"왜 그래, 카에데!"

"위험한 거예요. 적들이 저런 걸 꺼낸 거예요."

카에데가 가리킨 곳에는 지금 막 전장으로 운반되려 하는 거대한 대포가 있었다. 마법 때문에 화약병기가 그다지 발달하지 않았던 이 세계에서, 대포만큼은 해전용 병기로써 지속적으로 연구되었다. 기동력의 측면에서 단점이 있기는 해도 마법에 의지하지 않는 파괴력에 주목한 육군은, 기동력이 필요치 않은 공성전 병기로 세 문을 보유 중이었다.

현재 엘프리덴 왕국에서는 오직 육군만이 육상용 대포를 보유하고 있다.

"……그러고 보니, 있었지. 완전히 까먹고 있었어."

"사용할 거라면 좀 더 초반에 나와야 하는 병기니까요."

"그럼 왜 이제 와서 나왔지?"

"아마도 부패 귀족들이 초조함에 제멋대로 가져 나왔을 거라고 생각하는 거예요."

"……꽤 위험하지 않나?"

"꽤 위험한 거예요. 대마법 강화는 마법이나 불꽃에만 효과가 있는 거예요. 물리공격에는 이 벽도 [고대 콘크리트]로 코팅한 흙벽일 뿐이에요. 보통 흙벽보다야 튼튼하지만 저걸 몇 번이고 맞아버리면…….”

포오오오오옹! ……쾅!

그리고 맥 빠지는 소리와 함께 발사된 포탄이 포물선을 그리고는 방벽에 격돌해서 '틀어박혔다'. 틀어박힌 부근의 흙벽이 우수수 떨어졌다.

이 세계의 포탄은 철 덩어리다.

작열탄처럼 폭발하는 포탄도 고려되었다고 하지만, 이쪽은 보기에야 화려해도 대마법용으로 강화된 방벽에는 대미지를 줄 수 없었기에 채용되지 않은 역사적 경위가 있다. 강화 방벽에는 순수한 질량 대미지 쪽이 통하는 것이었다. 그리고 지금 발사된 철 덩어리라는 것은 바로 이 방벽의 약점인 질량 덩어리였다.

그 위력에 할버트와 카에데는 무심코 서로의 얼굴을 마주봤다.

“어, 어쩌면 좋은 건가요!”

“나, 나한테 물어봐도 말이지! 카에데의 마법으로 어떻게 안 되나?!”

“성을 쌓느라 마력은 텅 비었어요! 할이야말로 투창으로 요격할 수는 없는 건가요?”

“속도가 다르잖아! 날아오는 화살에 돌을 던져서 맞출 수 있겠냐고!”

두 사람이 그런 대화를 나누자니,

"흠. 활이라면 어떤가요?"

머리 위에서 그런 온화한 목소리가 들렸다.

""어?""

두 사람이 돌아본 그곳에는 탄탄한 체격의 다크 엘프 청년 전사(외모 연령 사기의 종족이지만)가 참으로 커다란 활을 품고 서 있었다. 다크 엘프 전사는 활에 화살을 메기더니 비스듬히 위를 향해 시위를 당겼다.

포오오오오옹!

또다시 적진에서 포탄이 발사되었다.

그와 거의 동시에, 다크 엘프 전사도 화살을 쐈다.

그 순간, 할버트와 카에데는 쩡, 하는 높은 소리가 들린 것 같았다. 아마도 다크 엘프 전사는 화살에 바람의 마법을 부여한 것이리라. 2초 후, 발사된 철 포탄은 상공에서 산산이 부서졌다. 할버트와 카에데는 벌린 입을 다물지 못했다.

"흠. 날아가는 매를 처리하는 것보다 간단했군요."

"어, 당신은 대체……."

"이런, 자기소개가 늦었군요. 저는 신호의 숲에서 온 수르라고 합니다. 기억해 주시길, 할버트 마그나 경."

그리 말하며 다크 엘프 청년은 싱긋 미소 지었다.

"어, 어떻게 내 이름을 아는 거지?"

"할버트 경은 기억 못 하실지도 모르겠지만, 신호의 숲에서 대규모 산사태가 일어났을 때 할버트 경께서 왕과 함께 구출해 주신 이들 중에 제 딸이 있었습니다. 나중에 당신의 이름을 묻고 감사를 드리고자 하였습니다만, 이미 구원부대 제1진은 왕도로 돌아간 뒤라…… 그때는."

포오오오오옹! ……퍼엉!

"딸을 구해 주신 감사도 드리지 못해 죄송했습니다."

이야기하면서도 수르는 발사된 포탄을 정확하게 꿰뚫었다. 다크 엘프족은 궁술이 뛰어난 종족이라고는 들었지만 굉장한 실력이었다.

"아니, 나는 소마…… 국왕의 명령에 따랐을 뿐이니까……."

"그래도 감사하고 있습니다. 애당초 그때 구조된 딸이 할버트 경의 모습을 동경하여 [나도 언젠가 금군에 들어가서 그 사람처럼 인명 구조를 하고 싶다.]라고 이야기를 꺼낸 건 조금 난처했습니다만은. 핫핫하."

그런 평범한 아버지 같은 대화를 나누면서도, 수르는 날아오는 포탄을 차례차례 쏘아서 떨어뜨렸다. 다른 이들은 그저 어안이 벙벙했다.

"저기, 수르 씨는 어째서 이곳에? 금군은 아닌 거죠?"

카에데가 곤혹스러워하며 묻자 수르는 "핫핫하." 하고 경쾌하게 웃었다.

"마을의 은인이신 소마 폐하의 중대사라 들었습니다. 은혜를 갚고자 다크 엘프 마을은 저희 전사들을 폐하께 파견했습니다. 본래 저희는 마을 밖의 일과 엮이는 것을 최대한 피했습니다만, 이번에 반대하는 목소리는 일절 나오지 않았습니다."

보은. 수수하고 견실한 소마의 통치 성과가 이런 곳에서 나타난 모양이었다.

"정말 감사한 거예요."

"상부상조입니다. 여러분께서 가르쳐 주신 거지요."

수르의 그 미소를 보고 카에데는 조금 긴장이 풀리는 듯했다.

'생각했던 것보다 원군의 숫자가 많은 거예요. 이 정도면 어떻게든 지켜낼 수 있겠어요.'

금군 측에는 다크 엘프 마을 외에도 원군이 와 있었다.

할버트의 부친인 그레이브 마그나를 시작으로, 육군을 이탈한 전 육군 소속의 군인들이었다. 그들은 의용군으로서 그레이브의 통솔 아래 이 전투에 참가하였다. 숫자는 다크 엘프 마을의 원군과 합치면 5천 정도나 되었다.

즉, 이 요새에는 1만 5천의 수비대가 있는 것이었다.

'전투에서 공격 측은 수비 측보다 세 배의 병력이 필요하다고 들었어요. 육군은 할의 아버님을 시작으로 많은 이탈자가 나왔지만, 부패 귀족이 긁어모은 용병 등을 포함해 4만이라는 숫자를 유지하고 있죠. 직속군 1만뿐이라면 힘들었을 테지만, 원군 덕분에 어떻게든 세 배 차이는 피했네요.'

카에데는 안도하며 가슴을 쓸어내렸다.

참고로 훗날, 성장한 수르의 딸이 본인의 선언대로 군에 입대하여 운 좋게 할버트의 지휘하에 배속되고, 그 후에도 이런저런 일이 있어 야무지게 할버트에게 출가하게 되어 카에데로서는 그다지 안도할 수는 없는 상황이 된다지만, 그건 또 다른 이야기였다.

지금은 그저 이 전투에서 할버트와 함께 살아남는 것만으로도 카에데는 지혜를 있는 힘껏 짜내고 있었다. 그러자,

"카에데 양!"

갑자기 자신의 이름이 들려 카에데가 문 쪽을 보니, 그곳에는 인마 모두 백은색 갑옷으로 단단히 무장한 중장기사 한 무리가 있었다. 그들은 왕도와 왕성을 지키는 근위기사단이었다.

선두에 서 있는 한층 더 화려한 기사는, 근위기사단장이라 금군의 수장이기도 한 루드윈 아크스였다. 금발 미남이 백은색 갑옷을 두르고 백마에 앉아 있기까지 하니, 그것은 어떤 의미로 '지나칠 만큼 완벽' 하게 멋있었기에 할버트는 질투를 느꼈다.

'나도 언젠가 저런 식으로……'

이름을 떨치고 싶다. 할버트는 강하게 그리 바랐다.

한편 카에데는 그의 멋있는 모습 따위 개의치 않고 루드윈에게 다가갔다.

"뭘 하고 계시는 건가요! 루드윈 경은 총대장인 거예요!"

"미안하네, 카에데 양. 한동안 지휘를 교대해 줘. 우리는 저 번거로운 걸 좀 청소하고 올 테니."

루드윈은 마상용 랜스로 대포가 있는 방향을 가리켰다. 카에

데는 머리를 부여잡았다.

"그런 잡무는 할한테라도 시키면 되는 거예요!"

"야."

"아하하, 그렇게 말하진 말아 줘. 축성이네 농성이네, 열심히 작업해 주는 병사들과 비교하면 근위기사단은 이제까지 편하게 보냈으니까. 이대로는 꼴사납잖아."

"꼴사납다니…… 남자라는 생물은 바보인 건가요."

"하하하, 잘 아네. 그럼 뒷일은 부탁할게."

카에데가 무어라 더 말하는 것보다도 빨리, 루드윈은 근위기사단에게 명령을 내렸다.

"개문! 목표는 전방, 대포 셋! 파괴한 뒤에 귀환한다! 적병에게는 눈길도 주지 말고, 깊이 쫓지도 말고 그저 목표의 파괴에만 전념하라!"

"""오오오오오오오오오"""

"막아서는 자가 있다면 창으로 꿰뚫어라! 방해하는 자가 있다면 말발굽으로 짓뭉개라! 우리는 왕국을 지키는 창! 우리는 국왕 폐하의 위풍(威風)! 멈추지 말고 달려가라!"

그리고 문이 열렸다.

"간다! 근위기사단이 그저 장식용 부대가 아니라는 것을 보여주어라!!!"

"""우오오오오오오오오오오오오오오!"""

방류된 댐의 물 같은 기세로 돌격하는 근위기사단.

공격하던 용병들은 이 갑작스러운 반격에 크게 당황하여 대열이 흐트러지고 말았다. 이렇게 되어서야 이제 근위기사단의 돌격을 막을 수는 없었다. 어떤 이는 기사단의 창끝에 꿰뚫리고, 어떤 이는 도망치려는 참에 말발굽에 짓뭉개졌다.

그들 다수는 부패 귀족들이 사재를 퍼부어서 긁어모은 제므의 용병들이었다.

용병은 개인의 전투력은 높지만 집단행동은 서툴다. 통일된 지휘 계통은 없이 개개인의 판단으로 행동하고, 돈으로 고용된 만큼 충성심도 애국심도 없어서 목숨이 위험해지면 간단히 도망친다. 그렇기에 지금의 근위기사단처럼 하나의 의사로 움직일 수 있을 법한 규율된 집단과는 특히 상성이 나빴다. 집단을 혼자서 막을 수는 없고, 그렇다고 해서 동료와 협력할 수도 없는 용병들은 기사단에게 차례차례 쓰러지고 뿔뿔이 흩어졌다.

그리고 기사단은 그들이 놔두고 간 대포에 도착해서는 거기에 불을 질렀다.

'폐하께서 나중에 예산이 어쩌느니 푸념하시겠지만…… 어쩔 수 없습니다.'

다소 아깝다는 생각은 있었지만 방치해 둘 수도 없었다. 그렇다고 이런 기동력이 없는 물건을 질질 끌고서 돌아갈 여유는 없었다. 파괴할 수밖에 없었다. 유유히 개선하는 근위기사단의 등 뒤에서 굉음과 함께 터진 대포에서는 대량의 연기가 피어올랐다.

결론부터 말하면, 이날 육군 측은 아무런 성과도 거두지 못하고 일몰을 맞이하여 랜들로 귀환하는 꼴을 맞이했다. 전과만을 본다면 방어 측의 승리라고 할 수 있으리라.

그러나 본래 공격을 가한 것은 금군 측이었다. 방어전에서 아무리 승리하더라도 언젠가는 상황이 악화되어 내몰리고 말 것이다.

그것은 누가 보더라도 명백한 사실이었다.

그날 밤, 랜들에 있는 게오르그 카마인의 성 회의실에서는 십여 명의 귀족들이 게오르그에게 따지고 있었다.

"카마인 공! 육군은 왜 이렇게 의욕이 없는 겁니까!"

"그렇소. 전장에서는 귀신처럼 공포의 대상이던 귀공답지 않소!"

"제대로 싸우는 건 우리뿐이지 않나!"

그들은 다들 소마에게 부정부패를 추궁당하자마자 도망쳐서, 왕과의 대립 노선을 선명히 드러낸 게오르그에게 마치 날벌레가 불길로 날아들듯이 모여든 자들.

부정부패 액수가 너무도 막대하여 변제 의무를 다하지 못하고 왕에게 반항해 버리기까지 한 그들에게는 이미 미래가 없었다. 혹시 이 싸움에서 소마에게 패배한다면 그야말로 파멸이었다.

그렇기에 사재를 털어서 제프의 용병들을 고용하여 금군에게 도전한 것이었다.

그러나 그런 그들의 입장에서 보면, 게오르그가 싸우는 모습은 도무지 만족스럽지가 않았다.

오늘 전투에서 육군의 움직임은 지나치게 소극적이었다. 국왕의 군대와 싸운다는 사실 때문에 육군 병사의 사기가 떨어졌다는 건 이해하지만, 게오르그는 제대로 독전하는 모습을 보이지 않았다. 맹렬한 공격으로 이름이 높은 게오르그 카마인답지 않은 태도에 귀족들은 화가 나 있었다.

"육군이 왜 이리도 기개가 없나! 왕과의 싸움은 이미 시작되었단 말입니다!"

"왕국에 이름을 드높이 떨친 게오르그 카마인 공의 힘, 보여달란 말이오!"

"설마 이제 와서 겁을 먹은 건 아니겠지!"

"호오……?"

게오르그는 귀족들을 날카롭게 노려봤다. 고작 그것만으로, 기세등등하던 귀족들은 입을 꾹 다물고 한 걸음 뒤로 물러났다.

"내가 누구한테 겁을 먹었다고 하는 거지?"

"…………."

단 한마디로 이 자리의 분위기를 장악해 버렸다. 맹장의 기백에 눌려 아무 말도 하지 못하게 된 귀족들을 둘러보고 게오르그는 침착한 태도로 말했다.

"귀공들이야말로 알고 계시는가. 적은 고작 1, 2만이라는 걸 말이지. 하룻밤 만에 요새를 세운 것에는 놀랐지만, 이대로 느긋하게 공격을 가하는 것만으로도 궁지에 몰리는 건 상대 쪽이야. 무리해서 공격할 필요가 대체 어디에 있단 말인가?"

"그, 그렇다면…… 고작 1만이라면 단숨에 무너뜨려야 하는 게 아닙니까?"

귀족 중 하나가 용기를 짜 말했지만 게오르그는 코웃음 쳤다.

"그 결과, 엉망으로 패배한 건 그대들이었지. 게다가 육군의 병기고에서 캐논포 세 문을 꺼내어서는 그걸 파괴당하는 실책까지 범했어."

"윽…… 면목 없습니다."

게오르그가 노려보자 반론한 귀족은 움츠러들었다. 사실 그때의 캐논포 투입은 전혀 공격이 먹혀들지 않는다는 사실에 애가 탄 부패 귀족들의 독단이었다. 병기 관리자를 자신의 지위로 위협해서는 억지로 받아낸 것이었다. 그 결과, 헛되이 캐논포 세 문을 잃고 말았으며 육군들에게도 귀족군은 등한시당하는 꼴이 되었다.

게오르그는 이야기를 계속했다.

"그리고 신경 쓰이는 점이 있다. 그 요새에서는 소마의 기척을 느낄 수 없었어."

"전투를 부하에게 맡기고, 자기는 겁먹고서 왕도에 틀어박힌 건 아닐까요."

"그 왕이 그럴 인물인가. 어디에 있는지 알 수 없는 상태일지라도, 반드시 어딘가에서 움직이고 있을 터. 바로 그렇기에 꾀어낼 필요가 있지."

"그러니까 요새의 병사를 미끼로 삼겠다고?"

귀족의 지적에 게오르그는 크게 고개를 끄덕였다.

"소마가 지금 어디서 어떤 책략을 꾸미고 있는지는 모르지만, 일단 파견한 군을 못 본 체했다가는 병사에게서도 백성에게서도 버림받는다. 언젠가는 이 전장에 나타날 수밖에 없지. 그렇게 어슬렁어슬렁 나타난 참에, 우리는 요새의 병사들과 함께 완전히 분쇄해 버리면 그만이야."

게오르그는 사자의 얼굴을 가진 수인이다. 싱긋 웃으면 날카로운 엄니가 드러난다. 그 엄니를 보고 귀족들은 등골이 얼어붙는 기분을 느꼈다. 이 남자만큼은 적으로 돌리고 싶지 않다고.

게오르그는 일어섰다.

"하나 오늘의 공격으로 제군은 지쳤을 테지. 이 싸움은 오늘 내일 끝날 게 아니야. 공격은 우리 육군끼리만 진행할 터이니 내일 하루는 느긋하게 쉬도록."

"""예, 옛!"""

게오르그에게 위로의 말을 듣고 귀족들은 머리를 숙이고는 회의실에서 떠났다.

그러자 그와 교대하듯 한 남자가 들어왔다.

"실례하겠습니다. 카마인 공."

"……베오울프인가."

남자의 이름은 베오울프 가드너. 검은 군복을 걸친 늑대 얼굴의 수인으로, 육군에서는 지금은 갈라선 그레이브 마그나와 나란히 게오르그 카마인의 오른팔과 왼팔로 칭해지는 인물이었다. 현재 육군에서는 넘버 2에 해당되었다.

그런 베오울프에게 게오르그는 간략히 물었다.

"준비는 되었나?"

"옛! 아무런 문제도 없습니다."

"음."

경례하는 베오울프를 보고 게오르그는 만족스레 고개를 끄덕이고는 싱긋 웃었다.

한편 그 무렵, 금군 진영에서는 할버트와 카에데가 나란히 식사를 하고 있었다.

먹고 있는 음식은 소마가 고안했다는 [즉석 젤린 우동]이었다.

젤린 우동을 한 번 삶은 뒤 약간 진한 맛을 더하고는 열풍으로 건조시켜, 먹을 때에는 뜨거운 물을 붓고 1분 동안 (인스턴트 라면보다 수분을 더 잘 빨아들인다.) 기다리면 완성된다는 물건이었다. 컵과 뜨거운 물만 있다면 어디서든 먹을 수 있는 간편함으로, 배급되고 있는 금군 병사들 사이에서는 무척 호평인 듯했다.

"야영 중에도 먹을 수 있다는 게…… 후루룩…… 좋네."

"폐하께서는…… 후룩후룩…… '튀기고 싶었지만 기름에 넣었더니 녹았어! 나는 논 프라이 생면 타입보다 유탕면의 고소한 느낌이 좋은데!' 라고 한탄하신 거예요."

"이해가 잘 안 되는…… 후루룩…… 고집이네."

그렇게 대화하며 식사를 마치고, 카에데는 할버트의 어깨에 몸을 기댔다. 가까이서 느껴지는 카에데의 머리카락 향기에 할버트는 눈을 희번덕거렸다.

"자, 잠깐 카에데. 뭐 하는 거야."

"후후후. 할, 저는 기쁜 거예요."

"뭐?! 대체 뭐가?!"

"할이 제 곁에 있어 준다는 사실이 말이에요."

그리 말하고 카에데는 쿡쿡 웃었다.

"할이 금군으로 와 주어서 다행인 거예요. 혹시 여전히 육군에 있었다면 서로 적이 되었을지도 모르는 거예요. 여기에 없었을지도 모르는 거예요."

"덕분에 육군 4만한테 포위당했지만 말이지."

부끄러운 듯이 코를 긁적이며 그리 말하는 할버트를 보고 카에데는 미소 지었다.

"오늘내일이 승부인 거예요. 여기만 무사히 넘어가면⋯⋯."

"넘어가면?"

"여기만 무사히 넘어가면, 모든 것이 잘 풀리면 좋겠네요."

"마지막에 희망을 섞지 말라고! 그렇게 이야기를 시작했으면 마지막까지 제대로 단언해야지!"

"그러니까, 지켜 줘요. 할."

소꿉친구의 귀여운 부탁에 할버트는 머리를 벅벅 긁었다.

"아아, 정말이지. 알았어! 카에데든 뭐든 지켜 주면 되잖아!"

"의지하고 있는 거예요, 할."

전장 한가운데 있는 요새에서 두 사람은 몸을 맞대고 함께 웃었다.

———————대륙력 1546년 10월 1일

날이 밝고 또다시 육군의 공격이 시작되었다.

그러나 어제와는 달리 어느 방향도 산발적인 공격밖에 들어오지 않았다.

화살이나 마법은 날아들었지만 억지로 공격하려고 드는 부대는 없었다. 어제와는 명백하게 다른 소극적인 전투에 할버트는 고개를 갸웃거렸다.

"적의 공격, 갑자기 느슨해졌네."

"제므의 용병들도 안 보여요. 배치가 변경되었다는 건, 상대는 지구전으로 전환했다는 의미일지도 몰라요."

적군의 모습을 보며 카에데는 그리 분석했다.

할버트는 어깨를 빙글빙글 돌렸다.

"그렇다면 조금은 편해지려나."

"전장에서 방심은 금물인 거예요, 할. 그러다가 허를 찔리는 거예요."

"……나도 알아."

그리고 그대로 육군의 산발적인 공격이 이어지고, 태양이 중천에 걸렸을 무렵의 일이었다. 감시탑에 있던 병사가 갑자기 큰 소리를 질렀다.

"동쪽 하늘에 와이번 부대 다수! 공군입니다!!"

파수병의 목소리에 할버트와 카에데가 긴장한 표정으로 동쪽 하늘을 올려다보자, 와이번 수천 마리가 편대를 이루어 이쪽으로 날아오는 것이 보였다.

할버트는 무심결에 카에데를 끌어당겨 안았다. 카에데는 자신의 어깨를 안은 할버트의 손에 자신의 손을 얹고 "괜찮은 거예요, 할."이라며 상냥하게 미소 지었다.

"저희는 내기에서 이긴 거예요."

와이번은 금군이 있는 요새를 '통과' 해서는 랜들 쪽으로 날아갔다.

랜들의 하룻밤 요새

종 류 병법

의 미 이용할 수 있는 것은 모두 이용하여 목적을 달성하는 것.

유 래 소마 왕이 게오르그의 반란을 진압할 때,
금군 병사들의 공병 능력을 이용하여
방치되어 있던 요새를 부활시킨 것에서.

용 례 병법36계 중 제14계
(지구) [차시환혼(借屍還魂, 시체를 빌려 혼을 되살린다)].

♔ 제6장 ✦ 붉은 용 성읍 공모전(攻謀戰)

――――대륙력 1546년 9월 32일, 붉은 용 성읍

소마의 최종권고가 진행된 뒤로 붉은 용 성읍의 주인 카스토르 바르가스는 무척 바빴다. 붉은 용 성읍의 부대만으로 게오르그 카마인 측에 가담할 것을 결정했기에 붉은 용 성읍이 전장이 될 우려가 생겼기 때문이었다.

카스토르는 이번 일이 개인적인 고집에 따른 것임은 자각하고 있었다.

자신의 고집에 영지 주민을 말려들게 할 수는 없었다. 그러니 붉은 용 성읍의 주민들을 다른 도시로 피난시키는 작업에 쫓기게 된 것이었다. 보통 카스토르는 이런 일을 가문 재상인 톨먼에게 맡기고는 하지만 이번에는 스스로 일을 진행하고 있었다. 이것이 마지막이 될지도 모른다는 생각에 영주로서의 책무를 다하려고 하는 것처럼 보였다.

붉은 용 성읍의 [붉은 용 성] 집무실에서, 카스토르는 톨먼에게 물었다.

"주민들의 피난은 어떻게 됐지?"

"이미 완료했습니다. 이제 붉은 용 성읍에 남아 있는 사람은 공군 부대와 바르가스 가문 관계자밖에 없습니다."

"그런가…… 그건 다행이군."

카스토르는 진심으로 안도한 듯 의자 등받이에 몸을 기댔다.

"해서는 안 되는 말일지도 모르겠지만, 어깨의 짐이 내려간 기분이야. 짊어진 것이 사라진 지금, 일개 무인으로서 행동할 수 있으니까 말이야."

"정말로 영주로서는 있을 수 없는 발언입니다."

"애당초 영주라니, 격에도 안 맞는 일이었으니까. 아버님께 공군과 영민을 물려받았지만, 내게 경영의 재능은 없었어. 너나 아내인 액셀라가 없었다고 생각하면 오싹할 정도로 소름이 돋는다고."

카스토르는 천장을 올려다봤다.

"지금 와서 생각해 보면, 알베르토 왕은 그렇게 유약한 성격으로 이것보다 더 무거운 것을 짊어지고 있었던 거구나. …… 그리고 지금은 그 소마라는 새 왕이 짊어지고 있지. 젊은데도 대단한 사람이야. 공주님이 머리를 자르면서까지 함께 걸어가겠다고 한 것도 납득이 가네."

리시아가 머리카락을 자른 것은 게오르그를 향한 의사표명이었지만, 그녀의 각오는 보고 있던 카스토르의 가슴에도 전해졌다. 카스토르는 원래 단순한 성격이라 이런 직설적인 감정 표현이 더 크게 와닿는 것이었다. 그런 카스토르를 향해 톨먼은 기가 막힌다는 듯이 말했다.

"이제 와서 다시금 보신 겁니까?"

"그래, 다시 봤어. ······정말로, 이제 와서 말이지만."

카스토르를 자조 섞인 기색으로 말했다.

이미 돌이킬 수는 없었다. 그럴 생각도 없었다. 남은 것은 깨끗하게 소마와 맞서 싸우고, 설령 패배하더라도 역전의 공군대장으로서 의지를 보이는 일뿐이었다.

"각지의 공군 부대에서 나리와 함께하고 싶다는 요청이 들어왔습니다만······."

거친 이들이 많은 공군에는 힘이야말로 정의라는 풍조가 있다. 그래서 부하들은 용맹한 대장인 카스토르를 경애하고 있던 것이다. 그러나 카스토르는 팔랑팔랑 손을 내저었다.

"전부 거절해. 내 고집에 어울리는 건 허락지 않겠어."

"······그리 말씀하실 거라 생각했습니다."

그런 요령 없는 주군을, 톨먼은 어쩔 수 없다는 느낌으로 보고 있었다.

"그래서, 나리. 지금부터 어떻게 하실 생각이십니까?"

"아무것도 안 해. 그저 여기서 소마를 기다린다."

"카마인 공과 합류하진 않는 겁니까?"

"붉은 용 성읍을 비울 수는 없어. 게다가 카마인 공과 함께 싸우는 건 좋지만, 부패 귀족 놈들과 함께 행동하는 건 사양이거든. 그래서는 이쪽의 고집이 통하질 않아."

이미 카스토르에게 이 싸움의 승패는 뒷전이었다. 이기든 지든, 살든 죽든 세상 사람들에게 비웃음당하지 않게 싸우고 싶을 뿐이라고 생각했다.

"이 땅에서 소마를 기다리고, 대군으로 온다면 승부의 꽃을 화려하게 꽃피우고 진다. 이쪽을 얕보고 소수의 부대만 파견하려 한다면 박살낸다. 그것뿐이야."

"과연 생각대로 그리될는지요……."

톨먼은 손에 든 서류로 시선을 향했다.

"정찰부대의 보고에 따르면, 금군 1만이 카마인 공령으로 향했다고 합니다. 그곳에 소마 왕이 함께하였는지는 불명이지만 이쪽으로 돌릴 병력은 없지 않을까 싶습니다."

"이쪽을 무시한다는 건가?"

"병력이 백밖에 안 되니까 무시하는 것도 방법이지 않을까 싶습니다."

"허, 그럴 리가 없지."

카스토르는 톨먼의 걱정을 일소에 붙였다.

"카마인 공이 이끄는 육군 4만과 공군 100기, 어느 쪽이 버겁다고 생각해? 그에 더해, 나를 쓰러뜨리면 공군 전체가 소마의 부하가 되기로 정해졌지. 소마에게 최선의 방법은 우선 나를 치고, 공군을 이끌고서 카마인 공과의 최종결전에 임하는 거야."

"하오나 현실적인 문제로, 소마 왕의 수중에 여력의 병력 따윈……."

"그건 모른다고? 새 왕은 허투루 볼 수 없는 녀석이고, 심복인 재상도 수완가라고 들었어. 무언가 이쪽이 생각도 못 할 수단을 강구해서 파고들지도 모르지."

그리 말하더니 카스토르는 즐겁다는 듯이 웃었다. 그의 표정은 마치 장난이 성공할지 실패할지 두근두근하는 악동 같았다. 자신이 궁지에 빠질지도 모르는데 적의 모략에 흥미진진해하는 카스토르를 보고 톨먼은 관자놀이를 눌렀다.

"나리의 그런 감성에는 따라가질 못하겠습니다."

"핫핫하, 딱히 따라올 필요는 없다고. 그보다도…… 톨먼, 너는 이번 싸움에 참가하지는 마라."

카스토르는 갑자기 진지한 표정을 지으며 그런 말을 꺼냈다. 톨먼은 한순간 놀라서 말을 잃었지만 잠시 후 마음을 가라앉히고는 "……어째서입니까?"라고 물었다.

"저는 마지막까지 나리를 모시기로 각오했습니다만?"

"나한테 무슨 일이 생겼을 때, 너까지 없어지면 누가 공군 부대를 이끌겠어. 게다가 월터 공한테 가 있는 카를도 걱정이고."

그리 말하고 카스토르는 조금 쓸쓸하다는 듯이 웃었다.

"월터 공은 소마 왕을 따르고 있어. 혹시 우리한테 무슨 일이 있어도 인연을 끊은 카를이 바르가스 가를 이을 수 있도록 해 주기는 하겠지. 하지만 카를은 아직 어려. 액셀라만으로는 힘겨울지도 몰라. 그러니까 네가 카를의 후견인이 되어 줬으면 하는 거야. 너라면 바르가스 가에 대해서도 잘 알고 있을 테니. 그러니까…… 너는 무슨 일이 있어도 살아남아라. 이건 명령이다."

"……지독한 명령을 하시는군요."

톨먼을 쓸쓸함이 섞인 쓴웃음을 띠었지만 이내 표정을 다잡더니 등줄기를 곧게 펴고 발과 발을 딱 맞추며 인사했다.

"그 명령, 확실하게 받들었습니다."

"……부탁한다."

주종이 그런 대화를 나누고 있을 때였다. 카스토르의 딸 카를라가 숨이 끊어질 듯 방으로 뛰어 들어왔다.

"아버님! 소마의 군이 나타났어요!"

그 말을 듣고 카스토르는 기세 좋게 일어났다.

"왔느냐! 그래서, 수는 얼마나 되지?"

소마가 얼마나 되는 병사를 이끌고 왔느냐, 그것으로 자신의 고집을 보여줄 수 있을지가 정해진다. 5천이냐, 1만이냐. 카스토르는 대군을 기대했지만, 다음으로 나온 카를라의 말에 자신의 귀를 의심했다.

―――――적군의 숫자는…… '한 척' 이에요!

"……이게 정말이냐."

성벽에 도착한 카스토르가 살펴보니, 저 멀리 평원에서 전함 한 척이 이쪽으로 다가오는 것이 보였다. 붉은 용 성읍은 평원 가운데 우뚝 선 산 중턱에 세워진 도시로서 주위에 전함이 항행할 수 있을 법한 큰 강은 없었다.

애당초 저 전함은 강도 뭣도 없는 육상을 달리고 있었다.

"아버님, 아무래도 저건 전함 [알베르토]인 것 같아요."

망원경으로 보고 있던 카를라가 그리 말했다.

"[알베르토]라고? 어째서 그런 게 땅 위에서 달리는 거야?"

카스토르가 그런 얼빠진 소리를 꺼냈다.

전함 [알베르토]. 전대 국왕의 이름을 딴 금군 소유의 유일한 전함이자 왕국 해군의 기함이었다. 형태는 러일전쟁 쓰시마 해전 당시 연합함대 기함 [미카사]와 닮았지만, 내연기관 따윈 없이 거대한 해룡(시드래곤) 두 마리가 마차처럼 끌어서 앞으로 나아간다.

그러나 지금 [알베르토]를 끌고 있는 것은 해룡이 아니었다.

"윽! 아버님, 저걸 보세요. [알베르토]를 끌고 있는 건 라이노사우루스예요."

카스토르가 카를라에게서 망원경을 받아 들어 확인하니, 확실히 [알베르토]를 견인하고 있는 것은 대형 육상 생물 라이노사우루스 세 마리였다.

더 자세히 보니 [알베르토]는 배 바닥 쪽이 개조되어서 측면에는 바퀴 같은 물건이 달려 있다는 것을 알 수 있었다.

"바퀴를 달아서 억지로 지면을 달리게 만들었나?! 저런 식으로 개조하면 더는 배로 되돌리지 못하잖아?! 기함을 여기서 끝장낼 생각인가?!"

[어쩔 수 없잖아. 이쪽은 안 그래도 전력이 부족하니까 말이야.]

"?!"

자신의 의문에 대답하는 목소리가 갑자기 들려서 돌아보니, 그곳에는 국왕 방송의 간이 수신기를 든 톨먼이 서 있었다. 그의 등 뒤에는 어째선지 카스토르의 부하들이 국왕 방송의 보옥을 성벽까지 옮기고 있었다. 그리고 톨먼이 든 간이 수신기에는 소마 카즈야의 모습이 비쳤다. 등 뒤는 어두워서 잘 보이지 않았다.

"지금 막, 소마 왕에게서 서간이 와서 국왕 방송을 통해 이야기를 할 수 있도록 요청하였기에 준비했습니다."

톨먼의 보고를 듣고 카스토르는 "……그런가."라며 고개를 끄덕였다.

"그래서? 어째서 이런 내륙부로 [알베르토]를 가져왔지?"

카스토르가 묻자 소마는 보란 듯이 어깨를 으쓱였다.

[현재 금군의 수송 능력을 얕보지 말라고. 포장된 도로와 라이노사우루스만 쓸 수 있다면 개조전함 정도는 쉽게 옮길 수 있거든.]

"그게 아니라. 어째서 굳이 가져왔느냐는 거다."

알고 싶은 것은 수단이 아니라 목적이었다. 그러자 소마는 별것 아니라는 듯이 말했다.

[그건 물론, 붉은 용 성읍을 공략하기 위해서지.]

다음 순간,

두우우우우우우웅!

커다란 소리가 났다. 그리고 그 몇 초 후에 쿠궁, 하는 소리가 들린다 싶더니 성벽이 크게 흔들렸다. 그 흔들림에 크게 고꾸라지며 카스토르는 주위를 둘러봤다.

"뭐냐?! 어떻게 된 거야?!"

"아, [알베르토]에서 포격! 성벽에 직격한 모양입니다!"

"포격?! ……으, 그런가, 캐논포인가!"

마법이 있는 이 세계에서 화약병기는 그다지 발달하지 않았다.

왕국 안에서 육상병기로서 캐논포를 보유하고 있는 것은 육군뿐이었다. 그러나 수상에서는 수 속성 이외의 마법은 약해지는 경향이 있어, 수상전의 주요 전투는 전함 사이의 포격전이었다. 당연히 전함에는 대포가 탑재되어 있었다. 금군 소속의 [알베르토]에도, 말이다.

소마가 [알베르토]를 가져온 것은 그 캐논포를 활용하기 위해서였다.

[붉은 용 성읍 같은 산성을 공격하는 건 힘드니까 말이야. 시간도 별로 없으니까 원거리 공격이 가능한 병기에 의지하기로 했거든.]

"그를 위해서 전함을 개조했다는 건가?"

대체 무슨 일을 생각해내는 거냐, 카스토르는 마술을 보는 듯한 기분이었다.

혹시나 지식이 있는 현대인이었다면 전함을 열차포(본래 이동이 힘든 대포를 열차에 실어서 장거리 이동이 가능하게 만든 병기)처럼 운용하는 것뿐이지 않느냐고 생각하리라. 그러나 열차포 같은 개념 따윈 없는 이 세계의 인간으로서는, 소마의 발상 자체가 충분히 감탄할 만한 것이었다.

카스토르는 잠시 멍하니 있었지만 이윽고 웃음을 터뜨렸다.

"핫핫하, 꽤 하잖아! 배가 땅을 달린다니, 생각해 본 적도 없다고."

[당신은 이런 화려한 장치를 좋아하는 모양인데?]

소마가 묻자 카스토르는 "그렇지."라며 고개를 끄덕였다.

"아주 반해 버리겠어. 너는 의외로 굉장한 임금님이 될지도 모르겠군."

[지금이라도 항복해 주면 편하겠는데?]

소마는 그리 말했지만 카스토르는 조용히 고개를 가로저었다.

"안타깝지만…… 그럴 수는 없어. 이제 와서 항복하다니, 그런 꼴사나운 짓을 할 수는 없거든. 이 마당에 이르러서도 너를 막아서는 벽으로 우뚝 서도록 하겠어. 혹시 네가 왕으로서의 자질을 갖추고 있다면 어디 한번 나를 뛰어넘어 봐."

전의로 넘치는 카스토르의 모습을 보고 소마는 눈을 가늘게 떴다.

[……정말로 안타깝네. 카스토르.]

두우우우우우웅! ……콰광!!

또 한 발. 붉은 용 성읍의 성벽에 포탄이 때려 박혔다.

카스토르는 카를라를 향해 명령했다.

"카를라, 와이번 기병대를 이끌고서 저 전함을 상대로 마음껏 날뛰고 오거라."

카스토르의 그런 명령을 받고 카를라는 눈을 동그랗게 떴다.

"제가 지휘하라는 말씀이세요? 아버님은 어쩌시려고요?"

"나는 여기서 너희의 싸움을 지켜보겠다. 어차피 어느 쪽이든 남기는 해야 할 테니 말이다. 저 대포를 끝장내고 와라."

"……알겠습니다!"

카를라는 와이번이 있는 마구간으로 달려갔다. 카스토르는 카를라의 뒷모습을 지켜보고는 간이 수신기에 비친 소마에게 말했다.

"지금 딸이 그쪽으로 갔다. 목을 씻고 기다려라."

[그 말, 모조리 그대로 돌려주지.]

서로를 노려보는 두 사람. 이를 기점으로 붉은 용 성읍을 둘러싼 싸움이 시작되었다.

카를라가 지휘하는 와이번 기병들은 잘 통솔된 움직임으로 하늘을 향해 날아올랐다.

카를라 본인이 드래고뉴트이기에 날 수 있지만 전투에 전념하기 위해 통상시에는 와이번을 탑승한다. 바람의 마법을 사용하여 일단 포탄이 닿지 않는 고고도까지 상승, 그곳에서 편대를 짠 뒤에 급강하 공격을 가하려는 것이었다. 편대를 모두 짜고 이제 막 공격 명령을 내리려던 카를라의 와이번을 향해 와이번 기병 하나가 다가왔다.

"아가씨. 잠시만 기다려 주십시오."

"왜 그래?"

"상황이 묘합니다. 이렇게나 고도를 높였는데도 적의 후속부대가 전혀 보이질 않는군요. 적의 전력은 정말로 [알베르토] 한 척뿐인 모양입니다."

의아하다는 표정을 짓는 와이번 기병을 보고 카를라는 고개를 갸웃거렸다.

"그 보고는 이미 받았잖아?"

"예. 하지만 어딘가에 숨어 있든지, 혹은 떨어진 장소에 부대를 두고 있을 거라 생각했습니다. 아가씨, 공성병기 부대만으로 성을 제압할 수 있다고 생각하십니까?"

그 물음에 카를라는 생각해봤다.

"……못 하겠지. 성을 공격할 수는 있어도 그곳을 제압하고 유지할 힘은 없어. 유지하고 싶다면 공성병기 부대와는 별도로 보병 같은 부대가 필요할 거야."

"예. 하지만 상대 쪽에는 그런 전력이 보이질 않습니다."

"그러니까…… 어쨌다는 거야?"

"모르겠습니다. 하지만 적은 아직 무언가 책략을 꾸미고 있는 게 아닐까요?"

카를라는 잠시 생각해봤지만 금세 고개를 내저었다.

"그렇다고 쳐도 말이지. 지금도 아직 붉은 용 성읍은 포격을 받고 있어. 아버님의 안전을 확보하기 위해서라도 저 전함을 파괴해야만 해."

"그도…… 그렇지요……."

와이번 기병으로서도 딱히 짚이는 바는 없었기에 순순히 물러났다.

그리고 카를라는 오른손을 드높이 들었다.

"공격 목표는 전함 [알베르토]! 포획 목표는 국왕 소마! 우리 바르가스 가의 무용, 저 왕의 눈에 깊이 새겨 주는 거다!"

[[[오오오오오오오오오오오!]]]

카를라의 명령에 억센 공군의 남자들이 함성을 내질렀다.

다른 군과 비교해서 공군은 무력지상주의의 풍조가 있었다. 공군은 강함이야말로 정의, 강함이야말로 절대적. 두뇌나 작전은 다른 군에게 맡기면 된다. 자신들 공군은 그저 강함으로 눈앞의 적을 박살 낼 뿐. 그렇기에 공군의 장병들은 압도적인 강함을 자랑하는 카스토르, 카를라 부녀를 경애했다.

"모든 와이번 기병대에게 고한다! 강림하고, 돌격하여, 유린하라!"

그렇게 경애하는 카를라가 오른손을 아래로 휘두르자, 공군의 장병들은 전함 [알베르토]를 향해 급강하를 개시했다.

야전에서 와이번 기병의 필승 전술은 급강하와 동시에 와이번이 뿜어내는 [파이어 브레스]로 지상을 불태우고 그대로 선회, 다시 급상승하여 지상의 부대가 활시위에 화살을 메길 때는 이미 그곳을 벗어난다는 속공의 전술이었다. 육상전 장비로는 이 고위력, 고기동의 공격에 대처하기 어려웠다.

전함 [알베르토]의 주포라고 해도 그 빠른 속력을 포착하지는 못하며, 장갑 역시도 이 와이번 부대의 공격 앞에서는 그리 오래 버티지는 못한다.

전함 [알베르토]의 함락 따윈 시간문제로 여겨졌……지만,

투타타타타타타타타타타타타타타탓……

다음 순간, [알베르토] 방향에서 급강하한 와이번 기병을 향해 무수한 무언가가 날아왔다. 그것이 말뚝 같은 굵기의 화살이라는 사실을 깨달았을 때는, 와이번 기병들은 그 화살의 빗속에 돌입해 버린 뒤였다.

"뭣이?! 화살이라고?!"

"크억…….”

"나, 날개를 당했습니다! 추락합니다!"

"퇴각! 퇴가아아아악!"

마치 지상에서 비가 내리듯 쏟아진 화살의 공격에, 미처 버티지 못한 와이번 기병대는 상승으로 전환했다. 지금 공격만으로 와이번 기병 몇 기가 격추당했다. 밑에서 날아든 공격이었기에 피해는 기사보다도 와이번 쪽에 집중되었다. 무사히 이탈한 와이번 중에도 몸 어딘가에 화살을 맞고 휘청대는 녀석이 있었다.

이 참상을 보고 카를라는 주먹으로 허벅지를 두들겼다.

"저 화살은 대체 뭐야! 이 많은 양은 또 뭐고!"

"아직 수백 미터 상공에 있는 와이번 부대에게 닿는 화살이라니, 인간의 기술이 아닙니다. 또한 저 숫자…… 아마도 바람의 마력을 부여한 [대공 연노포]가 아닐까 싶습니다.”

와이번 기병의 보고를 듣고 카를라의 눈매가 험악해졌다.

"대공 연노포라고?! 어째서 배에 그런 게 실려 있는데?!"

"아마도…… 성벽에 설치하는 걸 탑재했을 테죠.”

대공 연노포는 바람의 마법이 부여되어 비거리가 월등히 높아진 화살을 1초에 수십 발씩 발사할 수 있는, 대 와이번 전투에 특화된 병기였다. 통상적으로는 성벽 같은 곳에 설치되는 물건으로, 배에 탑재했다는 이야기는 들은 적이 없었다.

애당초 그것은 드래곤과 와이번의 차이 중 하나가 원인인데, 드래곤은 바다를 두려워하지 않지만 와이번은 바다를 두려워한다는 점이었다. 와이번은 육지가 보이지 않는 바다를 보면 겁을 먹고 날뛰어 제어불능에 빠져버리는 성질이 있었다. 즉, 육상의 와이번과 해상의 전함이 싸우는 일 자체가 일단 없기에, 전함은 대 와이번 전투용 장비를 실을 필요가 없었던 것이다.

그러니 카를라를 포함한 와이번 기병들은 자신들의 천적일 터인 대공 연노포의 존재를 지금까지 까맣게 잊었던 것이다.

카를라는 또다시 주먹을 들어 자신의 허벅지를 두들겼다.

"젠장, 우리 인식의 허를 찔렀나……."

다시 생각해 보면 이 전투가 시작된 뒤로 상대는 연신 이쪽의 인식을 무너뜨리고 있었다. 배가 땅을 달리고, 그 배에는 본래 실려 있지 않을 터인 병기가 탑재되어 있었다. 섣불리 상식에 기반을 둔 행동을 했기에 제대로 희롱당하고 만 것이었다.

'저 왕의 책략인지 검은 옷 재상의 책략인지는 모르겠지만, 너무 성질 고약한 짓이잖아.'

카를라는 마음속으로 혼잣말했다. 실제로 이 책략은 소마와 하쿠야의 합작품이었다. 소마가 이전에 있던 세계의 병기나 전술을 하쿠야에게 제안하고, 그것을 하쿠야가 적의 심리 가운데 허를 찌르는 듯한 책략으로 수정한 것이었다. 성질이 고약하다고 한다면 그것은 두 사람 모두를 가리키는 말이리라.

그러나 지금의 카를라에게 그런 것은 아무래도 상관없는 일이었다.

"대공 연노포를 싣고 있다면 저 전함은 이제 작은 성이나 마찬가지로군요. 성가시게 됐습니다."

부하 와이번 기병의 분석을 듣고 카를라는 혀를 찼다.

"젠장…… 어쩌면 좋단 말이야."

"그렇군요…… 이미 작은 성이라고는 해도 형태는 전함 그대로이니 저 배의 사각은 남아 있지 않을까 싶습니다."

"전함의 사각?"

"해면과 갑판의 틈새입니다. 전함은 자신의 갑판보다 밑에 있는 상대를 공격할 수단이 없죠. 저 [알베르토]의 경우, 육상에서 갑판까지가 사각일 터입니다. 그러니까 저 전함을 공격하기 위해서는……."

"초저공비행으로 접근하면 되는 거구나!"

카를라는 좋은 작전이 생겼다는 듯 기뻐했다. 본래 와이번으로 초저공비행을 하는 것은 언제 지면과 격돌해도 이상하지 않은 위험한 행위이지만, 이들은 충분히 숙련된 공군 부대였다.

"들어라! 각자 저공으로 비행해서 [알베르토]에 접근! 신속하게 주포 및 대공 연노포 등의 각종 병기를 무력화해라!"

"알겠사오나, 병기만 말입니까? 함교를 박살 내는 편이 빠르진 않을까요?"

한 와이번 기병의 말에 카를라는 조용히 고개를 가로저었다.

"저 전함에는 소마가 있을 거야. 그리고 소마 근처에는 리시아 공주가 있을지도 몰라. 함교를 공격하다가 리시아 공주까지 다치게 만들어서야 안 될 일이지. 그러니 병기를 무력화시키기만 하면 돼. 소마는 산 채로 붙잡아라."

부하에게 그리 명령하면서도 카를라의 속마음은 말과는 달랐다.

'그리고 소마를 베어 버리면 리시아가 슬퍼할 테니까 말이지.'

카를라는 최종권고 당시의 모습을 카스토르 뒤에서 보고 있었다. 당연히 리시아가 머리카락을 자르는 모습도 똑똑히 봤다. 리시아의 그런 각오에는 카스토르도 충분히 감동한 모양이지만, 그녀의 친구이자 같은 여성이기도 한 카를라는 더욱 깊이 감동했다. 저 아름다운 머리카락을 주저 없이 잘라 버릴 만큼, 리시아는 소마와 함께 살아갈 각오를 다진 것이었다.

처음에는 부모가 억지로 정한 약혼이었을 터. 그렇기에 카를라는 리시아를 돕고자 단단히 마음먹고서, 왕에게 반항하는 아버지 곁에 남았다. ⋯⋯그러나 그런 각오를 보여 주었으니 인정할 수밖에 없었다. 이미 리시아는 소마를 진심으로 연모한다는 사실을.

'리시아를 생각한다면 아버님을 설득했어야 해. 그리고 적대하는 게 아니라 신하로서 섬겨야 할 테지⋯⋯ 뭐, 이제 와서 생각해 봤자겠지만.'

이제 와서, 어떤 표정으로 리시아와 마주해야 할까.

카를라는 그 기분을 떨쳐 내듯 고개를 가로젓고는 부하 기사들을 향해 머리를 숙였다.

"제군에게는 쓸데없이 수고를 끼치는 일이겠지만, 잘 부탁할게."

카를라가 머리를 숙이자 남자들은 가슴을 탁 두드렸다.

"맡겨 주십시오, 아가씨."

"반드시 소마를 붙잡도록 하겠습니다!"

남자들의 든든한 대답에 카를라는 고개를 끄덕이고 오른손을 들었다. 그리고,

"진격하라!"

치켜든 오른손을 아래로 휘두르며 재차 돌격 명령을 내렸다.

모든 와이번 기병은 마치 실이 끊어진 인형처럼 와이번의 머리부터 수직으로 낙하했다. 그리고 지면에 격돌하기 직전에 아슬아슬하게 자세를 바로잡고, 땅바닥을 기어가듯 초저공비행으로 들어갔다. 위험한 궤도이기는 했지만 평소부터 엄격하게 훈련을 거듭한 만큼 이 일련의 행동에서 이탈자는 한 사람도 없었다.

카를라를 선두로 와이번 기병들은 초저공비행을 유지하며 [알베르토]를 향해 똑바로 나아갔다. 예상대로 포격도 화살의 비도 날아들지 않았다. 카를라는 눈으로 직접 [알베르토]의 함교 측면에 대공 연노포가 설치되어 있는 것을 확인했다.

"찾았다! 다들, 예정대로 적의 병기를 공격! 소마가 어디에 있는지 모르니까 다른 부분은 건들지 마라!"

"""알겠습니다!"""

"간다…… 발사!"

카를라의 명령과 함께 와이번들의 입에서 화염구가 발사되었다. 화염구는 차례차례 [알베르토]의 각종 병기에 적중했다. [알베르토]의 앞뒤로 설치된 주포 두 문은 폭발을 일으키고 대공 연노포는 그대로 불타올랐다. 폭발의 유무는 화약 병기인지 아닌지에 따라 달랐다.

모든 병기를 단숨에 파괴하고, 와이번 기병대는 [알베르토]에서 피어오르는 연기에 올라타듯 상승으로 전환했다. 승리를 확신하고 카를라는 우아하게 와이번을 선회시켰다.

"좋아! 지금부터 [알베르토]로 돌입! 소마의 신병을 확보한다!"

"""오오오오오오!"""

"…………."

기세가 오른 와이번 기병대 안에서 단 하나, 카를라만은 수상쩍다는 표정을 짓고 있었다.

'……이상해. [알베르토]에는 부포도 있을 텐데, 우리를 공격한 건 주포 두 문과 대공 연노포뿐이었어. 탄막을 펼칠 거라면 숫자는 조금이라도 많은 편이 좋았을 텐데. 어쩌면 저 전함에는…… [숫자]가 없는 건가?'

카를라가 그리 의심했을 때는, 와이번 기병들은 이미 [알베르토]의 함교를 향해 나아가고 있었다. 카를라는 의아하게 생각하면서도 그들의 뒤를 좇았다.

그리고 카를라가 [알베르토]의 함교에 다다르자, 그곳에서 목격한 것은 사람 하나 없이 텅 빈 브리지의 광경이었다.

지금 현재 사람의 모습이 보이지 않는 것은 물론이거니와, 최근까지 사람이 있었다는 흔적조차도 없었다. 어리둥절한 카를라에게, 달려온 와이번 기병이 보고했다.

"보고드립니다! 현재 전함 [알베르토] 안을 조사 중입니다만, 소마는커녕 병사 하나 발견할 수 없습니다!"

"무슨 소리야?! 그럼 우리는 이제까지 누구랑 싸웠다는 거야?!"

마치 여우에 홀린 것 같았다. 인기척 없는 배. 보이지 않는 포수. 이래서야 마치 이야기에나 나오는 유령선 아닌가. 소마 왕은 정체 모를 비술이라도 쓰는 것인가. 와이번 기병들의 등줄기가 서늘해졌을 무렵, 새로운 보고가 날아들었다.

"보고드립니다! 파괴된 주포와 대공 연노포의 잔해 안에서 갑옷으로 여겨지는 물건의 일부가 발견되었습니다!"

"갑옷? 시체인가?"

"그게…… 발견한 손목 방어구 안에는 마네킹 인형의 손이 있었다고 합니다."

"마네킹 인형?"

포수 대신에 발견된 마네킹 인형.

그리고 조금 전에 자신이 느낀 '어쩌면 전함에는 [숫자]가 없는 게 아닐까.'라는 예감. 그것들을 조합한 결과, 카를라는 어떤 사실에 생각이 이르렀다.

"전원, 서둘러서 성으로 돌아간다!"

"아직 소마를 발견하지 못했습니다만?"

당황한 카를라의 모습에 와이번 기병들은 고개를 갸웃거리며 물었다.

그런 와이번 기병들을 향해 카를라는 분하다는 표정으로 말했다.

"아니…… 아마도 이 전함에 소마는 없겠지. 어떤 마법인지는 모르지만, 발견되었다는 인형을 조종해서 우리를 공격하게 했을 테고. 우리는 아무도 없는 [알베르토]에게 감쪽같이 낚여 버렸다는 거야."

"낚여 버렸다……?! 설마 녀석들이 노리는 건?!"

간신히 상황을 깨달은 와이번 기병들을 보고 카를라는 무겁게 고개를 끄덕였다.

"아마도 붉은 용 성에 계신 아버님이겠지."

─────약 한 시간가량 전. 소마 카즈야의 시점.

카스토르와의 적대는 우리에게 예상 밖의 일이었다.

게오르그는 불온한 행동을 취하고 있고, 카스토르도 엑셀의 설득으로 아내와 아들을 그녀에게 맡겼다. 하지만 설령 직전까지 반발했을지라도 마지막에는 그 역시도 이쪽에 붙어 주리라 생각했다.

그러나 그것은 무른 판단이었다. 우리는 카스토르의 의협심을 얕보고 있었다.

설마 카스토르가 게오르그와의 우의에 따르겠다는 각오로 우리와 적대하리라고는 생각지 않았던 것이다. 부하를 생각해서 우리와 상대하는 건 자신의 직할 부하 백 명뿐이라는 게 그나마 다행이었지만, 엑셀이 풀어놓은 밀정으로부터 이 정보를 받았을 때는 하쿠야와 함께 머리를 부여잡았다. 세밀하게 짜놓았던 계획의 일부를 변경해야만 했으니까.

카스토르와의 적대가 확정되었을 때, 가장 문제가 된 것은 붉은 용 성읍으로 보낼 병력이 없다는 사실이었다.

움직일 수 있는 1만 5천의 병력 중에서 근위기사단과 금군 1만은 카마인 공령으로 보내어야만 했고 5천은 아미도니아 공국군이 있는 왕국 남서부로 파견했다. 엑셀의 협력은 확보했지만 해군에는 다른 움직임을 지시한 상태였다.

다시 말해, 수중에 병사가 거의 남지 않은 것이었다.

카스토르가 움직이는 병력은 백 명이라고는 해도 육군 전력 5백에 해당된다는 와이번 기병. 어중간한 숫자를 보내 봐야 붉은 용 성읍을 함락시킬 수는 없겠지.

이렇듯 병력이 부족한 상황에서, 나와 하쿠야가 선택한 것은 책략에 책략을 거듭하여 상대를 희롱하며 기습을 가해 붉은 용 성읍을 단숨에 점령하는 방향이었다.

우선 금군 소속의 전함 [알베르토]를 육상 이동포대로 개조한다.

낮은 산중턱에 있는 붉은 용 성읍에 압력을 가하기 위해서는 아무래도 원거리 공격 병기가 필요했다. 그래서 [알베르토]의 캐논포를 사용하면 되겠다는 생각에 이른 것이었다. 참고가 된 것은 전기물 만화 등에서 본 열차포였다. 바퀴를 달고 토모에 덕분에 충분한 숫자를 확보할 수 있었던 라이노사우루스가 끌게 한다면 지상을 달릴 수도 있다.

……뭐, 상당히 무모하게 개조해 버렸기에 두 번 다시 배로 되돌릴 수는 없겠지. 금군이 지닌 유일한 배를 낭비하는 모양새가 되었지만 달리 방도가 없었다.

그렇게 만든 이동포대 [알베르토]로, 우리는 우선 붉은 용 성읍에 포격을 가했다. 상대도 이 공격에는 적잖이 놀랐을 테지. 배가 육상을 달리며 포격을 가한 거니까.

그와 동시에 국왕 방송의 보옥을 사용해서 카스토르와 연락을 취했다.

그렇게 해서 [알베르토]에 내가 타고 있는 것처럼 여기게 만들었다. 이렇게 사람의 심리를 이용하는 책략은 하쿠야의 특기 분야였다.

카스토르는 틀림없이 부하 와이번 기병 백 명을 이끌고 [알베르토]에 공격을 가할 것이다. 와이번 기병은 위력과 기동력을 겸비한 병과. 성벽을 부수는 위력의 캐논포도, 그야말로 맞지만 않으면 그만. 그저 땅에 올라왔을 뿐인 [알베르토]로서는 와이번 기병에게 그야말로 순식간에 처리당하고 말겠지.

그렇게 되지 않도록 [알베르토]에는 와이번 킬러인 [대공 연노포]를 탑재한 것이었다. 대공 연노포를 탑재한다면 와이번 기병도 그리 간단히 접근하지는 못할 것이다. 적어도 시간은 벌수 있을 터.

참고로 [알베르토] 안에서 캐논포나 대공 연노포를 움직이고 있던 것은 내가 【리빙 폴터가이스트】로 조종하는 인형이었다. 즉, [알베르토]에 사람은 없었던 것이다.

그리고 카스토르가 부하 와이번 기병들을 이끌고 아무도 없는 [알베르토]를 공격하는 동안에 수비가 허술해진 붉은 용 성읍을 함락시켜 버리겠다는 생각이었다.

엑셀이 동료가 되고, 우리는 붉은 용 성읍 아래에도 왕도에 있던 것과 비슷한 탈출로가 존재한다는 사실을 알고 있었다. 그 통로를 사용하여 아이샤를 포함한 소수정예의 부대를 투입시키면, 굳건한 성일지라도 쉽게 제압할 수 있겠지.

붉은 용 성읍만 제압해 버리면, 다음에는 붉은 용 성읍의 대공 연노포가 돌아오는 카스토르 부대를 덮치게 된다. 게다가 자신의 성이 함락된 상황에 처한다면 제아무리 카스토르라도 패배를 인정하겠지…… 그런 생각이었다.

그러나 여기서도 우리의 계획과 다른 일이 벌어지고 말았다.

카스토르가 붉은 용 성읍에 남아 있다는 사실이었다.

붉은 용 성읍의 대공 연노포를 장악하러 온 성벽에서, 우리는 남아 있던 카스토르와 딱 마주치고 말았다. 카스토르 뒤에는 가문 재상인 중년 남성도 함께 있었다.

시선이 딱 마주쳐버린 나와 카스토르는,

"……카스토르 바르가스."

"······소마 카즈야인가."

서로의 이름을 불렀다. 이렇게 얼굴을 마주하는 것은 처음이었다.

실제로 만난 카스토르는 커다랗고, 그리고 화면 너머로 볼 때보다 젊은 느낌이었다. 붉은 머리카락에 드래곤의 날개와 꼬리를 지니고 있지만, 단정한 생김새는 무장이라기보다는 청년다웠다.

지나치게 시간을 끌어서는 안 될 터이나, 나는 예의 바르게 자기소개를 했다.

"엘프리덴 왕국에서 잠정 국왕을 맡고 있는 소마 카즈야다."

"공군대장 카스토르 바르가스다."

내가 먼저 자기소개를 하자 카스토르 역시 순순히 받아 주었다. 그리고 그는 고개를 갸웃거렸다.

"너희가 이곳에 있다는 건, 다시 말해서 저기 시끄러운 전함은 양동이라는 건가?"

"그래. 수비가 허술해진 붉은 용 성읍을 단숨에 함락시키는 계획이었는데 말이지······."

"핫핫하, 내가 남아 있어서 참으로 안 되었구나."

카스토르는 유쾌하다는 듯 웃었다.

그런 카스토르의 태도를 나는 의아하게 생각했다.

"남아 있다고 해봐야 둘뿐이잖아? 웃을 상황이 아니라고 생각하는데."

"아니, 너희랑 싸우는 건 나 하나다. 여기 톨먼은 관계없어."

"바르가스 가를 모시고 있는 재상 톨먼이라고 합니다."

그러자 등 뒤에 서 있던 중년 남성이 이쪽을 향해 인사했다.

"공군에서는 바르가스 공의 부장을 맡고 있습니다."

"톨먼은 이번 일이랑은 관계없어. 혹시 내가 패배했을 때는 이 녀석한테 공군을 맡기면 돼. 이 녀석이라면 공군대장으로서 훌륭하게 일할 수 있을 테니."

그리 말하며 카스토르는 톨먼의 등을 퍽퍽 두들겼다.

자신이 패배했을 때를 생각하여 후임을 추천하는 건가.

"……그렇게까지 떳떳하다면, 이제 이런 짓은 그만두지 않겠나? 너도 이미 알고 있잖아? 이 싸움이 얼마나 무의미한지를."

"무의미하지 않다고. 너는 나를 쓰러뜨린 남자가 될 테니까."

그리 말하더니 카스토르는 싱긋 웃었다.

"[공군대장 카스토르 바르가스]를 쓰러뜨렸다는 사실은 값어치 있다고. 이미 엑셀 공은 너를 따르고 있어. 그리고 카마인 공을 쓰러뜨려 봐. 지금은 영지에서 상황을 보는 귀족 녀석들도 모조리 너를 따르게 되겠지."

"당신……."

"뭐, 그렇다고 해서 간단히 져 줄 생각은 없지만."

그리 말하더니 카스토르는 허리춤에 차고 있던 칼을 뽑았다.

"폐하, 물러나십시오!"

카스토르에게서 나를 감싸듯, 아이샤를 포함한 잠입 부대가 앞으로 나섰다. 그 가운데 내 인형인 [무사시 도련님(대형)]도 섞여 있는 게 참 희한한 그림이었다.

카스토르는 칼끝을 내게로 향했다.

"너는 용사잖아? 나랑 둘이서 승부해 볼 텐가?"

"무모한 소리 마. 평소에 내정밖에 안 하는 일반인이 상대가 될 리 없잖아."

일 대 일 결투를 제안받았지만 나는 그저 어깨를 으쓱일 수밖에 없었다.

잠입 부대로 이곳에 왔지만 나는 경비병 하나 쓰러뜨리지 않았다. 뭐, 여기서는 도움이 되지 않더라도 다른 방면에서는 지금, 나는 한창 싸우는 중이었다.

분할한 의식을 풀로 사용해서 전함 [알베르토] 안에 남은 갑옷 인형들을 조종해 주포와 몰래 실은 대공 연노포를 조작하여, 그쪽으로 낚인 와이번 부대와 교전을 벌이고 있는 것이었다.

하지만…… 와이번 기병대의 숙련도는 상상 이상인 듯했다. 의표를 찔리기는 한 모양이지만, 와이번 킬러라고 불리는 대공 연노포로도 그렇게 오래 발목을 붙잡을 수는 없을지도 모르겠다.

그러자 아이샤가 대검을 휘둘렀다.

"카스토르! 언제까지 폐하께 칼끝을 향할 셈입니까!"

"큭, 애송이 주제에 뭔 힘이 이렇게 세냐."

그리 말하며 자신의 검으로 아이샤의 대검을 받아낸 카스토르 역시 상당한 힘이라고 생각했다. 애송이라 불려 아이샤는 분개한 모양이었다.

"폐하 앞에서는 말하고 싶지 않았지만, 이래 봬도 수십 년은 살았습니다!"

"흥, 나도 백 년 넘게 이 나라를 위해서 싸웠거든!"

"으으으음……."

아니, 너희들, 대체 뭘 겨루는 거야. 수명이 긴 종족 특유의 자존심 같은 거라도 있나? 그러자,

"드래곤의 피를 이어받은 드래고뉴트를 얕보다가는 그냥 다치는 정도로 안 끝난다고!"

카스토르의 등 뒤에 있는 날개가 이쪽을 위압하듯 활짝 펼쳐졌다.

그때 발생한 풍압만으로도 근처에 있던 병사 몇 명이 벽까지 날아갔다. 아이샤도 땅에 손을 대 어떻게든 버티고 있었다. ……이것이 드래고뉴트의 힘인가. 사람과 드래곤의 피를 이어받은 종족이라는 건 그저 겉치레가 아니구나.

그리고 다음 순간, 바닥을 박찬 카스토르가 살짝 공중에 뜬 상태로 돌진했다. 다른 이들에게는 눈길도 주지 않고 나를 향해 정면으로 검을 내지르려고 했다.

"폐하!"

나를 감싸듯 아이샤가 앞에 버티고 서서 카스토르의 돌격을 대검으로 막아냈다. 쩡, 금속끼리 격렬하게 충돌하는 소리가 울렸다.

"핫핫핫! 꽤 하잖아, 다크 엘프 여자!"

"아이샤입니다! 폐하께는 손가락 하나 못 댑니다!"

아이샤는 대검을 있는 힘껏 휘둘러 카스토르를 밀어냈다.

카스토르는 훌쩍 착지하며 욕지거리를 퍼부었다.

"젠장, 무슨 바보 같은 힘이냐!"

"예. 저는 머리가 좋지 않아요. 하지만 머리가 좋은 사람이라면 공주님도, 하쿠야 경도, 주나 경도, 월터 공도 있죠. 그럼에도 폐하의 패업에 도움이 된다면, 그것으로 곁에 있을 수 있다면, 저는 바보 같은 힘이라도 상관없습니다!"

아이샤는 대검을 고쳐 들었다. 천천히 카스토르와의 거리를 좁혔다.

카스토르는 유쾌하게 웃었다.

"훌륭한 충성심이야. 네게 소마는 좋은 주군인가?"

"몰라요!"

"아니……."

그렇게까지 딱 잘라서 말한 건 없잖아. 아무리 나라도 상처 받는다고.

"저는 바보니까 좋은 주군이 어떤 건지는 모릅니다. 하지만 저는 바로 이분, 폐하의 곁에 있고 싶어요! 직소를 들어주셨으니까, 폐하네 나라의 요리가 맛있으니까, 고향 마을을 구해주셨으니까. 이유는 많이 있겠지만, 역시 가장 첫째는 인품이 좋으니까! 소마 폐하랑 공주님 등등, 모두와 같이 있고 싶으니까요!"

아이샤다운, 타산 없이 직설적인 말.

……어쩐지 부끄러운데. 그런 장면이 아니라는 건 알지만, 미인 다크 엘프에게 그런 말까지 들으니 기쁘지 않을 수가 있겠나. 뺨이 느슨히 풀어지려 했다.

카스토르는 더더욱 유쾌하다는 듯 웃었다.

"핫핫하! 역시 너, 나나 카를라랑 닮았어! 하지만."

카스토르는 진지한 표정을 짓더니 검을 다시 들었다.

"그 충성심에 걸맞은 힘이 없다면, 주군은커녕 스스로도 못 지킨다고?"

그리 말한 카스토르가 또다시 아이샤에게 검을 휘두르려고 한 그때,

[그렇게 두진 않아.]

"?!"

어느샌가 카스토르의 배후를 붙잡은 [무사시 도련님(대형)]이, 손에 든 언월도로 카스토르를 베었다. 카스토르는 순간적으로 몸을 돌려 그 일격을 받아냈지만, 반격으로 이행하려고 한 순간에 무사시 도련님은 빙글 반전했다. 그리고는 마치 번데기에서 나비가 나오는 것 마냥 등 뒤가 찢어지고 누군가가 뛰어나왔다.

무사시 도련님 안에서 튀어나온 것은, 레이피어를 든 리시아였다.

"뭣이?! 리시아 공주라고?!"

리시아의 기습을 받고 카스토르는 무심결에 검을 물리고 말았다. 리시아는 카스토르에게는 충성을 바치던 주군의 딸. 본래라면 검을 향해도 될 상대가 아니었다.

혹시 처음부터 리시아의 모습이 보이는 상태에서 대치했더라면, 카스토르의 무력이라면 상처 없이 리시아를 무력화할 수도 있었을 테지.

그리 되지 않도록, 또한 이렇게 될 것을 예측하여, 리시아에게는 무사시 도련님 안에 숨어서 기회를 노리도록 부탁했다.

그리고 그 주저가 카스토르에게 치명적인 틈이 되었다.

"얼어붙어라!【빙검산(氷劍山)】!"

"큭."

그 틈을 놓치지 않고 리시아가 지근거리에서 얼음의 마법을 날렸다. 카스토르는 아슬아슬하게 회피했지만, 목표가 빗나간 마법은 돌벽이나 바닥에 부딪혀 그곳에 얼음 가시를 만들었다. 커다란 날개 때문에 부피가 큰 카스토르는 가시에 둘러싸여 움직일 수 없게 되었다.

"젠장!"

"아이샤!"

"알겠습니다, 공주님!"

움직일 수 없게 된 카스토르를 향해, 아이샤는 손에 든 대검의 측면을 풀스윙으로 후려쳤다. 얼음과 함께 날아가는 카스토르. 성벽에 부딪혀 얼음이 부서지는 소리와, 조금 늦게 카스토르가 벽에 부딪히는 소리가 울렸다.

사람이 부딪혀서 벽에 금이 가는, 배틀물 애니메이션에서밖에 본 적이 없을 법한 광경이 그곳에 펼쳐졌다. 나라면 틀림없이 즉사했을 일격을 받고 만신창이가 된 상태에서도 의식을 놓지 않은 카스토르는 역시나 드래고뉴트라고 할까.

벽에 등을 대고 미끄러지듯 주저앉은 카스토르가 신음했다.

"큭…… 여기까지인가…… 제 패배로군요, 공주."

"카스토르 공……."

슬픈 표정을 짓는 리시아를 보고 카스토르는 작게 웃었다.

"그런 표정 짓지 마시길. 의지를 관철하여 싸우고 패배한 것이니 분한 심정은 없습니다. 그보다…… 거기 다크 엘프에게 물었던 걸 공주께도 여쭈어보고 싶습니다만?"

"……뭐였죠?"

"소마는…… 좋은 왕인가요?"

"그래요. 나한테는, 좋은 왕이에요."

카스토르의 질문에 리시아는 확실하게 단언했다.

"국가에게, 국민에게 좋은 왕인지는, 그 왕이 죽었을 때 평가해야 할 일이에요. 처음에는 선정을 펼치던 왕이 만년에 폭군이 되어 버린 예는 무수히 많아서 셀 수도 없을 정도죠. 그러니까 이건 어디까지나 제 개인의 의견이에요."

"…………."

"소마의 정책은 번거롭거나 엉뚱한 것도 많지만, 보고 있으면 안심할 수 있어요. 이 나라가 조금씩이라도 착실하게 좋아지는 걸 실감할 수 있으니까. 그러니까…… 설령 제 투정이나 고집이라고 할지라도, 저는 소마가 왕이었으면 해요. 혹시 아버님이 왕위를 돌려받겠다고 한다면, 저는 소마 곁에서 아버님과 싸우겠어요."

그것은 이전에도 들은 말이었다. 그건 분명, 신도시 건설 예정지로 가기 전이었던가. 철야가 계속되어 지친 나머지 잠시 수면을 취하려던 내게 리시아는 말했다.

[이것만큼은 잊지 마. 나는 소마가 왕이었으면 해. 대신할 왕 같은 건 필요 없어. 혹시 아버님이 왕위를 돌려받겠다고 한대도 나는 소마 곁에서 아버님과 싸울 거야.]

말이 변하지 않는 것은 마음이 변하지 않았다는 증거일까.

……기뻤다. 내가 왕이라서 좋다고 말해 주는 사람이 있다는 사실이. 안심할 수 있는 건 내 쪽이었다. 리시아가 곁에 있어주기에 나는 왕 노릇을 계속 할 수 있는 것이다.

그런 생각을 하고 있자니 멀리서 [알베르토]가 폭발하는 것이 보였다.

"리시아, 공군이 돌아올 거야. 서둘러서 저걸."

"……알았어."

내가 재촉하자 리시아는 품속에서 검은 물건을 꺼내더니 카스토르의 목에 둘렀다.

"알고 있을 텐데, 노예용 아이템 [예속의 목걸이]예요. 주인이 자유롭게 수축시킬 수 있고, 주인에게 해를 끼치려고 한다면 자동적으로 목을 자르는 마법이 걸려 있죠. 이 목걸이를 주인의 의사 없이 벗으려고 한다면 마찬가지로 목이 잘려요. 자해도 할 수 없고, 이 목걸이의 주인은 소마 카즈야로 설정되었어요."

"……이미 저항할 기력도 없습니다."

목걸이가 채워지고 카스토르는 잡고 있던 검을 힘없이 놓았다. 날자루가 돌바닥에 튀며 절그렁 소리가 났다. 이 싸움의 승패가 정해진 순간이었다. 그리고,

"아버님!"

불타오르듯 붉은 머리카락에 금색으로 빛나는 눈동자, 그리고 드래곤의 날개와 꼬리를 가진 소녀가 하늘에서 내려와서는 어깨를 축 늘어뜨린 카스토르에게 달려갔다. 그러고 보니 엑셀이,

'손녀 하나가 카스토르 곁에 남아 있어요…….'

심통한 표정으로 그리 말했지. 그렇다면 이 소녀가 카스토르의 딸인 카를라일까. 조금 전에 전함 [알베르토]가 폭발했는데, 붉은 갑옷 차림인 걸 보니 어쩌면 그녀는 지금까지 [알베르토]와 싸운 걸지도 모른다.

카를라는 내 얼굴을 보자마자 허리춤의 검을 뽑아 들었다.

"이 자식, 잘도 아버님을!"

"그만해, 카를라!"

검을 휘두르려는 카를라를 카스토르가 말렸다.

"아버님?! 하지만……!"

"이제 됐다. 우리는 진 거야."

그러자 리시아가 나를 감싸듯 카를라 앞에서 두 팔을 벌렸다.

"이제 그만해, 카를라! 바르가스 공에게는 이미 [예속의 목걸이]를 채웠어! 소마를 죽이면 바르가스 공도 죽고 말아!"

"리시아?! ……그런가…… 졌나."

카를라의 몸에서 힘이 빠졌다.

그녀의 손에서 검이 떨어지고, 카를라는 힘없이 그 자리에 주저앉았다. 망연자실한 표정 그대로 눈에서는 눈물이 흘렀다.

살짝 가슴이 아팠지만 그녀 역시도 이 반란에 가담한 자였다. 특별 취급은 안 된다. 나는 아이샤에게 부탁해서 그녀에게도

[예속의 목걸이]를 착용케 했다.

그 무렵에는 전함 [알베르토]와 싸우던 와이번 기병들도 모여들었다. 다들 살기등등했지만 카스토르와 카를라의 목에 [예속의 목걸이]가 둘린 것을 보고는 손쓸 도리가 없다는 사실을 깨닫고 이를 갈았다.

와이번 기병들의 시선이 아프게 파고들었지만, 지금은 그런 걸 신경 쓸 겨를이 없었다.

"바르가스 가 재상 톨먼!"

"……여기 있습니다."

내가 소리치자, 카스토르가 말했던 대로 전혀 끼어들지 않고 묵묵히 상황을 지켜보던 톨먼이 앞으로 나왔다.

"최종권고 때에 정한 규칙을 기억하고 있겠지. [상대를 베거나 포박하면 그의 휘하에 있는 군을 즉각 지배하에 둔다.]라는 약속이었다."

"예……."

"상황은 지금 보는 대로 끝났다. 공군대장 카스토르 바르가스는 포박되었지. 지금부터 귀공에게 일시적인 공군대장 권한을 부여하겠다. 공군 부대를 이끌고 금군의 지휘 아래로 들어가라!"

"예. 알겠습니다……. 다만, 하나만 여쭤어도 괜찮겠습니까?"

톨먼은 비장감이 엿보이는 표정으로 물었다.

"……뭐지?"

"바르가스 공과 카를라 님은 어떻게 되시는 건가요."

"두 사람의 처우는 전후에 논의하겠다. 지금 여기서 결정되는 건 아냐."

그리고 나는 늘어선 와이번 기병들을 둘러보며 말했다.

"지금 금군의 지휘 아래로 들어가면, 이곳에 있는 자들은 카스토르의 명령에 따르기만 했던 것으로 처리하겠다. 따르지 않는 자는 전후에 카스토르와 마찬가지로 반역자로서 처벌받겠지."

"우리한테 나리를 팔고 살아남으라는 거냐!"

"그래! 우리는 카스토르 님을 버리지 않는다고!"

와이번 기병들 사이에서 기세등등한 목소리가 터져 나왔다. 나는 소리를 지른 쪽을 노려봤다.

"잘 생각해라. 이 나라에는 연좌제가 있거든. 국가반역죄 정도 되면 귀공들만이 아니라 친족에 이르기까지 처단될 거야. 그럴 각오를 하고서 꺼낸 발언이겠지!"

""..............""

방 안이 조용해졌다. 죽음을 두려워하지 않는 공군 장병들이라도, 걸 수 있는 목숨은 기껏해야 자신의 것뿐이겠지. 가족에게까지 누를 끼치게 될 터인데도 끝까지 밀어붙일 수 있는 고집 같은 건 없었다.

답답한 분위기 가운데, 톨먼이 내게 머리를 숙였다.

"……말씀에 따르겠습니다. 폐하."

"토, 톨먼 경!"

"우리는 아직 싸울 수 있습니다!"

"닥쳐라! 반항할수록 바르가스 공의 입장이 난처해진다는 걸 모르는 게냐!"

"큭……."

반대의견을 일갈에 가라앉히고, 톨먼은 또다시 머리를 숙였다.

"명령해 주십시오, 폐하. 저희 공군은 앞으로 어떻게 움직이면 되겠습니까."

얌전히 머리를 숙이는 톨먼에게 나는 명령을 내렸다.

"우선은 국왕 방송으로 전투 종결을 선언해라. 바르가스 공은 포박되었고 공군은 금군의 지휘 아래로 들어간다는 뜻을 영민들에게 공표해라. 그 후, 이 자리에 없는 공군 부대를 서둘러서 소집해. 군이 갖추어지는 대로, 카마인 공령으로 향하는 거다. 그리고 이 마당에 이르러서도 저항을 계속하는 자는, 전후에 반역자로서 처형된다는 것도 함께 공표해라. 알겠나!"

"예! 알겠습니다."

톨먼은 가볍게 인사한 뒤, 명령 실행을 위해 움직이기 시작했다.

이리하여 패배한 쪽은 물론 승리한 쪽에게도 '쓸데없는 전투'를 강요하여 괴롭혔던, 바르가스 공령의 전투가 끝을 맺었다. 우선은 하나, 극복했다.

'이걸로 간신히…… 카마인 공령으로 갈 수 있어.'

나는 성벽에서 저 멀리 서쪽을 봤다.

그곳에, 그 사내가 기다리고 있을 터.

"기다리게 만들었군, 게오르그 카마인. 지금 간다."

"…………."

그런 내 모습을 리시아가 걱정스레 보고 있었다는 사실은 깨닫지 못했다.

전함으로 성을 공격한다

종 류 형용사 표현

의 미 누구도 생각지 않았던 일을 하는 것(혹은 사람).

유 래 일주일 전쟁에서,
소마 왕이 반역한 카스토르의 성을 공격할 때,
육상에서 전함을 사용한다는 기묘한 책략으로
승리를 거둔 것에서.

유의어 [코페르니쿠스적 전환(발상)]
(지구) [콜럼버스의 달걀]

제7장 ✦ 이대도강(李代桃僵)

──────대륙력 1546년 10월 1일, 붉은 용 성읍

와이번이 오가고 전함이 발포하는 요란한 전투로부터 하룻밤이 지난 아침.

나와 리시아, 그리고 카스토르의 딸 카를라는 붉은 용 성의 집무실에서 아침을 먹고 있었다.

초췌한 모습인 카를라 뒤에는 등에 짊어진 대검 자루에 손을 얹은 아이샤가 '불온한 움직임이 있다면 언제든지 벨 수 있다.'는 것처럼 서 있었다.

그러고 보니 아이샤의 취급 말인데, 아직 '느닷없는 호위' 그대로였다. 붉은 용 성읍 공략에 공이 있었으니 친위대장 같은 직함을 새로이 창설해서 취임시키는 것도 괜찮을지 모르겠다. ……뭐, 그것도 전후에나 할 이야기다.

카스토르 바르가스를 포박하고 공군을 장악한 우리는 그대로 붉은 용 성읍에 머무르며 공군 전체가 집결하는 걸 기다리고 있었다. 지금이면 아직 오지 않은 자들의 호출이나 모인 자들의 편제로, 전투 후에 도착한 하쿠야랑 톨먼은 무척 바쁘겠지.

카스토르와 반항적인 와이번 기병 일부는 왕도로 송환시켰다.

줄줄이 데리고 돌아다녀 봐야 방해가 될 뿐이고, 카스토르는 [예속의 목걸이]를 장착하고 있었다. 목걸이에는 마법이 부여돼서 조금이라도 부주의한 짓을 한다면 조여들거나, 최악의 경우에는 목이 몸통에서 잘려 나간다고 한다. 그런 [예속의 목걸이]를 걸고 있는 이상, 길에서 그를 탈환하려고 하는 녀석들도 없을 테지.

참고로 카스토르의 딸 카를라만큼은 남겨서 근처에 있도록 했다.

이쪽은 공군을 상대로 눈에 보이는 형태의 인질 역할을 시키는 편이 쓸데없는 반항의 싹을 꺾어버릴 수 있을 거라는 판단이었다. 그녀에게도 [예속의 목걸이]가 걸렸고 등 뒤에서 아이샤가 눈을 번뜩이고 있으니 쓸데없는 짓은 못 하겠지.

그 때문인지는 모르겠지만, 어제의 거친 태도는 어디로 갔는지 오늘 카를라는 침묵을 고수하고 있었다. 그런 카를라 대신에 리시아가 평소 이상으로 수다스러워졌다.

"카를라는 이렇게 보여도 상당히 헌신하는 타입이라고 생각하는걸. 근본적으로 성실하니까, 어떤 싫은 일이라도 부탁받으면 해 버리겠지. 좋은 여자라고 생각해."

"…………."

그 내용은, 카를라 선전이었다.

아까부터 연신 카를라의 여자다운 매력을 이야기하고 있었다.

어제까지 적 총대장 소유였던 집무실에서 파르남에서 가져온 도시락(어제까지 적지였던 장소이니만큼 독을 탄다든지, 그런 우려가 없도록 준비했다)을 먹으며, 언젠가는 정실이 될 약혼자에게서 [예속의 목걸이]를 착용하고 곁에 있는 적 총대장의 딸을 측비로 맞이하는 건 어떠냐며 권유받는 상황. 무척 카오스한 광경이었다.

참고로 정실과 측실의 차이 말인데, 이 나라에서는 자식이 왕위 계승권을 가지는 게 정실, 가지지 않는 것이 측실이라는 취급이었다.

정실도 측실도 복수로 가질 수 있다(정실, 측실의 순위는 제1○실, 제2○실……의 형태로 표현된다)지만, 정실이 되는 것은 귀족이나 기사 계급 이상의 신분이 필요했다.

반대로 측실은 어떤 신분이라도 될 수 있었다. 세간의 이목만 신경 쓰지 않는다면 그야말로 노예일지라도 측실로 맞이하는 것이 가능했다.

"그, 그리고 있지. 카를라는 벗으면 굉장하다고? 갑옷 위로는 잘 모르겠지만, 나보다도 훨씬 쭉쭉빵빵한걸. 드래고뉴트라서 수명도 기니까 계속 젊은 모습 그대로이고."

"무, 무슨 소릴 하는 거야, 리시아?!"

아무리 그래도 자신의 몸매 이야기를 거침없이 꺼내니 카를라도 더는 침묵을 고수할 수는 없었나 보다. 하지만 그런 카를라에게 리시아는 일갈했다.

"카를라는 가만히 있어! 있지, 소마. 카를라는 남자들이 좋아할 법한…….”

“……리시아.”

“윽.”

조금 힘주어 말하자 리시아는 말문이 막혔다. 겁먹은 듯한 그
표정을 보고…… 가슴이 아파 왔다. 그런 표정을 짓게 만들고
싶지 않았는데. 나는 머리를 벅벅 긁었다.

“리시아가 무슨 생각인지는 알겠어. 하지만 그렇게 하는 게
얼마나 큰 리스크를 지는 일인지 제대로 생각하고 있어?”

“…………”

측실을 자진해서 맞이하려는 정실은 없겠지. 그런데 제1정실
후보인 리시아가 연신 카를라를 측실로 맞으라고 권하는 건, 카
를라를 구하고 싶다는 일념에서였다.

카스토르를 따르던 공군 장병들은 참전 여부와는 관계없이, 일
개 병졸에 이르기까지 지금은 반란군 혐의가 씌워졌다. 물론 전
부 반란 패거리로 처벌할 수도 없으니, 앞으로는 금군의 지휘 아
래에 들어가는 것을 조건으로 ‘공군대장 카스토르를 비롯한 일
부 상층부의 명령에 따랐을 뿐’이라는 형태로 처리하게 되었다.

그렇기에 카스토르는 그 책임을 져야만 한다.

그런 카스토르의 딸이자, 자신도 이 전투에 참전하고 만 카를
라에게는 전후에 아버지와 같은 처벌이 내려지는 것은 확실시
되고 있었다.

이대로는 처형을 피할 수 없으리라. 그리 생각했기에 리시아
는 카를라를 측실로 집어넣으려는 것이었다.

이 나라에선 왕의 권한은 강하다. 표면적으로 사법은 독립되어 있다지만, 왕이 강권을 휘두르면 범죄자를 '법의 심판대에 세우지 않는' 것도 불가능하지는 않기 때문이다. 리시아는 내가 카를라를 마음에 들게 만들어 그녀를 재판에 세우지 않도록 하려는 것이었다.

하지만 그건…… 간단히 해서는 안 되는 일이었다.

"억지를 부리면 정당성을 잃어. 국왕이 법을 지키지 않는다면, 법을 지키고 있는 국민은 국왕을 더 이상 경애하지 않을지도 몰라. 막무가내로 군다면 우리도 그 대가를 치를 수밖에 없어. 그 리스크는 리시아도 잘 알잖아?"

"그건, ……하지만……."

물론 그런 건 리시아도 알고 있겠지. 그럼에도 친구를 위해서 제안할 수밖에 없었을 것이다. 정말이지…… 왕이라는 건 참 기분 나쁜 역할이구나.

"하지만, 나는……."

"리시아, 목숨을 구걸할 필요는 없어."

무슨 말을 할지 머뭇거리는 리시아에게, 카를라는 조용한 목소리로 그리 말했다.

"리시아가 수차례 서간으로 명령에 따를 걸 재촉해 주었는데도 그걸 뿌리친 건 우리야. 그리고 패배하면 이렇게 되리라는 걸 알면서, 나는 아버님을 따랐어. 자업자득이겠지. 나도 어쨌든 무인 축에는 끼는 사람이야. 이렇게 된 이상, 자신의 목숨을 아깝게 여기지는 않아."

카를라는 이미 각오를 다진 태도였다. 리시아와 사이가 좋은 이유를 알 것 같았다. 한번 이러고자 결심했다면 절대로 굽히지 않는 완고하고 외골수적인 성격은 리시아와 무척 닮았다. 그렇기에 한숨을 내쉴 수밖에 없었다.

"그런 각오를, 리시아가 슬퍼하지 않을 방향으로 썼다면 좋았을 텐데."

"뭐라 대답할 말이 없네. 너는 나처럼…… 으윽."

"카를라?!"

말하는 도중에 카를라가 신음했다. 아무래도 [예속의 목걸이]가 조여든 모양이었다. 이 아이템은 주인에게 '너'라고 부르는 것도 용서하지 않나. 꽤 엄격하네.

몇 초 후, 고통에서 해방되었는지 카를라는 걱정스레 바라보는 리시아에게 "괘, 괜찮아."라고 말했다. 그리고는 다시금 내쪽을 보고는 머리를 숙였다.

"확실히, 불손한 말투였습니다. 그러니까 다시 발언을 청하고 싶습니다. 소마 왕, 당신은 저처럼 리시아를 슬프게 만드시지 않기를 바랍니다."

"……알고 있어."

그런 대화를 나누자니, 하쿠야와 톨먼이 집무실로 들어왔다. 톨먼은 내 앞에 서서는 군대식 경례를 척 올린 뒤에 보고했다.

"소마 폐하. 공군 소집, 완료했습니다."

"좋아. 그럼…… 가도록 할까."

나는 일어서서 각자에게 명령을 내렸다.

"하쿠야, 이곳의 뒤처리를 맡기겠다. 그리고 이곳의 보옥을 사용해서, 아르토믈라에서 아미도니아와 대치 중인 엑셀에게 연락을 취해. 시간벌이는 오늘 저녁까지면 된다고 전해라."

"분부하신 대로."

"톨먼은 공군 부대를 이끌고 카마인 공령의 랜들에 폭격을 가해라. 다만 폭격 목표는 성벽의 대공 연노포와 랜들 본성으로 한정한다. 무슨 일이 있어도 민가에 화약 항아리 하나 떨어뜨리지 마라! 혹시 민간인을 살해한 자가 있다면 전후에 처벌하겠다. 알겠나!"

"예! 분부 확실하게 받들겠습니다!"

"리시아와 아이샤는 나랑 같이 가 줘. 루드윈 쪽과 합류할 거야."

"알았어."

"알겠습니다, 폐하."

좋아. 모두에게 명령을 내린 뒤에 카를라 쪽을 봤다.

"카를라, 너도 우리랑 같이 간다."

"이제 인질로서의 가치도 없잖습니까. 감옥에라도 집어넣어 주시길."

힘없이 그리 말하는 카를라를 향해 나는 조용히 고개를 가로 저었다.

"너는 지켜봐야 해. 우리가 대체 누구의 손바닥 위에서 춤추고 있는지를."

"? ……무슨 말이야? 우리는 딱히 누구한테 조종당하는 게……."

"아니, 조종당했어. 어차피 우리도 그랬으니까 말이야."

"뭐라고?"

의아하다는 표정을 짓는 카를라에게 난 한숨을 내쉬며 말했다.

"우리도 완전히 파악한 건 아냐. 하지만 마지막까지 연기하면 보이지 않을까? 이 싸움이 대체 누구의 각본인지가."

————같은 날. 몇 시간 뒤. 카마인 공령 도시 랜들.

카마인 공령의 중심도시인 랜들을 둘러싼 성벽에는 느긋한 분위기가 흐르고 있었다. 지금 현재도 육군과 금군은 교전 상태였지만, 그 전투는 모두 금군이 랜들의 눈앞에 건설한 요새에서 벌어지고 있었다.

그렇다 보니 랜들을 둘러싼 성벽에는 화살 하나 날아들지 않았다.

"지루하네……."

성벽의 수비를 지시받은 육군 병사 하나가 그리 중얼거렸다. 그 말을 들은 동료 병사가 떨떠름한 표정을 지었다.

"이봐, 우리는 지금 금군이랑 전쟁 중이라고."

"그렇다고는 해도…… 싸우는 건 저 요새 주변뿐이잖아. 이런 곳에서 수비해 봐야 의미가 있을까?"

그러자 다른 동료가 "핫핫하." 웃었다.

"괜찮잖아, 지루해서. 너는 전선에서 금군이랑 싸우고 싶냐?"

"그, 그렇지야 않지만."

"전선 녀석들은 오히려 우리랑 바꾸고 싶어 하겠지. 금군에 반역하면 그 순간에 반란군이다, 역적이다 그런다고. 게다가 금군에는 카마인 공과 결별한 그레이브 마그나 경 같은 전직 육군 병사가 섞여 있다잖아. 뭘 괜히 한솥밥 먹던 사람들끼리 싸워야 하는 거냐고."

"그래, 맞아. 남쪽에서는 아미도니아가 움직인다는 이야기도 있어. 왕도 그렇고 카마인 공도 그렇고, 무슨 생각이신지."

또 다른 병사가 푸념에 끼어들었다.

"그렇게 생각하면 성벽 수비라서 만만세잖아."

"······그럴지도."

처음에 투덜거렸던 병사도 그리 납득한, 바로 그때였다.

"이봐, 동쪽 하늘을 봐! 뭔가 온다!"

누군가가 내지른 그 말에 모두가 동쪽 하늘을 봤다.

시선을 집중하니, 확실히 동쪽 하늘에 모기떼처럼 하늘하늘 움직이는 것이 보였다. 한순간 새떼인가 생각했지만 수가 너무 많았다. 숫자는 족히 천은 되리라. 그런 대군이 다가오며, 그것이 공군의 와이번 기병대라는 사실을 알 수 있었다.

그 순간, 병사들 사이에 안도하는 분위기가 흘렀다.

"······다행이다. 바르가스 공은 동료잖아."

"공군이 응원군으로 와 줬어!"

"그렇다면 이 싸움도 이제 끝이겠네. 저런 요새야 공군이 폭격만 하면 간단히 함락되겠지."

다들 '지당하다.'는 표정으로 연신 고개를 끄덕였다.

……그렇다. 확실히 이 싸움의 종막은 가까웠다.

그러나 그 마지막은 병사들의 예상과는 정반대의 형태로 찾아왔다.

랜들 눈앞에 설치되어 금군이 틀어박힌 요새를 '통과한' 공군은, 랜들의 성벽에 설치된 대공 연노포를 향해 화약이 담긴 항아리를 대량으로 투하한 것이었다.

랜들 상공을 비행하는 와이번 기병대. 그들을 이끄는 톨먼이 바라보는 시야 아래에서는 폭음이 터지고, 불꽃이 튀고, 검은 연기가 피어올랐다. 폭격 목표였던 대공 연노포는 설치되어 있던 주위의 성벽과 함께 흔적도 없이 사라졌다.

공군이 사용한 화약 항아리는 전국시대의 해적이 적선을 가라앉히기 위해 화약을 터뜨려 항아리 파편을 날린 무기인 배락옥과 비슷한 구조의 병기로, 요컨대 불꽃 같은 것이었다.

기름을 적신 밧줄을 도화선으로 사용, 길이를 조절하여 폭발까지 걸리는 시간을 조정할 수 있으며, 불을 붙여서 투하하면 일정 시간 뒤에 터진다. 소이탄처럼 땅에 떨어지는 충격으로 폭발하는 것은 아니지만, 공군은 고도와 투하하는 타이밍을 가늠하여 설정한 시간을 조정, 비슷한 형태로 운용이 가능했다.

참고로 실패해서 지면에 격돌하여 흩어진 화약에 성공한 화약 항아리의 불꽃이 튀어 옮겨붙으면 피해 범위는 어쩔 수 없이 커져 버리는 듯했다.

'지금 폭격으로 대체 육군 병사가 몇이나 죽었을까…… 아니지.'

톨먼은 고개를 내저어, 가라앉으려던 기분을 억눌렀다.

'용서를 청하진 않겠습니다. 이것도 나리와 공주님을 위한 일입니다.'

전후에 벌어질 카스토르, 카를라 두 사람의 처벌을 조금이라도 가볍게 만들기 위해서라도, 여기서 공군은 수훈을 올려야만 한다. 톨먼은 마음을 다시 끌어 올리듯, 전 공군 부대를 향해 명령을 내렸다.

"대공 연노포를 침묵시켰다! 지금부터 우리는 랜들 본성에 폭격을 가한다! 절대로 거주 구역에는 떨어뜨리지 마라! 우리 공군의 긍지를 걸고, 이 이상 헛된 사망자를 내서는 안 된다!"

"""오오오오오!"""

톨먼이 날린 말에 공군 장병들은 소리를 내질렀다. 그리고 와이번 기병 편대는 랜들의 중심에 위치한 게오르그 카마인의 성을 향해 폭격을 개시했다.

──────같은 시각. 랜들 근교.

톨먼이 이끄는 와이번 기병대가 랜들의 성벽에 폭격을 개시했을 무렵.

나, 리시아, 아이샤 그리고 포로인 카를라를 태운 금군 소속의 곤돌라 와이번이, 금군 병사들이 틀어박힌 요새에 착륙했다. 공격을 받고 있는 요새에 착륙하는 건 위험한 행위이지만, 육군은 갑자기 시작된 랜들 폭격에 놀라서 퇴각 중이었다.

그래서 우리는 유유히 요새로 입성할 수 있었던 것이다.

와이번의 곤돌라에서 내린 우리를 루드윈, 할, 카에데가 맞이해 주었다. 셋 다 다소 피로가 보이기는 했지만 부상은 없는 것 같아 안도했다. 고작 하루하고 반나절의 농성전이라고는 해도 예측하지 못한 사태는 벌어질 수 있으니까 말이다.

나는 마중을 나온 할과 주먹을 맞부딪쳤다.

"예정대로 공군을 데려왔다고."

"예정대로 육군의 공격을 막아냈다고."

서로가 서로에게 자신이 거둔 성과를 이야기하며 가슴을 폈다.

"고작 하루하고 반나절이잖아. 그 정도도 못 버티면 곤란해."

"멍청이. 상대는 캐논포까지 꺼냈다고? 다크 엘프가 원군으로 오지 않았다면 상당한 피해가 나왔을지도 몰라."

"그런가…… 원군 쪽에는 전후에 보상해 줘야지. 어쨌든 무사해서 다행이야."

"소마 너도. 너는 약하니까 너무 무리하지 말라고?"

"할이야말로 강하기는 해도 생각이 없으니까 말이야. 멋대로 돌격해서는 자멸해 버릴 것 같아."

성과를 이야기한 뒤에는, 어째선지 서로의 결점을 이야기하기 시작하는 나와 할.

그런 우리를 리시아, 아이샤, 카에데는 어이없다는 표정으로 보고 있었다.

"저 두 사람, 대체 뭘 하는 걸까."

"저것도 뭐, 남자 사이의 우정이 아닐까요?"

"할은 폐하에게 대항 의식을 불태우고 있을 뿐인 거예요."

제멋대로 말하는 여성진. 그런 가운데 카를라만큼은, 우리가 어떤 인간관계인지 몰라서 눈을 끔뻑이고 있었다.

"저 남자…… 국왕을 상대로 꽤 친숙하게 구는데."

"할버트 사관은 친구 대우를 허락받은 거야. 그러니까, 우리랑 마찬가지지."

리시아가 그리 가르쳐 주었다.

그리고 루드윈이 내 앞에 무릎을 꿇고 보고했다.

"폐하, 명령하셨던 요새 건설 및 방어 임무, 무사히 마쳤사옵니다."

"수고했다. 루드윈, 그리고 모두의 헌신에는 전후에 반드시 보답하겠다."

업무용 말투로 보고하였기에 나도 업무용 말투로 응했다. 갑자기 거창하게 말하는 나를 보고 다른 이들은 싱글싱글했지만,

무시다 무시. 지금은 시간이 아까웠다.

"루드윈, 병사들을 모아서 이동 준비를 서둘러라."

"예! 그럼 랜들을 공격하는 겁니까?"

"아니…… 여기서의 싸움은 이제 끝났다."

"? 그건 무슨……"

"보고 드립니다!"

다음 순간, 금군 병사 하나가 달려왔다. 지독히도 당황한 모습이었다. 엄청난 기세에 아이샤나 루드윈이 검을 뽑아 들 뻔했을 정도였다.

병사는 몸을 내던지듯 엎드리더니 큰 소리로 말했다.

"랜들 성에 백기가 올라왔습니다. 아, 아군의 승리이옵니다!"

그보다 조금 전, 게오르그 카마인의 성 [랜들 성]은 갑자기 공군의 기습을 받아 시끄러웠다. 성 안에서는 다양한 소문이 오갔다.

카스토르 바르가스 공이 배신했나.

국왕과 바르가스 공은 내통하고 있었던 게 아닌가.

아니, 이걸 꾸민 건 역전의 여걸 엑셀 윌터 공이 아닐까.

……그렇게 억측이 다시 억측을 부르는 상황이었지만, 소마의 기묘한 책략으로 공군이 고작 하루 만에 패배했다는 사실을 알아맞히는 자는 없었다.

그런 랜들 성 안에서 특히나 소란스러운 자들은, 어제 요새 공격으로 피폐해지고 오늘 전선을 벗어나 랜들 성 안에서 쉬고 있던 부패 귀족들이었다. 그들은 랜들 성을 뒤흔든 폭음이 공군의 폭격에 따른 것임을 알자마자, 이런 시기임에도 불구하고 집무실에서 정무를 보던 게오르그 카마인에게 달려 갔다.

"카마인 공?! 이럴 때 뭘 유유자적하게!"

"공군이 배신한 거라고요! 빨리 대책을 세워야 합니다!"

"지시해 주십시오! 우리는 어쩌면 좋단 말입니까!"

거의 욕설을 퍼붓듯 술렁거리는 귀족들을 보고, 지금 막 폭격 정보를 전하러 온 늑대 얼굴의 수인 부관 베오울프는 잔뜩 성난 표정을 지었다.

그들의 무례한 말에 허리춤의 검을 뽑아 들려고 했으나,

"베오울프."

"……예."

게오르그의 목소리를 듣고 거동을 바로 했다. 게오르그는 조용한 목소리로 물었다.

"지금 폭격에 따른 피해 상황은 어떻게 되지?"

"예. 성에 쏟아진 폭격으로 지붕이나 탑 일부가 날아가 버린 정도로, 다행히 부상자는 소수입니다. ……그러나 성벽에 설치되었던 대공 연노포는 기습으로 모두 상실. 성벽을 수비하던 병사들도 동요하고 있습니다."

"그런가……."

베오울프의 보고에도 게오르그는 안색 하나 변하지 않았지만

옆에서 듣고 있던 귀족들의 얼굴은 새파랗게 변했다. 대공 연노포의 상실은 그야말로 와이번 기병대에게 대항할 수단을 상실했음을 의미했다. 지금의 육군에게 폭격을 막을 수단은 없었다. 즉, 이대로 성 안에 틀어박혀 있어 봐야 일방적으로 폭살당할 뿐이라는 의미였다.

게오르그는 갈기와 일체화된 수염을 쓰다듬었다.

"그러니까 우리는 성 안의 백성 모두를 인질로 잡힌 거나 마찬가지로군."

"예. 그런 상황입니다."

베오울프의 대답을 듣고 게오르그는 입가를 올리며 말했다.

"그렇다면 이 싸움, 우리의 패배로군."

시원하게 패배를 인정한 게오르그의 발언에, 부패 귀족들은 한순간 대체 무슨 말을 들은 것인지 알 수가 없었다. 졌다. 그가 그리 말했음을 이해하는 것과 동시에 얼굴을 빨갛게, 파랗게 물들이며 게오르그에게 따져 들었다.

"무, 무슨 소릴 하시는 겁니까, 게오르그 공! 우리는 아직 지지 않았습니다!"

"그렇소! 육군은 거의 온전하게 남아 있습니다! 얼마든지 만회할 수 있단 말입니다!"

"대공 연노포가 없다면 아직 있는 도시까지 물러나면 되오! 거기서 재기를 꾀하고, 왕과 금군에게 반격합시다!"

"……랜들을 버리라는 말인가."

철저항전을 주장하는 귀족에게 게오르그는 어이없다는 듯이 말했다.

"영민을 버리고서 대체 무엇이 영주란 말인가. 영민을 버리고 도망친 영주를 다른 도시의 영민이 받아줄 리가 없을 터인데."

"무슨 말씀을! 영민 따윈 승자에게 따를 뿐인 자들입니다! 설령 일시적인 노여움을 살지언정 이기면 고분고분해질 겁니다!"

"그렇소! 듣기 좋은 소리도 일단 살아 있어야 할 수 있는 거요! 우선은 살아남을 방법을 생각해야 하오!"

이 마당에 이르러서도 자신의 안위만 생각하는 귀족들의 말을 들으며 게오르그는 한숨을 내쉬었다.

"결국 자기 안위만 우선인가. 그러고 보니 귀공들은 그런 자들이었지. 정말이지…… 한동안 대외전을 경험하지 않은 사이에 이렇게까지 썩어 빠졌을 줄이야. 역시 어린 새싹을 위해서라도 썩은 가지는 청소해야 하는가."

"카마인 공? 대체 무슨 소릴……."

갑자기 게오르그의 분위기가 돌변했다는 사실에 곤혹스러워하는 귀족들. 게오르그는 그런 그들을 무시하고 베오울프에게 말했다.

"베오울프. 예정대로 부탁한다."

"음! ……알겠습니다."

베오울프가 오른손을 들자, 갑자기 검을 뽑아든 병사들이 방 안으로 난입해서는 귀족들을 포위했다. 2, 30명의 병사가 칼끝을 향하자 더는 움직일 수 없게 된 귀족들은 이제야 간신히 게오르그에게 속았다는 사실을 깨달았다. 그들은 이내 병사들에게 무장을 해제당하고 차례차례 [예속의 목걸이]가 채워졌다.

"이건, 어떻게 된 거요, 카마인 공!"

"설마 카마인 공! 우리의 목을 바치고 왕에게 목숨을 구걸할 생각인가!"

"치, 치사합니다!"

"이 자식! 참으로 더럽구나, 게오르그 카마인!"

아직도 그런 소리를 하는 귀족들을 보고 게오르그는 또다시 낙담의 한숨을 내쉬었다.

"귀공들과 같은 취급을 당하는 것도 어처구니없군. ……끌고 가라."

구속당한 귀족들은 병사들에게 방에서 끌려 나갔다.

난폭하게 구는 자도 있었지만, 이미 [예속의 목걸이]가 목에 걸렸기에 주인으로 설정된 베오울프의 의사에 따라 목걸이가 조여져서 의식을 잃었다.

문이 닫히고 모습이 보이지 않게 된 뒤에도, 복도에서는 게오르그를 천박하게 욕하는 목소리가 들렸다. 잠시 후, 그 목소리도 들리지 않게 되었을 무렵, 간신히 게오르그는 의자에 앉았다. 그리고 한숨을 내쉰 뒤, 베오울프에게 물었다.

"녀석들의 사병과 제므의 용병들은 어떻게 되었나?"

"예. 지금쯤이면 저희 부하들에게 구속당했을 테죠."

베오울프의 대답을 듣고 게오르그는 만족스레 고개를 끄덕였다.

그리고 이제까지의 딱딱한 인상을 벗어던지는 듯한, 온화한 미소를 띠었다.

"내가 할 일은 끝냈다. 이것으로 이제 아무런 미련도 없어."

"…………."

상쾌한 표정의 게오르그와는 대조적으로, 베오울프는 고뇌에 찬 표정을 짓고 있었다.

앞으로 해야만 하는 일을 생각하니 마음이 무거운 것이리라. 그런 베오울프의 기분도 알고 있는 게오르그는, 가능한 한 온화하게 명령했다.

"그럼 베오울프. 나도 부탁할까."

"……예."

잠시 머뭇거리기는 했지만, 베오울프는 게오르그의 목에도 [예속의 목걸이]를 감았다.

주인에게 절대복종을 강요하는 죽음의 목걸이를 감고 있음에도, 게오르그는 마치 피로연에 나가기 위한 나비넥타이를 아내가 고쳐 매어 주듯 온화한 표정이었다. [예속의 목걸이]가 마저 감기고, 게오르그는 육군대장으로서의 마지막 명령을 내렸다.

"금군에게 항복의 사자를 보내고, 폐하의 지휘 아래에 들어가라. 부패 귀족의 군대를 제외한 모든 장병은 내 명령에 따랐을 뿐이다. 죄는 전부 내가 지겠다. 뒷일은…… 그대와 그레이브에게 맡기겠다. 알겠나!"

"……예. 바로 시행하겠습니다."

경례를 하고 베오울프는 방에서 나갔다.

그의 뒷모습을 지켜보고, 게오르그는 집무실 책상 제일 아래의 서랍을 열었다.

안에는 리시아 공주가 태어났을 당시의 포도주가 들어 있었다. 리시아가 태어났을 때에 선대 국왕 알베르토에게 '어떠한 때라도 딸을 지켜달라.'는 부탁과 함께 하사된 물건이었다. 그 날부터 참으로 소중하게 간직했다.

리시아 공주가 사관학교를 졸업하고 자신의 밑에 있었을 무렵에 몇 번인가, '공주님의 혼례 날에, 나는 이 술로 문드러지게 취할 생각'이라고 웃으면서 이야기했던 물건이었다.

'혼례……인가. 공주님의 신부 복장을 볼 수 없는 건 아쉽지만, 누구보다도 큰 혼례 축하 선물을 바쳤다고 생각하면 나쁜 기분은 아니군. 이 술은…… 누군가에게 맡겨서 그 젊은 왕에게 전하도록 하자. 공주님을 빼앗아간 상대인 만큼 좀 분하기는 하지만 말이야.'

자조 섞인 미소를 지으며, 혼례 날에 소마와 리시아가 나란히 선 모습을 머릿속으로 그렸다.

'왕은 이 성으로 들어올까…… 한 번, 직접 만나보고 싶군.'

게오르그는 그리 바랐지만, 그런 그에게 전해진 소식은,

"보고드립니다! 소마 왕은 랜들로는 들어오지 않고, 이미 금군을 이끌고 '서쪽으로' 향했다고 합니다!"

……라는 보고였다. 그리고 곧이어, "육군은 그레이브와 베오울프의 지휘 아래 재편되는 대로 곧장 금군의 뒤를 따르라."라는 명령이 떨어졌다는 사실도 함께 보고되었다.

그 보고를 들었을 때, 게오르그는 한순간 눈을 동그랗게 떴지만,

[그렇다면 그 거목을 넘어 보도록 하지.]

그리 말했을 때의, 소마의 얼굴을 떠올렸다.

그리고 게오르그는 이내 깨달았다.

"핫핫하! 그런가, 그런 거였나! 왕은 왕대로 대어를 낚아 올리셨군!"

그 순간에 모든 것을 깨달은 게오르그는 큰 소리로 웃음을 터뜨렸다.

"과연, 나는 발판이 되었다는 건가! 이건 왕의 책략인가? 아니면 그 검은 옷 재상의 책략인가? 어느 쪽이든 훌륭하구나, 젊은이들이여! 새로운 시대여! 이제 나의 시대는 끝이 났다! 자, 왕이여, 공주님이여! 손을 잡고, 이 거목을 넘어서 가도록 해라! 어린싹이 트고, 엘프리덴에 영광 있으라!"

자신의 시대, 그 종언을 게오르그는 진심으로 축복했다.

이대도강(李代桃僵). 복숭아 대신에 자두나무가 쓰러진다.

그것은 자신을 희생하여 최대의 승리를 거두는, 게오르그 혼신의 책략이었다.

현재까지의 전황을 정리하자.

우선 현재까지 일련의 싸움은, 선대 국왕 알베르토의 갑작스러운 선양에 삼공이 반발하여 가신으로 따르겠다는 의사를 드러내지 않았던 것에서 시작되었다. 내가 왕위를 물려받은 뒤로, 삼공들은 각자의 군과 함께 자신의 영지에 틀어박혔다.

삼공들은 내가 인재를 모으고 나라를 바로 세우고자 필사적이었던 시기에도 비협조적이었다. 또한 내가 재정을 재건시킬 때에 부정을 추궁당한 일부 귀족들이 도주하여 카마인 공령에 의탁한 것도 있어, 그 대립은 결정적인 수준에 이르렀다.

그리고 전날의 최종권고를 거쳐, 마침내 왕과 삼공이 다투는 사태로 발전한 것이었다.

다만 삼공 가운데 해군대장 엑셀 월터만은 최종권고 당시에 나를 따르겠다는 의사를 보여, 금군과 해군의 분쟁은 피하게 되었다.

그리고 최종권고를 거절한 게오르그와, 그런 게오르그와의 우의에 따르겠다는 각오로 카스토르가 나를 향해 반기를 들어 이번 싸움을 초래하게 된 것이다……. 뭐, 이것이 현재 국민은 물론 아미도니아 공국도 믿고 있는 시나리오였다.

─────그러나 이 시나리오는 어디까지나 표면적으로는 그렇게 보인다는 것뿐, 실질적인 내막은 전혀 달랐다.

우선 엑셀은 최종권고 때에 나를 따른 것처럼 여겨지지만, 실제로는 좀 더 이른 시기부터 그런 의사를 드러냈다. 엑셀은 손녀인 주나 씨를 내게 파견하여 왕으로서의 자질을 판단했다. 그리고 주나 씨에게 자질이 있다는 보고를 받고는 가신으로 따르겠다는 의사를 드러내고, 주나 씨를 매개로 서로 연락을 취했다.

다만 불온한 움직임을 보이던 게오르그를 감시하고, 역시나 반발하는 카스토르를 설득하기 위하여 그 사실을 숨기고 한동안은 다른 삼공들과 행동을 함께했던 것이다.

다음으로, 이 싸움이 시작된 경위도 달랐다.

애당초 나와 하쿠야가 짠 계획은 전혀 다른 것으로, 삼공을 정벌하려고는 생각하지 않았다.

리시아에게 게오르그의 인품을 듣기로는 대화를 나누면 알아줄 상대라 생각했고, 카스토르도 성급한 면은 있을지언정 엑셀과 게오르그의 설득이 있으면 마지못해서일지라도 따르리라 생각했다.

그러나 게오르그가 부패 귀족을 은닉하고 말았기에 그 예정이 어긋나 버렸다.

그렇다고는 해도, 나도 하쿠야도 부패 귀족들을 중히 보지는 않았다. 이미 직위에서는 쫓겨났으니 국경선을 봉쇄하고 재산만 몰수해 버리면 어디로 가든 상관없다는 생각마저 있었다. 그러나 그런 귀족들을 게오르그는 수중에 두고서 아군으로 가담시켜 버렸다.

당초에는 리시아에게서 들었던 이야기와 다르다며 분개하기조차 했다.

그럴 때, 우리 앞에 육군에서 이탈했다는 그레이브 마그나가 나타났다.

◇　◇　◇

일단 거리에서 할이 저지른 무례를 사죄하기 위해서라는 명목이 있었지만, 그런 게 없었을지라도 우리 앞에 나타났을 테지. 그레이브 마그나에게는 게오르그로부터 맡겨진 어떤 밀명이 있었던 것이다. 그는 할의 무례를 사죄한 뒤에 이런 이야기를 꺼냈다.

"하오니 폐하. 거듭된 무례임은 알고 있사오나 말씀드리고 싶은 바가 있습니다."

내가 무엇인지를 묻자,

"그게……. 너무 많은 이가 듣지는 않았으면 하는 이야기이옵니다만……."

그리 말하여 사람을 물러나게 해 달라고 부탁했다.

내가 리시아, 아이샤, 하쿠야, 할, 카에데 이외의 인간을 물리자, 그레이브는 드디어 이번 게오르그의 계획에 대해서 이야기하기 시작한 것이었다.

"카마인 공은 부패 귀족들을 한곳에 모으고 함께 반란을 일으켜서 폐하께 진압당할 생각이옵니다."

게오르그는 숨어들면 성가신 부패 귀족들을 일망타진하기 위해, 일부러 나와의 대결 자세를 선명하게 하여 불온분자들을 모으는 불빛이 된 것이었다.

그리고 육군 안에서 특히 신뢰할 수 있는 그레이브 쪽을 '부패 귀족을 은닉한 것에 대한 불신'을 이유로 이탈시키고 금군에 합류시켜 전후에 육군을 맡을 수 있는 인재를 남겼다. 남은 것은 불온분자들이 모여든 참에 내 최종권고를 거절하고 전투태세로 돌입…… 자신과 함께 귀족들이 붙잡히게 만든다는 계획이었다.

육군 4만은 강적이지만 금군, 공군, 해군이 협력해서 맞선다면 간단히 진압할 수 있다.

실제로 이번 육군과의 싸움에서도, 공군의 기습으로 대공 연노포를 파괴하는 것만으로 육군이 항복하는 형식을 갖출 수 있었으니까. 그리고 항복하는 타이밍에 귀족과 제므의 용병을 포함한 그들의 사병을, 게오르그의 입김이 닿은 가신이 포박한다.

그것이 게오르그의 계획이었다.

그레이브로부터 그 계획을 들었을 때, 나는 무심결에 화를 냈다.

"웃기지 마! 누가 그런 걸 부탁했는데!"

"분노는 지당하십니다만…… 카마인 공 본인의 생각이옵니다."

그레이브는 머리를 숙이면서도 뜻을 굽힐 생각은 없는 듯했다.

"왜 그런 짓을 하나! 부패 귀족은 이미 직위에서도 해임되고 재산도 이쪽으로 압류당했어. 그런 벌레 같은 놈들 따윈 내버려 두면 되잖아!"

"카마인 공의 이야기로는! ……그건 무른 생각이옵니다."

그레이브는 격앙할 뻔했지만, 그럼에도 꾹 참았다. 가신의 신분으로 국왕과 언쟁을 벌일 수도 없었을 테지. 그걸 보고 내 머리도 조금은 식었다.

"……뭐가 무르다는 거지."

"폐하, 썩은 밀은 주위의 밀까지도 썩게 만듭니다. 귀족의 성가신 점은 연줄에 있습니다. 서로의 영향력을 유지하기 위해서 이제껏 자녀의 혼인을 거듭하여 친척을 만들었습니다. 아마도 부정 정도의 이유로 재판에 처하더라도 다른 가문의 참견이 들어올 테죠. 또한 설령 가문을 잃었을지라도 친척 가문의 보호 아래에 들어가 버리는 경우도 생각할 수 있습니다. 하오니 그들을 한 번, 국가반역자의 지위까지 깎아내릴 필요가 있는 겁니다."

"…………."

그레이브가 하고자 하는 이야기는 이해할 수 있었다.

온갖 방비책으로 가득한 부패 귀족을 처벌하기 위해서는, 그들을 친족에게까지 책임이 미칠 정도의 중죄인까지 떨어뜨리고, 자신들에게까지 누가 미치는 사태를 우려한 다른 귀족들이 스스로의 의사로 그들과 연을 끊도록 만들어야만 한다는 거겠지.

이치가 맞는 것처럼 들렸다. 들리긴 하지만…….

"……그렇게까지 해야만 하나?"

"예. 그리고 이유는 하나 더 있습니다."

"또 있나……."

"폐하께서는 그들의 재산을 압류했다고 하셨습니다만, 그건 눈에 보이는 범위에서 말씀이시겠죠. 뒤가 구린 인물은 남들 눈에 띄지 않는 장소에 자금이나 영향력을 가지고 있는 법입니다. 실제로 카마인 공령으로 온 귀족들은 그런 뒷자금을 사용하여 제므에서 용병을 고용했습니다. 그들의 재산을 모두 빼앗을 수 없다는 사실을 증명하는 거나 마찬가지 아니겠습니까.”

그 지적을 듣고 나는 이마에 손을 댔다.

그렇다. 나는 장부랑 씨름하며 자금의 흐름을 파악했다고 생각했다. 서류에 싣지 않는 형태의 저축도 가능하다는 사실을 깜박했다.

하쿠야를 보니 그 역시도 같은 표정을 짓고 있었다.

애당초 귀족 따윈 연이 없었던 나와 최근까지 은둔 중이었던 하쿠야로서는 이런 귀족의 어두운 생태를 읽어 낼 수 없었던 것이었다.

이럴 때, 아직 인재가 부족하다는 사실을 실감하게 되는구나.

“게오르그는 귀족들에게 그 뒷자금을 소모하게 만들 생각인가? 하지만 그래서는 결국 용병을 파견하는 제므로 자금이 흘러들어서…… 앗!”

그 시점에 나는 깨달았다. 제므로 흘러든 자금을 제므로부터 빼앗을 방법을.

“인질 몸값인가!”

“예. 부패 귀족을 포박하는 것과 동시에 그들이 고용한 용병도 함께 포로로 삼습니다.”

전국시대 일본에서도 있었던 일인데, 포로가 된 장병은 몸값을 지불하여 풀려나는 시스템이 있다. 몸값은 신분이 높은 사람일수록 고액이고, 몸값이 지불되지 않는 경우 그 포로는 노예로 팔린다. 대부분 신분이 낮은 자들은 국가가 한꺼번에 금액을 지불하여 한꺼번에 풀려나고, 신분이 높은 자는 그 가문의 사람이

지불하게 된다. 지불 능력이 낮은 가문은 그걸로 몰락하는 사례도 많은 듯했다.

"게오르그는 귀족들에게 뒷자금으로 용병들을 고용하게 만들고, 그 용병들을 포로로 삼아서 제므에 몸값을 받아내어 징수하려고 했나."

"말씀하신 그대로입니다."

제므가 파견하는 용병들 가운데 신분이 높은 자는 없을 테지만, 그래도 국가가 일괄적으로 지불해야만 하는 액수는 상당할 것이다.

정말이지…… 잘도 생각해냈구나. 그런 만큼 안타깝기도 했다.

"그렇게까지 생각이 돌아가는 녀석을, 어째서 이렇게 소모해야만 하나. 안 그래도 인재가 부족한데, 그럴 각오가 있다면 평범하게 협력하라고!"

"부디 알아 주십시오, 폐하. 카마인 공은 당신에게 미래를 맡긴 것입니다."

그레이브의 올곧은 시선을 받고 숨을 삼켰다.

"……어째서 그렇게까지 나를 믿을 수 있는 거지. 만난 적조차 없다고?"

"그건 저희로서는 헤아릴 수 없는 일이옵니다. 언젠가 카마인 공과 직접 만나게 되셨을 때, 본인에게 직접 물어보시면 되지 않을까 합니다."

"…………."

◇ ◇ ◇

그때 대답은 나오지 않았지만 훗날에 진행된 최종권고 당시, 나는 게오르그에게 넌지시 진의를 물었다.

"무엇이 당신을 거기까지 내몰았나?"

내 질문에 게오르그는 '오랜 무인으로서의 긍지'라고 대답했다.

"나이 쉰다섯을 넘어, 이제는 쇠퇴하는 것뿐인 이 몸이다만, 최고의 기회를 얻었다. 자신의 재능을 가지고 엘프리덴의 운명을 결정한다. 평생에 한 번, 후세에 남을 커다란 일을 해내는 것은 무인의 숙원이지."

듣기에 따라서는, 왕위찬탈을 목표로 일생일대의 큰 도박에 나서는 것 같은 말이었다. 그러나 실제로는 이 나라를 위해서 자신의 목숨을 바치겠다는 선언이었던 것이다.

자신의 재능을 가지고서 엘프리덴의 운명을 결정하고 후세에 남을 커다란 일을 해낸다…… 바로 그렇기에 자신을 희생해서라도 부패 귀족을 멸하는 길을 선택했다는 걸까.

이 말이 진실인지는 알 수 없었다. 하지만 그 결의에 흔들림이 없다는 것만큼은 알 수 있었다. 리시아의 올곧음은 스승인 이 남자에게서 물려받은 것일지도 모른다.

이야기를 되돌리자.

이때 그레이브에게 들은 정보는, 그 자리에 있던 이들의 가슴 속에 깊이 새겨졌다. 이 이야기를 듣고 있던 것은 나, 리시아,

하쿠야, 아이샤, 카에데, 할까지 여섯 명뿐이었다. 만에 하나라도 밖으로 새어나갔을 경우, 모든 계획이 와해되었을 것이다.

그러니까 이 이야기는 이미 협력 관계에 있던 엑셀이나 금군 총대장인 루드윈에게조차 알려줄 수 없었다. 그 때문에 엑셀은 게오르그를 계속 의심할 수밖에 없었고, 거기서 한 가지 오산이 더 생기고 말았다.

그것이 바로 카스토르의 모반이었다.

계획을 지나치게 극비로 진행한 탓에, 카스토르가 나를 의심하게 만들어 버렸고, 공군을 게오르그 측에 붙도록 만들고 말았다. 이건 우리에게도, 게오르그에게도 예상 밖의 일이었다. 아무리 맹목적인 면이 있는 카스토르라고 해도 명백하게 불온한 움직임을 보이는 게오르그와 함께하리라고는 생각하지 않았던 것이다.

설마 게오르그와의 우의에 따르겠다는 각오로 휘하의 백 명만 데리고 게오르그 측에 가담하리라고는 생각도 못 했다.

덕분에 붉은 용 성읍에서의 전투는 전부, 게오르그의 각본에도 없는 완전한 즉흥극이 되어 버렸다. 이겼으니 망정이지 자칫 잘못했다가는 각본이 모조리 허사가 되어 애드립 경연장으로 변해 버릴지도 모르는 사태였다.

엑셀이라면 카스토르가 이런 행동에 나서는 걸 사전에 예견할 수 있었을지도 모른다. 그러나 엑셀에게는 게오르그의 계획을 비밀로 했기에 그에 대해서 논의할 수가 없었던 것이다. 결과적으로 보자면, 쓸 수 있는 인재를 사용하지 않은 탓에 사태의 혼란을 초래해 버린 것이니 크게 반성해야겠지.

자, 그런 우여곡절이 있었던 싸움이었는데, 어떻게든 게오르그의 각본을 무너뜨리지 않고 끝까지 마칠 수 있었다. 이것으로 간신히 게오르그 각본의 무대가 막을 내렸다.

그럼 지금부터다. 지금부터가 드디어 진짜 시작이다.

지금부터 새로이 시작되는 무대의 각본가는 나와 하쿠야다. 게오르그 때문에 멀리 돌아오는 형국이 됐지만, 간신히 우리의 무대에 막이 열리는 것이었다.

"자, 그럼 정벌을 시작하자."

나는 그때, 그렇게 선언했다. [정벌]이란 국내의 반란을 진압할 때 사용되는 말이지만, 넓은 의미에서는 국외의 적대세력을 토벌하는 것도 의미한다.

여기서 한 번 떠올려 봤으면 한다. 아미도니아 공국이 남서쪽에서 공격해 들어온 것은, 게오르그와 서간을 주고받아 그의 궐기 타이밍을 가늠하여 움직였기에 생긴 일이었다.

그러나 당사자인 게오르그의 시선은 국내로만 향하고 있었다.

당연히 '아미도니아 공국과 연결선 따윈 없었다' 는 것이다. 그럼 게오르그의 이름을 사칭하여 가이우스 8세에게 서간을 보낸 자는 누구일까.

────자, 진정한 정벌을 시작하자.

♚ 제8장 ✦ 선전포고

─────대륙력 1546년 10월 1일 저녁 무렵, [아르토플라 근교]

성주 와이스트 가로의 요청을 받아들여 공국군은 포위를 풀었지만, 약속한 정오가 되어도 아르토플라의 문이 열릴 기척은 보이지 않았다.

이 사태에 기다리다 지쳐 버린 아미도니아 공왕 가이우스 8세는 다시금 포위할 것을 지시, 포위가 완료되자마자 총공격을 가하도록 명령을 내렸다. 그러나 한 번 포위를 푼 도시를 다시 포위하는 데에는 상당한 시간이 걸려서, 완료된 것은 이미 저녁이 가까운 시각이었다.

"이 자식…… 와이스트 같은 잔챙이한테 이렇게까지 바보 취급을 당하다니."

아미도니아 공국군의 본진에서 걸상에 앉아 있는 가이우스는 짜증스레 연신 몸을 들썩이고 있었다. 그 분위기에 옆에 있는 장병들은 도무지 안절부절 못했다. 지금 가이우스에게 노여움을 산다면 자신의 목이 날아갈지도 모른다. 자연스레 분위기가 무거워졌다.

그런 분위기 가운데, 공태자 율리우스는 애써 냉정하게 가이우스를 달랬다.

"잔챙이가 잔챙이답게 행동하며 무의미하게 시간을 벌었을 뿐. 이번에야말로 박살을 내 버리면 될 일입니다. 뭘 그리 짜증을 내시는 건지요."

"……흥. 확실히 헛된 발버둥이야."

율리우스의 말을 듣고 가이우스도 속이 후련해진 모양이었다.

"이제 목숨을 구걸해 봐야 늦었어. 저런 촌구석 도시 따윈 해가 지기도 전에 아예 없애 주지. 그때는 와이스트, 네놈의 목을 성문에 효수하기 전에 차라리 죽는 편이 나았다고 생각할 만큼 호되게 고문해 주마!"

"……그러는 게 좋지 않겠습니까."

머리에 피가 오른 가이우스와는 대조적으로 율리우스는 얼음장 마냥 차가운 표정을 짓고 있었지만 마음속에는 불안이 싹트고 있었다. 저 성벽 너머에서 느껴지는 수상쩍은 기척. 와이스트는 정말로 아무런 승산도 없이 시간만 벌고 있는 것일까.

그때, 본진으로 아미도니아 병사 하나가 뛰어들었다.

"보, 보고드립니다! 아르토플라 성벽에 여성 하나가 나타났습니다."

"여자?"

머리를 조아리며 보고한 병사의 말을 듣고 가이우스는 미간을 찌푸렸다.

"대체 누구냐?"

"그게…… 그녀를 본 적이 있는 장군의 이야기에 따르면, 그녀는 엘프리덴 왕국 해군대장 엑셀 월터라고."

"엑셀 월터라고?!"

가이우스는 자신의 귀를 의심했다.

"삼공 중 하나가 저 성 안에 있었다는 건가?!"

갑작스러운 이야기라 믿을 수가 없었다. 엘프리덴 국왕 소마가 삼공을 향한 최종권고를 벌인 것은 며칠 전의 일이었다. 분명히 그때, 해군대장 엑셀 월터만큼은 소마를 가신으로 따르기로 한 모양이지만, 밀정이 그 정보를 가져온 시점에서 공국군은 아르토플라를 포위하고 있었다.

그녀의 본거지 라군 시티는 왕국의 북동쪽 끝, 아르토플라는 남서쪽 끝에 가까운 위치였기에 아무리 서둘러도 사나흘은 걸리는 거리였다. 혹시 최종권고 시점에서 엑셀이 라군 시티에 있었다면 아르토플라에 입성할 수가 없었다.

"어째서냐?! 어째서 저기에 엑셀이 있는 게냐?!"

"……아마도 엑셀은 최종권고가 벌어지기 전부터 소마와 함께하고 있었을 테죠."

곤혹스러워하는 가이우스와는 달리 율리우스는 이제야 납득이 간다는 표정을 짓고 있었다.

아르토플라에서 느껴지던 종잡을 수 없는 감각의 정체. 그것은 엑셀의 그림자였던 것이리라. 그 사실을 깨닫는 것과 동시에, 율리우스는 상대의 속셈을 깨닫고 새파랗게 질렸다. 혹시 엑셀과 소마가 이미 같이 행동하고 있었다면, 다른 삼공 역시도 이어져 있었을 가능성이 생긴다.

'혹시 그 최종권고가 연극에 불과했다면……!'

율리우스는 그제야 적의 진정한 목적을 간신히 알아차렸다.

"아버님, 서둘러서 퇴각 준비를! 우리는 적에게 낚인 겁니다!"

율리우스는 가이우스 앞에 무릎을 꿇더니 분하다는 듯이 그리 진언했다. 갑작스러운 퇴각 진언에 가이우스는 눈을 희번덕거렸다.

"낚였다고? 무슨 말이냐?"

"아마도 엑셀은 최종권고를 아르토믈라 성 안에서 받았을 겁니다. 국왕 방송의 보옥은 우리 나라에도 하나 있는데, 그건 옮길 수 없는 물건은 아닙니다."

"어째서 그런 짓을 할 필요가 있다는 거지?"

"물론 우리를 이 도시에 못 박아 두기 위해서겠죠. 적의 목적은……."

[엘프리덴 전 국민에게 알린다.]

율리우스의 말을 가로막듯, 아르토믈라를 포위한 아미도니아 공국군 전체에게 들릴 정도로 큰 목소리가 울려 퍼졌다. 그 소리가 들린 방향으로 시선을 향하자, 아르토믈라 성벽 위에 거대한 사람의 모습이 보였다.

높이는 20미터 정도일까. 실물이라면 그야말로 거인이겠지만, 그 몸에서 뒤쪽의 경치가 비쳐 보였다. 아마도 환영 같은 것이리라.

군복을 걸친 그 사람은 엘프리덴 잠정 국왕 소마 카즈야였다.

오늘은 평소의 맥 빠지는 복장이 아니라 제대로 군복을 입고 있었다. 옷이 날개라고 해야 할까, 그 모습은 평소보다도 위압적으로 보였다.

그런 소마를 가이우스, 율리우스 부자는 증오스레 바라봤다.

[반복한다. 엘프리덴 전 국민에게 알린다. 나는 엘프리덴 왕국 잠정 국왕인 소마 카즈야다.]

한편 성벽 위에서는 엑셀이 소마의 군복 차림을 미묘한 표정으로 보고 있었다.

'소마의 모습을 특대 사이즈로 비추고 있는 안개'는 엑셀의 마법에 따른 것이었다.

교룡의 피를 이어받았다는 엑셀의 마력이라면, 국왕 방송을 송신하기 위한 안개 살포 장치를 흉내 내는 것은 간단했다. 지금 엑셀은 그 힘을 사용해서, 이곳 아르토믈라를 포위한 아미도니아 공국군에게 소마의 국왕 방송을 '일부러' 보여주는 것이었다.

영상 속의 소마가 이제까지의 경위를 담담하게 설명하기 시작했다.

육군대장 게오르그가 부패 귀족을 은닉했기에 금군과 육군이 충돌한 것.

공군대장 카스토르가 게오르그와의 우의에 따르겠다는 각오로 반항한 것.

삼공 가운데 해군대장인 엑셀만큼은 처음부터 가신으로 따르겠다는 의사를 보였다는 것, 등등을 말이다.

다만 사실만을 척척 나열했을 뿐 자세한 내용까지는 이야기하지 않았지만, 그것은 국민들에게는 아무래도 상관없는 일이었다.

그들이 듣고 싶은 것은 자신들이 싸움에 말려들지 아닐지, 였다.

[여기까지 많은 일이 있었지만 현재로서는 금군을 시작으로 엘프리덴 왕국의 육해공군은 내 지휘 아래에 들어왔다. 그러니까 나는 이 시간을 기해 내란의 수습을 선언한다.]

국왕과 삼공의 대립이 끝났다.

국민들의 입장에서 보면, 그 사실을 알게 된 것만으로 충분할 것이다. 그러나 엑셀은 씁쓸한 표정을 짓고 있었다. 최종권고로부터 불과 이틀. 그동안에 소마는 카스토르 바르가스가 이끄는 와이번 기병들과 게오르그 카마인이 이끄는 육군을 쳐부수었다.

카스토르는 이해할 수 있다. 애당초 휘하의 백 명만으로 반항했고, 그를 포박하기 위해 엑셀도 붉은 용 성읍으로 침입할 수 있는 루트를 알려주는 등 지혜를 빌려주었으니까.

그러나 다름 아닌 게오르그가 시원하게 항복했다는 사실에서는 작위적인 무언가가 비쳐 보였다.

'벌어야 된다고 한 시간이 짧았으니 무언가 있다고는 생각했지만…… 설마 처음부터 서로 연결되어 있었을 줄이야. 아무래도 나도, 카스토르도, 어쩌면 폐하 쪽마저도 게오르그 카마인의 손바닥 위에서 춤추고 만 모양이네.'

이것이 늙었다는 걸까, 아름다운 겉모습과는 거리가 먼 푸념을 하며, 엑셀은 게오르그의 계획을 정확하게 파악하고 한숨을 내쉬었다.

'이런 상황이었다면 카스토르를 좀 더 강하게 말렸어야 했어. ……늙은 내 목을 걸면 그 두 사람의 목숨 정도는 구할 수 있을까.'

그렇게 생각하며 엑셀은 영상 속의 소마를 바라봤다.

소마의 연설은 막바지로 향하고 있었다.

[내란은 종결되었다. 그러나 아직 칼을 칼집에 다시 넣을 수는 없다! 왜냐하면, 아미도니아 공국의 군대가 이 혼란을 틈타서 국경선을 넘어 우리 나라로 침공했기 때문이다! 현재 아미도니아 공국군은 남서부의 도시 아르토믈라를 포위하고 있다!]

국왕이 갑작스럽게 꺼낸 아미도니아 공국군 침공 정보에, 엘프리덴의 국민은 대략 절반이 긴장하고 절반이 경악했다. 긴장한 것은 아미도니아 공국 침공 정보를 이미 들은 서쪽 사람들이고, 경악한 것은 아직 정보가 전해지지 않은 동쪽 사람들이었다.

아미도니아 공국군 침공 이후로 아직 얼마 지나지 않아 정보가 모두 전해지지는 않았던 것이다.

특히 동쪽 사람들은 갑자기 나온 정보에 공황을 일으킬 뻔했다. 그러나,

[그러나 안심하도록. 이런 일을 대비하여 아르토플라에는 엑셀 공을 보내어두었다. 지금 현재도 아미도니아는 아르토플라를 함락시키지 못하였다.]

소마의 그 말에 조금은 진정을 되찾은 모양이었다. 소마는 이야기했다.

[이미 금군은 육해공군을 지휘 아래에 두었다. 침공한 공국군은 대략 3만. 그리고 이쪽은 금군, 육군, 공군을 합쳐서 약 5만 5천의 군을 움직일 수 있다. 전군을 모두 아르토플라로 보낸다면 야만적인 침략자들을 쫓아내는 것도 간단하다.]

이 말을 듣고 국민들 사이에는 안도의 분위기가 흘렀다. 그러나 다음 순간,

[그러나 국민들이여. 과연 그것만으로 충분할까!]

그런 안도는 소마가 내지른 목소리에 사라졌다.

[아미도니아 공국은 이 나라의 국토를 계속해서 노렸다. 역대 공왕은 잃어버린 영토 회복을 주장하며 군비를 증강하고 항상 국경선에 긴장을 초래했다. 현재 아미도니아 공왕 가이우스 8세 역시 나와 삼공의 대립을 부채질하며 자신의 이익을 취하고자 암약하고 있다! 그리고 게오르그 카마인과의 대립이 확정되자마자 군을 일으켜서 우리 국토를 유린했다.]

분명히 소마는 뒤로 손을 써서 모험가 길드에게 의뢰, 공국군의 진로 상에 있는 마을이나 도시의 주민들을 피난시켰다. 그러나 피해가 전무하지는 않았다. 일부터 불태운 마을도 있었다. 빼앗긴 재산도 있었으리라. 피난 도중에 운 나쁘게 공국의 척후와 조우하여 목숨을 잃은 자도 있었을지 모른다. 그 분노를 담아 소마는 이야기했다.

[다시 묻겠다! 쫓아내는 정도로 만족하겠는가! 그란 케이오스 제국을 중심으로 인류가 마왕군을 상대로 하나가 되고자 하는 이 시대에 역행하려 드는 이 야만을 용서해도 되겠는가! 아니다! 결단코 아니다! 따라서 우리 나라는 이미 기습받은 이상 굳이 이야기할 필요는 없겠으나, 그래도 말해 주겠다.]

소마는 여기서 일단 말을 끊더니, 크게 숨을 들이쉬고, 분명하게 선언했다.

　[엘프리덴 왕국은 아미도니아 공국에게 선전포고한다!]

　선전포고. 그 말에 국민들 사이에는 긴장감이 흘렀다.
　선대 국왕 알베르토의 시대에는 한 번도 듣지 않은 말이었다. 남자들은 알 수 없는 고양감에 감싸이고, 여자들은 겁먹고, 정복왕이라 불린 전전대 엘프리덴 국왕의 치세 아래에서 보낸 전란의 나날을 알고 있는 노인들은 또다시 그런 시기가 돌아왔느냐며 불안감을 품었다.
　그러나 소마는 조금도 흔들리지 않고 이야기했다.

　[이 방송은 아미도니아 공국군도 보고 있겠지. 그러니까 선언한다. 지금부터 카마인 공령에 집결한 우리 군을 서쪽으로 보내겠다. 공략 목표는 아미도니아 공국 수도, '반' 이다. 공국군이 아르토믈라에서 우물쭈물하는 동안에 우리는 귀공들의 집을 불태워 버릴 것이다.]

　그리고 소마는 후세에 이 전쟁이 희곡화되었을 때, 이 장면을 대표하는 말로 자주 인용되게 되는 이 말로 연설을 마쳤다.

　[들어라, 가이우스! 우리 집에 손을 댄 이상, 대가는 받아 내도

록 하겠다!]

◇ ◇ ◇

금군 소속의 [왕족 외유용 바구니 달린 와이번(통칭 '접대용 와이번')]은 리무진처럼 호화로운 곤돌라를 네 마리 와이번으로 들어 올려서 움직이는 비행선 같은 물건이었다.

이전에 식재료를 모을 때도 폰초에게 이들 네 마리 중 하나를 빌려줬었다.

이 곤돌라 안도 상당히 넓고 호화로워서 재정난일 때는 안의 장식품을 떼어 내서 팔아치울까 생각했지만, "대외적으로는 왕국을 대표하는 물건이오니 제발 팔지 마십시오!"라며, 당시 재상이었던 마르크스가 울다시피 애원했기에 포기했다.

그런 접대용 와이번의 곤돌라 안에서, 나는 아미도니아 공국을 향해 선전포고를 했다. 눈앞에 떡하니 놓여 있는 건 국왕 방송의 보옥. 아무리 안이 넓다고는 해도 보옥을 실을 때는 고생했다. 살짝 천장을 뚫어 버릴 사이즈였기에, 천장 일부를 벗겨 내고 위에서 넣을 수밖에 없었던 것이다.

덕분에 하늘을 날고 있는 지금, 바람이 불어 드는 곤돌라 안은 상당히 추웠다. 선전포고 중의 영상에 다리가 떨리는 모습이 비치지 않았다면 좋겠는데…….

"수고했어, 소마. 자, 들어와."

추위를 참으며 선전포고를 마치자, 리시아가 뒤집어쓴 이불을 펼쳐 안으로 받아들여 주었다. 이불 하나를 둘이서 뒤집어썼다. 오—, 따듯하네 따듯해. 간신히 한숨 돌릴 수 있었다. 사람의 온기가 이렇게나 고마운 거라고 생각한 적은 없었는데.

"아아, 추웠어. 이렇게나 추울 줄 알았더라면 육상으로 가고 싶었을지도."

"보옥을 실으려면 마차로는 무리야. 그렇다고 라이노사우르스 수송을 이용한다면 그쪽은 멀미가 지독할 테지?"

"……어느 쪽이든 마찬가지구나."

다크 엘프 마을을 구원하러 갈 때 탔는데, 그건 탑승감이 정말로 나빴지.

다른 이들은 그걸로 이동하고 있을 텐데, 빨리 개선하지 않으면 파업을 벌일지도 모르겠다. 맥이 풀려서는 그런 생각을 하고 있자니.

"흐, 흥…… 이 정도 추위 따윈…… 아무것도……."

맞은편에 앉은 카를라가 부들부들 떨면서 그렇게 허세를 부렸다. 공군의 인질로 데려온 그녀는, 갑옷은 입었지만 이불을 뒤집어쓰지는 않았다. 빌려주겠다고 했는데도 허세를 부리며 받지 않았던 것이다.

드래고뉴트니까 괜찮은 걸까, 그리 생각했는데…… 잘 생각해보면 파충류 쪽이잖아?

"드래고뉴트도 도마뱀이나 마찬가지로 추위에 약하지 않나?"

"파충류 따위랑 같이 취급하지 마! 아니, 확실히 추운 건 힘들지만……."

"하지만 공군은 상당한 고고도까지 날잖아? 그때는 안 추워?"

"……방한 대책은 제대로 하고 있어."

"아, 그도 그런가."

공군에게 이 정도의 냉기는 일상다반사일 테니 제대로 대책은 세워 두나. 하지만 내가 남아 있던 이불을 덮어주자 카를라는 "……흥." 하고 떨떠름한 태도로 뒤집어썼다. 그리고,

"정말이지…… 뭐가 [우리 집에 손을 댄 이상, 대가는 받아내도록 하겠다!]라는 거야. 아미도니아 공국군을 꾀어낸 건 너……당신들이 아닌가?"

고개를 홱 돌리며 그런 소리를 했다.

"……알아차렸나."

"전체적인 상황을 알게 된 지금이라면 누구라도 알아차릴 거야. 국내의 불화를 이용해서 아미도니아를 낚고 두들기겠다는 거잖아? 카마인 공이랑 짰나?"

"……절반만 정답이네. 게오르그 건은 완전히 그의 독단이야. 나랑 하쿠야가 정벌 목표로 한 건 처음부터 아미도니아 공국이었거든."

부패 귀족을 추궁하는 과정에서, 왕국의 귀족들 가운데 아미도니아 공국의 입김이 닿은 자가 결코 적지 않게 존재한다는 사실을 알아차렸다. 친척이거나, 매수되었거나, 물자를 횡령했거나. 그렇게 다양한 방식으로 연결되어 있었는데, 그런 귀족들의 존재는 이 나라에 지극히 위험했다. 가령 이번처럼 아미도니아가 침공했을 때에 각지에서 반란을 일으킨다면 치명상이

될 테니까.

그래서 나와 하쿠야는 그 위험을 근본부터 해결할 방법을 생각했다.

그 근본이란 즉, 아미도니아 공국이었다.

"아미도니아 공국은 이제까지도 이 나라를 위협했지. 내버려 두면 앞으로도 반란분자를 부채질할 거야. 그리된다면 또 많은 이들이 다칠 거고. 그러니까 나와 하쿠야는 이 기회에 녀석들에게 결정적인 패배를 선사해서 영향력을 깎아내야겠다고 생각했어. 그를 위해서 가짜 서간 따위로 녀석들을 함정에 빠뜨려서는 꾀어내려 했는데……."

나는 그 부분에서 말을 끊고는 머리를 벅벅 긁었다.

"완전히 같은 시기에, 게오르그는 게오르그대로 전혀 다른 계획을 세웠던 거야. 일부러 내게 반항적인 태도를 취하여 부정을 저지른 귀족들을 자기 쪽으로 모으고, 반란을 일으킨 다음에 패배해서 자신과 함께 일망타진하게 만든다는 계획을, 말이야."

"당신한테도…… 알리지 않았다는 건가?"

카를라는 눈을 동그랗게 뜨며 그리 물었다. 나는 "그래."라며 조용히 고개를 끄덕였다. 리시아는 괴로운 듯 고개를 숙이고 있었다.

"우리가 게오르그의 계획을 듣게 된 건 무척 나중 일이었어…… 더는 돌이킬 수 없는 시점까지 온 뒤였지. 우리에게 계획이 밝혀진다면 말릴 거라고 생각했을 테지. 실제로 처음부터 들었더라면 말렸을 거라 생각해. 이런…… 자기희생적인 책략

따윈…… 인정하고 싶지 않았어."

"그런가…… 어떤 의미로 아버님의 말은 옳았구나."

카를라를 그리 말하고는 힘없이 어깨를 떨어뜨렸다.

"카스토르의 말?"

"최종권고 전날, 아버님은 그랬어. '나로서는 역시, 카마인 공이 야심에 사로잡혔다고는 생각되지 않아.' 라고."

그러고 보니…… 카스토르는 최종권고 때에도 그랬지.

'나는 카마인 공이 아무런 생각도 없이 네게 반항한다고는 생각되지 않거든.'

……그 말 그대로였다. 그 말은 전혀 틀리지 않았다. 카스토르는 맹목적인 측면이 있는 인물이지만, 바로 그렇기에 그런 직감으로 사물의 본질을 꿰뚫었던 걸지도 모르겠다.

"어째서……."

잠시 침묵이 흐른 뒤에, 카를라는 시선을 돌린 채로 안타깝다는 듯이 말했다.

"어째서 아버님에게 사전에 이야기해 주지 않았던 거야. 그랬다면……."

"……비밀을 아는 사람이 늘어나서 이 계획이 노출될 우려를 키울 수는 없었어. 게다가 알고 있었다면, 카스토르는 무슨 일이 있어도 말리려고 했을 테지?"

"그건……."

카를라는 입을 다물었다. 나는 이불 밑으로 주먹을 힘껏 움켜쥐었다.

"게오르그의 목숨을 시작으로, 이미 많은 것이 이 계획에 사용되고 있어. 더는 되돌릴 수 없는 이상, 계획을 완수할 수밖에 없지. 그러지 않으면 이미 사용된 모든 게 허사가 돼. 그렇기에 카스토르는 스스로의 의사로 우리와 함께해 주기를 바랐어. 그렇게 되도록 엑셀과 함께 계속 설득했지. 그런데도…… 카스토르는 우의에 따르겠다고 하며 게오르그 쪽에 붙고 말았지."

나는 이를 악물었다. 어째서 이렇게나 제대로 풀리지 않았을까.

모두가 자기 멋대로의 생각으로 멋대로 행동한다. 정신이 드니 그 결과에 휘둘려, 누가 썼는지도 모르는 각본 위에서 춤을 췄다. 이 세계라는 무대 안에서, 이제는 내가 왕 역할인지 어릿광대 역할인지조차도 알 수 없게 되어 버렸다.

아무 말도 하지 못하고 고개를 숙인 카를라와, 그런 그녀에게 무어라 말을 걸려다가 꾹 참는 리시아. 그런 두 사람의 모습을 보며 나는 작게 한숨을 내쉬었다.

정말로…… 싫은 역할이었다. 왕이라는 건…….

[공략 목표는 아미도니아 공국 수도 '반' 이다.]

소마의 이 선언을 듣고, 아르토플라를 포위하고 있던 아미도니아 공국군 3만은 황급히 퇴각했다.

그들이 남긴, 진을 에워싸고 있던 울타리나 깃대가 석양에 물든 모습을 해군대장 엑셀 월터와 아르토믈라 영주 와이스트 가로가 성벽 위에서 바라보고 있었다. 와이스트가 고개를 옆으로 돌리자, 석양을 받아 요염한 아름다움을 머금은 엑셀의 옆모습이 있었다.

"……추격하지 않아도 괜찮을까요?"

무심코 빠져들 뻔했던 것을 얼버무리듯, 와이스트는 엑셀에게 물었다. 추격전이야말로 적에게 큰 피해를 줄 호기였으니까. 그러나 엑셀은 조용히 고개를 가로저었다.

"후미에는 와이번 기병을 뒀어. 와이번 기병이 없는 우리가 성에서 나가 추격한다면 호되게 반격받고 말 거야. 가이우스 8세…… 확실히 우리 나라를 향해 엄니를 갈고닦은 만큼 견실하게 지휘하는구나. 뭐, 그것만으로는 폐하의 손바닥 위에서 벗어나지 못하겠지만."

그리 말하고 눈을 감은 엑셀을 보고 와이스트는 눈을 동그랗게 떴다. 만나는 이 모두를 어린아이 취급하는 엑셀 공이 이렇게까지 평가하는 상대가 과연 이제껏 있었을까.

"소마 폐하는 그 정도까지 지략을 갖춘 분입니까?"

"단순한 지략이라면 그 정도는 아니라고 생각하지만, 매 장면마다 모범해답 같은 책략을 꺼내는걸. '마치 비슷한 전쟁을 알고 있는' 것처럼 말이야."

"? 무슨 뜻인가요?"

"……어쩌면 소마 폐하는 이 세계보다 훨씬 지독하고 권모술수가 소용돌이치는 세계에서 왔을지도 모르겠어."

엑셀의 말에 와이스트는 전율을 느꼈다.

소마는 이세계에서 소환된 용사라고 들었다. 그 이세계라는 곳이 현재 이곳보다도 많은 나라가 멸망하고, 많은 인간이 죽었을 지독한 난세를 경험했다고 하자.

혹시 어떤 계기로 그 세계와 이 세계가 이어진다면, 이 세계의 인류는 그 세계의 인류에게 맞설 수 있을까. 영상으로 보기에는 싸움에 걸맞게 보이지는 않는 저 청년마저 이렇게까지 책략을 짜낼 수 있다는데.

물론 하늘이 무너지는 것을 걱정하는 거나 마찬가지인 기우일 테지만…….

"그건…… 굉장한 이야기로군요."

"그래, 정말로. ……그럼."

엑셀은 기분을 바꾸듯 손뼉을 짝 쳤다.

"여기서의 역할은 이걸로 끝이려나."

"……새삼스럽지만, 엑셀 공. 시간벌이 따윈 하지 않더라도 엑셀 공의 마력이 있으면 공국군을 쫓아내는 것 정도는 여유롭지 않았습니까?"

와이스트의 그런 지적에 엑셀은 쿡쿡 웃었다.

"어머, 언제까지고 이런 할머니한테 의지하면 안 돼. 젊은이들이 열심히 노력해 주고 있으니까 지켜보는 것도 노인의 역할이지 않을까."

"그러시군요……."

와이스트는 기가 막혔지만, 엑셀은 표정과는 달리 마음속으로는 답답한 심정이었다.

'이번에는 철저히 뒤에서 움직이는 게 내 역할. 카를라도 그렇고. 전후의 여러 사람들을 생각하면 조금이라고 무훈을 쌓고 싶은 참인데…… 하지만 섣불리 눈에 띄어 봐야 폐하께 내 인상만 나쁘게 만들 뿐이겠지.'

마음속으로는 한숨을 내쉬었지만 엑셀은 그것을 겉으로 드러내지는 않았다

"자, 뒷일은 젊은 폐하 일행에게 맡기고 우리는 예정대로 남쪽으로 가자."

그리 말하며 엑셀은 '또 하나의 어린아이'를 생각했다.

달이 구름에 가린 어둠 속을, 공국군 장병들은 손에 횃불을 들고서 달리고 있었다.

3만의 병사들이 무리 지어 횃불을 들고 마치 땅을 기어가는 뱀처럼 움직이는 모습은, 멀리서 보기에는 환상적일 정도였다. 그러나 당사자들은 땀투성이 흙투성이로 달리고 있을 뿐이었다.

그 대열의 전방. 앞서가는 기병대 안에 아미도니아 공왕 가이우스 8세가 있었다. 횃불을 든 호위 기병대 다섯이 주위를 에워싼 가운데, 열심히 말을 몰고 있었다.

그의 표정은 험악했다. 모조리 그 젊은 왕 때문이었다.

일찍이 잃어버린 영토, 비옥한 곡창지대라는 먹이에 낚인 그들은 엘프리덴 왕국을 상대로 공국 수도 [반]이라는, 본래라면 굳건한 갑주로 지키고 있었을 터인 부드러운 복부를 훤히 드러내고는 그곳을 찔리는 꼴이 된 것이었다.

　수도로 향하는 길을 막고 있던 게오르그 카마인의 왕국 육군은 최종권고 후 불과 이틀 만에 항복하여, 소마의 군대는 금군 및 육군을 흡수해서는 5만 5천의 무리가 되어 공도 반으로 진군한다고 들었다.

　반은 왕국 측으로부터의 침공을 막고 반대로 엘프리덴으로 쳐들어갈 때는 발판이 될 수 있도록 전선거점으로 건설된 도시였다.

　그렇기에 엘프리덴 왕국군의 행로에 [반]으로 향하는 공격을 막을 수 있을 법한 성곽, 요새는 없었다. 선대 국왕 알베르토의 소극적인 거동에 방심하여, 현재의 엘프리덴 왕국에는 다른 나라를 스스로 공격할 용기는 없다며 얕잡아봤기 때문에 발생한 실책이었다.

　여기까지 다다르자 가이우스도 소마와 게오르그에게 속았다는 사실을 깨달았다.

　정확하게 책사, 책략에 빠져든 상황이었다. 모략가는 때로 자신이 모략에 빠질 가능성을 잊고는 한다. 가이우스의 경우가 딱 그랬다.

　'이게 대체 뭐냐! 그 유약했던 엘프리덴 왕국에 이렇게까지 쓰라린 꼴을 당하다니!'

가이우스는 말을 몰면서 자신의 어리석음을 저주했다.

전전대 엘프리덴 왕의 확장노선으로 국토의 절반을 빼앗긴 당시의 '아미도니아 왕'은 실의에 빠져 죽고, 가이우스의 아버지는 이 분노를 잊지 않고자 국명을 [아미도니아 왕국]에서 [아미도니아 공국]으로 개명했다. 그것은 국토의 절반을 잃은 상태로는 왕국이라 자칭할 수 없다는 결의의 표시였다.

또한 자신은 [공왕]을 자처했고, 그 이후로 아미도니아 공국에게 잃어버린 영토의 회복은 국시가 되었으며 그 기회를 호시탐탐 노리게 된 것이었다.

전전대 엘프리덴 왕이 죽고 알베르토가 즉위(정확하게는 왕위를 계승한 전전대 국왕의 딸에 데릴사위로 들어왔지만)하자 그의 소극적인 부분을 파고들어, 아미도니아는 엘프리덴 왕국 안의 귀족들에게 공작의 손길을 뻗어 불온분자를 키우고자 했다.

그것은 가이우스의 아버지가 죽고 가이우스 8세가 즉위한 뒤에도 이어졌다.

대부분은 삼공인 게오르그와 엑셀 때문에 어그러졌지만, 공작을 받은 귀족들은 그대로 잠복해서는 왕국을 조금씩 피폐하게 만들었다. 그것으로 충분했다.

알베르토 왕의 그릇은 크지 않지만 공국과 왕국의 국력 차이는 역시나 컸다.

국력에서 뒤처지는 아미도니아는 그저 한결같이 지그시 기회를 엿볼 수밖에 없었던 것이다.

그리고 기다리고 또 기다리던 그때가 왔다. 마왕령의 출현, 그것을 계기로 벌어진 식량난과 재정난으로 왕국이 피폐하고 갑작스러운 왕위 교대극이 벌어지자 나라를 지켜야 할 삼공이 새로운 왕에게 반발했다.

권토중래. 지금이라면 왕국도 움직이려야 움직일 수 없으리라. 아미도니아 공국은 마침내 숙원을 이룰 때가 온 것이다…… 가이우스는 그리 확인했다.

그러나 뚜껑을 열어보니 어찌 되었나.

궁지에 몰린 것은 오히려 아미도니아 공국 쪽이 아닌가.

'이러다가 [반]을 잃기라도 한다면, 아미도니아는 두 번 다시 일어서지 못한다. 그렇게 되어서야 선조들을 볼 낯이 있겠느냐!'

가이우스는 분한 듯 표정을 일그러뜨렸다.

'그러나, 아직이다! 아직 끝이 아니다! [반]은 견고한 성이야. 수비병도 정예 5천을 남겨 뒀으니까 대군으로 공격한대도 2, 3일은 지킬 수 있어. 그때까지 [반]에 도착해서 왕국군의 허를 찌르고 성 안의 병사와 협공한다면 아직 승기는 있다!'

가이우스는 그렇게 자신을 격려했다. 그때,

"아버님!"

가이우스의 말에 율리우스의 말이 나란히 붙어서 달렸다.

"진군 속도가 너무 빠릅니다! 이래서는 병참 부대는커녕 보병마저도 뒤처지는 자가 나옵니다! 조금만 속도를 늦추어 주시면……."

"닥쳐라!"

율리우스의 진언을 가이우스는 일갈에 잘라 버렸다.

"반이 함락당하면 우리는 두 번 다시 일어서지 못해! 어떻게든 반이 함락되기 전까지 도착해서, 성 안의 병사들과 왕국군을 협공하는 거다!"

뜨겁게 외치는 가이우스의 모습에 율리우스는 일말의 불안을 느꼈다. 지금의 가이우스는 수도에 지나치게 집착해서 과하게 열이 오른 것처럼 여겨졌다.

"아버님, [반]을 잃어도 우리 군은 건재합니다. 어딘가 다른 견고한 도시에 들어가서 제국의 조력을 청하면 되지 않겠습니까? 우리는 엘프리덴 왕국과는 달리 [인류 선언]에 서명했으니."

[대마족 인류 공투 선언(통칭 '인류 선언')]

그것은 대륙에서 인류 측 최강이자 최대의 국가 [그란 케이오스 제국]이 마족의 침공에 대항하기 위해 내걸고 있는 정책이었다.

하나, 인류 사이의 분쟁에 의한, 무력에 따른 국경선의 변경을 인정치 않는다.

둘, 각국 내 여러 민족의 평등한 권리와 자결권을 존중한다.

셋, 마왕령에서 먼 곳의 나라는 방파제가 되는 마왕령 근접국을 지원할 것.

이 세 가지가 [인류 선언]의 주요 3개 조항이었다.

이 [인류 선언]에 아미도니아 공국은 서명했지만 엘프리덴 왕국은 소마가 즉위한 뒤에도 서명하지는 않았다. 그래서 아미도니아 공국이 국토를 빼앗겼다고 제국에게 호소한다면, [인류 선언]의 맹주인 제국은 동맹국인 아미도니아를 위해서 엘프리덴 왕국에 국토의 반환([인류 선언] 이전에 잃은 영토에 대해서는 무효)을 압박할 것이다.

자신들은 공격을 가하고, 자신들이 공격을 당하면 불평을 늘어놓는다. 재무대신 콜베르가 출정 전에 말했던 것처럼 지독한 궤변이지만, 잘못은 [인류 선언]에 서명하지 않는 엘프리덴 측에 있다. 율리우스는 이것이 좋은 안이라고 생각했다. 그러나,

"이 멍청이가! 제국은 그런 순진한 나라가 아냐!"

가이우스는 그 의견을 확고하게 내쳤다.

"이번 침공은 그 선언의 틈을 찔러서 벌인 거야. 확실히 제국에 요청한다면 그들은 움직일 수밖에 없겠지. 하지만 그렇게 억지를 부린 이상에야 인상이 나빠진다. 아마도 이 사실을 구실로 삼아서 전후에는 우리 부자를 배제하고 우리 나라를 괴뢰국으로 만들려고 움직일 터."

"…………."

그렇게 말해 버리니 율리우스도 그 이상은 아무 말도 할 수 없었다. 그런 율리우스를 보고 가이우스는 "흥." 코웃음을 치더니 큰 소리로 명령했다.

"알았으면 서둘러라! 어떻게든 [반]이 함락되기 전까지 도착하는 거다!"

그러나 그 강행군은 가로막히게 된다.

엘프리덴 왕국과 아미도니아 공국의 국경선 남부를 가로지르는 우르술라 산맥. 그 산맥을 빠져나가는 루트인 골도아의 계곡

에 공국군이 접어들었을 때, 질퍽거리는 지면에 발이 묶이는 병사나 말이 속출했다.

"뭐, 뭐냐?! 이 진흙은?!"

"젠장, 말이 진창에 빠졌다! 누가 좀 끌어 올려 줘!"

"아니, 올 때 이런 장소는 없었잖아?!"

여기저기서 말이 진창에 빠지고, 사람이 진흙에 발목이 붙잡혀 발버둥치는 광경이 펼쳐졌다.

이 참상을 본 가이우스는 깜짝 놀랐다.

골도아의 계곡을 갈 때도 통과했던 길이었다. 그때는 딱히 땅이 지금처럼 질퍽거리지 않았고 발목이 묶이는 일도 없었다.

"어째서냐…… 비가 내렸다든지, 그런 적은 없었을 터. 왜 이렇게 길이 나빠졌지."

그때, 가이우스의 혼잣말에 대답하듯 병사 하나가 소리쳤다.

"저, 적습!"

다음 순간, 어둠 속에서 화살이 바람을 가르는 소리가 들리고 무언가가 격렬히 부서지는 듯한 소리가 울렸다. 그런 소리가 들릴 때마다 아미도니아의 장병은 하나씩 쓰러졌다. 근처에서 횃불을 들고 있던 병사 하나가 흐릿한 비명을 지르고 낙마하여 가이우스의 초조함을 부채질했다.

"뭐냐?! 대체 무슨 일이 벌어진 거냐?!"

그러자 병사 하나가 달려와서 보고했다.

"적의 기습입니다! 아무래도 왕국은 이 계곡에 병사를 잠복시킨 모양입니다! 적은 산의 나무들 사이에 숨어서 화살이나 얼음을 쏘아 공격하고 있습니다!"

"얼음이라고?"

"아마도 적 가운데는 수 속성 마도사도 섞여 있는 것 같습니다!"

"마도사…… 그런가! 이 자식들, 이 진창도 녀석들의 짓인가!"

노발대발한 표정의 가이우스를 율리우스는 필사적으로 제지했다.

"진정하십시오, 아버님! 왕국군 본대는 반으로 향하고 있으니 잠복한 병사도 그리 많지는 않을 겁니다. 그리고 이 좁은 길로는 대군을 움직일 수 없습니다. 지금은 한시라도 빨리 이 계곡을 빠져나가는 게 급선무입니다."

"으윽, 하지만 이렇게나 길이 나빠서는."

"……병사들을 앞장세우죠. 그들이 빠지지 않는 장소가 길입니다."

율리우스의 비정한 건의에 가이우스는 눈을 부릅떴다.

"우리 병사들을 버리는 말로 쓰라는 게냐?!"

"……어쩔 수 없습니다. 만에 하나, 아버님께서 쓰러지시기라도 한다면 공국군은 와해되고 왕국군과 싸워 보지도 못하고 끝납니다. 결단을 내려 주시길."

"……어쩔 수 없나."

병사를 희생해서 도주 경로를 찾는다. 가령 소마가 가이우스의 입장이라면 선택하는 것조차 망설였을 일임에도, 가이우스는 즉각 결단했다.

아미도니아 공국이 품은 엘프리덴 왕국을 향한 '복수심'은,

이제는 아이덴티티라고 해도 될 정도였다. 주위가 강국으로 둘러싸여 식량난, 재정난에 빠지고서도 마음이 꺾이는 일 없이 아미도니아가 존속할 수 있는 이유는, 바로 왕국을 향한 복수심에 따른 것이라고 할 수 있으리라.

자신이 괴로울지라도 왕국이 더 괴롭다면 그것으로 충분한 것이었다.

실제로 괴로움에 빠진 백성들조차, 자신들이 괴로운 것은 과도하게 군사적인 투자에만 골몰하는 공국 상층부 탓이 아니라 예전에 부를 빼앗은 왕국 탓이라 생각한다.

이미 50년 이상 흘렀는데도 말이다.

백성들조차 이런 상황이니 상층부로서는 왕국과 싸우기 위해서라면 어떤 것이든 내버려도 된다는 사고가 작동한다. 이 나라에서는 지금 있는 것으로 어떻게든 해 보려고 생각하는 로로아나 콜베르 쪽이 이질적이었다.

가이우스로서는 병사를 잃는 것보다도 왕국과 더는 싸울 수 없게 되어 버리는 쪽이 문제였다. 그렇기에 주저 없이 명령을 내릴 수 있었다.

"병사들은 전진하라! 서둘러서, 이곳 골도아의 계곡을 빠져나가는 거다!"

이 비정한 명령에 따라 조금 전과는 반대로 보병들이 앞장서고, 기병은 그 뒤를 이어 진창에 빠져서 움직이지 못하게 된 보병을 무시하고 안전한 루트를 나아갔다.

그 광경은 지독했다. 진창에 빠진 정도라면 아직은 괜찮았다.

그러나 기습으로 혼란에 빠진 수만의 병사가 대열을 갖출 수 있을 리도 없으니, 제각기 마구 움직이는 통에 진창에 빠진 병사를 밟고 넘어가는 자도 나왔다.

　말에 짓밟힌 병사 같은 경우에는 보기에도 무참하게 죽음을 맞이하는 꼴이 되었다.

　그런 지옥도를, 나무로 둘러싸인 산의 경사면에서 바라보는 집단이 있었다.

　그 무리는 모두 검게 칠한 가죽 갑옷을 두르고, 활이나 마법 지팡이를 장비하고, 검은 천을 얼굴에 두르고 있었다. 이 무리는 이제 막 아미도니아 공국군을 습격한 왕국의 기습 부대였다.

　숫자는 대략 2천 정도일까. 검은색 일색인 무리의 중심에 있는 인물은, 체구는 조금 작은 편이지만 검정 복장 위로도 여성임을 알 수 있을 만큼 발군의 몸매를 지니고 있었다.

　여성은 이 기습 부대의 리더이기도 했다.

　시야 아래로는 진창에 빠진 동료를 구하지도 않고, 오히려 그 동료들을 짓밟고서 퇴각하는 아미도니아 공국군의 모습이 있었다. 사람이란 자신이 살아남기 위해서라면 이렇게까지 잔혹해지는 거로구나, 그녀는 전율을 느꼈다.

　'국왕이란 때에 따라서는 가혹한 명령을 내려야만 해. 하지만 저렇게까지 지나치게 주저 없는 인물은, 왕으로서 이전에 사람

으로서 좋아할 수가 없겠네요.'

그런 생각을 하던 그녀 곁으로 부하 하나가 다가와서 보고했다.

"'카나리아'님, 공국군 선두가 계곡을 빠져나간 모양입니다. 추격하시겠습니까?"

부하의 보고에 리더인 그녀는 고개를 가로저었다.

"필요 없어요. 우리의 임무는 적 교란과 발목잡기예요. 그리고 우리의 전력은 2천. 추격해 봐야 이 이상의 전과는 거둘 수 없겠죠. 임무는 충분히 다했어요. 철수 준비를."

"예."

보고한 병사가 떨어진 뒤에, 그녀는 얼굴에 감고 있던 검은 천을 풀었다.

마친 그때 달을 가리고 있던 구름이 걷히고, 비쳐든 달빛이 그녀의 아름다운 '푸른 머리카락'을 비추었다. 머리를 쓸어 올리는 동작조차 그림이 되는 그녀는, 왕국의 로렐라이 주나 도마였다.

그녀는 소마 앞에서는 라이브 카페 [로렐라이]에서 일하는 로렐라이 주나이지만, 해군 안에서는 유일하게 육상전을 상정한 해병대 2천 명을 이끄는 리더 '카나리아'가 된다.

그렇다, 이 기습 부대의 정체는 엑셀 휘하의 왕국 해군 해병대였다.

주나는 무사히 역할을 마쳤다는 사실에 가슴을 쓸어내렸다.

'대모님께서 잘해 주신걸요. 제가 실패할 수는 없어요.'

대모님이란 해군대장 엑셀 월터를 가리켰다.

주나에게는 '로렐라이', '카나리아' 외에 엑셀의 손녀라는 얼굴도 있었다. 다만 수명이 길고 많은 사랑을 나누는 엑셀에게는 자손이 잔뜩 있고 손자, 손녀, 증손자, 증손녀……까지 모으면 작은 마을이 생길 정도로 친족이 많았다.

　이렇게까지 친족이 많으면 혈족만으로 왕국을 빼앗을 수도 있을 정도이기에, 쓸데없는 오해를 사지 않도록 하기 위해서라도 엑셀은 '월터'라는 명칭을 자신만의 것으로 하고 성인이 된 자식들은 모두 인연을 끊은 다음 출가시켰다.

　주나는 상인 가문인 도마 가에 사위로 들어간, 엑셀 아들의 딸이었다.

　엑셀의 미모를 제대로 이어받은 주나는, 무참하게 남겨진 아미도니아 병사들의 유해를 보고 아름다운 얼굴을 찡그렸다.

　"……그냥 내버려 뒀다가 짐승이 사람의 맛을 알기라도 한다면 성가시겠죠. 아직 숨이 붙어 있는 사람만 포로로 살려 주고 나머지는 묻어 버리죠."

　"아미도니아 병사를 살려 주는 겁니까?"

　"자기 나라의 왕에게 버림받은 병사를 적국의 왕일 터인 소마 폐하께서 구한다. 그 평판은 폐하의 명성을 드높이면 드높였지 깎아내리진 않을 거예요."

　"과연."

　주나는 분위기와 마찬가지로 사고방식 역시 어른스러웠다. 부하들에게 지시를 내리고 주나는 북북서 방향을 봤다. 그곳은 지금쯤 소마 일행이 있을 방향이었다.

지금부터 그들은 아미도니아 공국과의 최종결전에 임한다.

주나는 자신의 풍만한 가슴에 손을 대고는 조용히 눈을 감았다.

'폐하…… 부디, 무사하시길.'

무운이 아니라 무사하기를 기도하는 모습에서, 해병대장 '카나리아'가 아닌 소마의 로렐라이 주나 도마로서의 감정이 엿보였다.

골도아의 계곡에서 기습을 받은 아미도니아 공국군은 행군속도가 크게 떨어졌다. 계곡을 빠져나가서 전열을 가다듬으니, 당초에는 3만이었던 병사가 1만 5천까지 줄어 있었다. 이는 기습에 따른 전사자, 진창에 빠져서 짓밟힌 자들 이외에 탈주병이 상당히 나왔다는 것을 의미했다.

또한 그 혼란스러운 상황 속에서 병참 부대는 보급물자를 놔두고 도망칠 수밖에 없었기에, 공군은 피로와 함께 공복에도 시달리게 되었다.

병사들의 스트레스는 극에 달하여 언제 폭발할지 모르는, 또한 1만 5천 정도의 병력으로는 설령 [반]의 수비 부대와 협공을 가하더라도 5만 5천의 엘프리덴 왕국군에 이기기는 어려워졌다.

이 사태에 가이우스 8세는 우선 병참 부대장에게 군량 상실의 책임을 물어 그의 목을 효수하는 것으로 병사들을 달랬다.

이어서 주위의 촌락이나 도시에서 군량을 긁어모으고 백성을 징병해서 어떻게든 숫자를 2만 5천으로 회복할 수 있었다. 물론 그 과정에서 반발을 초래했지만, 나라의 존망을 앞에 둔 가이우스로서는 그런 것을 신경 쓸 여유 따윈 없었다.

이에 따라 어떻게든 병력 숫자만큼은 확보했지만, 군량이나 병사를 징집하며 행군하다 보니 진행은 느렸다. 퇴각 개시 이후로 며칠이 지났지만 아직 [반]에 언제 도착할지 예상도 가지 않았다.

그 후로 또다시 하루를 소모하여, 간신히 아미도니아 공국군은 오늘 중으로 [반]에 도착할 수 있을 거리까지 와 있었다.

그러나 아미도니아 공국군은 이곳에 이르기까지 치명적인 실수를 범했다.

행군을 지나치게 서두른 것이었다. 그것이 대체 무엇이 문제인가. 손자도 '군사는 졸속을 숭상한다'고 그러지 않았느냐 생각하는 사람도 있을지 모른다.

그러나 손자가 말하는 [군사]란 [전쟁]을 가리키는 것으로, 원문인 '병문졸속(兵聞拙速)하고 미도교지구야(未覩巧之久也)라.'란 '전쟁이란 (나라를 소모시키는 것이기에) 단기결전이야말로 이익이 있고, 장기전으로 이어져 성공한 예가 없다.'는 의미인 것이다.

그러니까 지금의 공국군이 받아들여야 할 말은, 손자병법 군쟁편에 있는 다음의 말이리라.

[군쟁위리(軍爭爲利) 군쟁위위(軍爭爲危) 거군이쟁리(擧軍
而爭利) 측불급(則不及) 위군이쟁리(委軍而爭利) 측치중연(則
輜重捐)── 군쟁은 이롭기도 하고 위태롭기도 한 것이니, 전
군을 모두 함께 이끌고 가는 이를 취하고자 한다면 미처 도착하
지 못하게 되며, 일부를 남겨놓고 이를 취하고자 한다면 군수를
버려야 하는 것이다.]

[군쟁]이란 전략상의 중요지점을 누가 먼저 확보하는지 겨루
는 것을 가리킨다.

하시바 히데요시와 아케치 미츠히데가 싸웠던 야마자키 전투
로 치면 [텐노 산], 러일 전쟁으로 치면 [203고지]가 이 중요지
점에 해당될 것이다.

확실히 상대보다 먼저 그런 중요지점을 제압할 수 있다면 전
투를 유리하게 이끌 수 있다.

그러나 그런 중요지점에 집착하여 상대와 경쟁하는 행위는 위
험하다, 손자는 그리 말하는 것이었다. 전군으로 함께 가고자
한다면 상대에게 뒤처질 터이나, 그렇다고 해서 빠른 부대만 선
행한다면 보급 부대가 뒤처지게 된다.

이래서는 아무리 중요지점을 확보한대도 의미가 없으리라.

또한 손자는 그 군쟁에서의 행군 거리가 백 리라면 전군의 1할
정도밖에 다다르지 못하고 삼장(상, 중, 하장군)이 붙잡히며, 5
백 리라면 전군의 절반밖에 다다르지 못하며 상장군이 죽음을
맞이한다고 했다.

중요지점을 확보하려고 해도 병사가 피폐하고 보급 물자가 없다면 어쩔 도리가 없는 것이다.

　공국군의 행동을 기준으로 말하자면, 수도 [반]에 집착한 나머지 수송 부대가 뒤처져서 쓸데없이 병사들을 피폐하게 만들었다.

　그야말로 손자가 지적한 그대로의 위험행동을 저지르고 만 것이었다.

　그런 공국군이 반에서 남쪽으로 십여 킬로미터 지점에 있는 평야 지대에 다다랐을 때 목격한 것은, '만전의 상태로 자신들을 기다리고 있는 왕국군'의 진용이었다.

　그 진용은 본 가이우스는 힘이 빠져 하마터면 낙마할 뻔했다.

　"말도 안 돼…… 설마 이미 [반]은 함락당하고 말았다는 건가……."

　그 혼잣말에 대답할 수 있는 자는 아무도 없었다.

　결론부터 말하자면, 이때는 아직 공국 수도 [반]은 함락되지 않았다.

　아미도니아 공국군보다 하루 먼저 반에 도착한, 소마가 이끄는 엘프리덴 왕국군 5만 5천은 그대로 정예 5천이 틀어박힌 반을 공격하지는 않았다.

　다만 1만의 병사를 쪼개어 성 안의 병사들을 감시, 본대는 반

십여 킬로미터 남쪽에 있는 평야 지대로 이동하여 이어서 도착한 공국군 본대를 기다린 것이었다.

소마의 목표는 처음부터 아미도니아 공국군 본대였다.

본래라면 감추었어야 할 공략 목표를 일부러 가이우스에게 전한 것은 이를 위해서였다.

반을 공략하겠노라 선언하여 황급히 돌아온 공국군을 요격, 격파한다. 병법36계 중 제6계 '성동격서(聲東擊西)'에 해당되는 전략이나, 조금 더 말하자면 제2계인 '위위구조(圍魏救趙)'의 어원이 된 '계릉 전투'를 재현한 것이었다.

2대 손자, 손빈의 라이벌이었던 방연을 격파하고 붙잡은 계략이었다. 가이우스로서는 아직 알아차리지 못했으리라.

2만 5천의 군대는 거느리고 있지만 완전히 피폐해지고 다수의 물자를 잃은 공국군을 상대로, 왕국군은 폰초에게 '전군이 사용할 수 있는 식량'을 준비케 해 이 평야에서 하루 느긋하게 휴식을 취했기에 의기양양했다.

만전의 왕국군 5만 5천 VS 피폐한 공국군 2만 5천.

이 싸움의 행방은 이미 싸우기 전부터 명백했다고 할 수 있으리라.

학익진을 취한 엘프리덴 왕국군 중앙에 설치된 본진에서 걸상에 앉아 있던 소마는 일어서더니 오른손을 높이 쳐들고 공국군을 향해 내리 휘둘렀다.

""""오오오오오오오!""""

왕국군이 함성을 질렀다.

그것을 신호로 지금, 엘프리덴 왕국와 아미도니아 공국, 최종 결전의 막이 올랐다.

시골을 공격하게 만들고 수도를 친다

✦ **종 류** 속담

✦ **의 미** 적은 노력으로 더욱 큰 이익을 거두려고 하는 것.

✦ **유 래** 일주일 전쟁 당시,
소마가 시골 도시 아르토믈라를 미끼로
아미도니아 공국군을 유인하고,
그 틈에 아미도미나 공국 수도로 공격을 가능케 한 것에서.

✦ **유의어** [살을 주고 뼈를 친다.]
(지구)

제9장 ✦ 결전

　후일, 이 시대를 희곡화한 것을 보면 소마 카즈야를 지혜와 무용을 겸비한 명군으로 그리는 작품이 많은 모양이다. 전장에 서면 무용으로 많은 맹자를 일 대 일로 싸워 쓰러뜨리고, 지략으로 적군을 호되게 농락하고, 뛰어난 정책으로 국민을 행복으로 이끈 명군이라고.

　그러나 역사가는 이 평가를 부정한다. 애당초 소마는 평생을 걸쳐서 한 손으로 셀 수 있을 정도의 대외전쟁밖에 치르지 않았고, 무용을 드러낼 법한 장면도 거의 없었다. 후대에 전해지는 각 전쟁의 무공은 대부분 그의 부하들이 거둔 것이었다.

　또한 적을 농락했다는 지모도 정말로 그가 발안한 것이라는 확증은 없다. 그의 시대에는 후에 숭상되는 하쿠야를 포함한 지략가들도 많았기에, 소마의 입장에서는 그들의 조언 중에서 뛰어난 것을 채용했을 뿐일지도 모른다.

　확실히 정책 측면을 보자면 뛰어난 점이 많지만, 모든 국민을 행복으로 이끌었다고 한다면 그 역시도 의심스럽다. 소마는 이따금 자신의 입장에 고뇌한 흔적이 엿보인다.

　혹시 그 정책이 모두 제대로 잘 이루어졌다면 고뇌할 일도 없었으리라. 따라서 소마 자신의 능력은 희곡에서 그려지는 것처럼 빼어나지는 않았다는 것이, 역사가들의 공통적인 견해였다.

……그러나.

그렇다고 해서 소마가 명군이 아니었다고 하는 사람은 드물다.

역사가가 소마에게 품는 또 하나의 공통적인 견해로, "사람을 모으는 방법, 사용하는 방법이 뛰어났다."라는 것이 있다. 소마가 빼어난 능력을 보이지는 않았으나, 필요한 인재를 필요한 장소에 배치하고 필요한 숫자의 병력을 필요한 장소에 갖추는 것에서는 천재적이었다.

소마가 처음으로 대륙에 이름을 떨치게 되는, 아미도니아 공국과의 전쟁에서 거둔 승리도 이 재능에 따른 바가 컸다. 자신이 할 수 있는 것, 할 수 없는 것을 제대로 알고서 할 수 없는 것을 할 수 있는 사람에게 맡길 수 있다.

어쩌면 이것이 위정자에게 가장 필요한 자질인 것일지도 모른다.

"의외로 끈질기네……."

엘프리덴 왕국군 본진에서 전장을 상황을 보고 있던 나는 아미도니아 공국군이 의외로 건투하는 모습에 놀랐다.

[의기양양한 왕국군 5만 5천] 대 [피폐한 공국군 2만 5천].

승패는 누가 보더라도 명백할 터인데, 공국군은 잘 버텨내는 것처럼 보였다. 아니, 오히려 우리 군이 제대로 공격하지 못하는 건가.

우선 상공에는 지금도 왕국과 공국의 와이번 기병이 도그 파이트를 펼치고 있었다. 골도아의 계속에서 기습을 받지 않았고 와이번에 타고 있기에 피로도 적은 아미도니아 공국 와이번 부대는, 공국군 가운데 가장 멀쩡한 부대였다.

5백이 채 되지 않는 숫자임에도 철저히 수비에 집중하니, 약 두 배의 숫자를 자랑하는 엘프리덴 와이번 기병대로서도 제대로 공격을 가할 수가 없었다. 제공권을 제압할 수 있다면 전투의 형세를 결정지을 수 있을 터이나, 그들의 싸움은 한동안 결판이 나지 않겠지.

결국 싸움의 행방은 육상에서의 전투에 달려 있었다.

왕국군은 부대배치를 학익진으로 펼쳤는데, 중앙에 루드윈이 이끄는 근위기사단+금군 직속군 1만에 육군에서 1만을 더한 2만, 좌익에 그레이브가 이끄는 육군 약 1만 5천(이 부대 안에 할버트와 카에데도 있다), 그리고 우익에는 리시아가 이끄는 육군+다크 엘프 마을의 원군 약 1만 5천의 구성이었다.

리시아는 본진에 있어 주었으면 했지만,

"마지막 싸움인걸. 나도 내가 할 수 있는 일을 시켜 줘."

……그런 말과 함께 억지로 맡아버린 것이었다. 아직도 혼란에 빠져 있을 육군을 한데 모을 수 있는 인재가 현재로서는 그녀밖에 없기도 했기에 떨떠름한 심정으로 승낙했다.

육군에 소속되어 있던 무렵에는 아이돌 같은 포지션이었을 테고 게오르그에게 훈련도 받은 만큼 지휘 능력에도 문제가 없으며 반발도 적으리라는 판단이었다.

일단 보험으로 아이샤를 호위로 붙여 두었지만, 공주님이니만큼 너무 무리하지는 않았으면 좋겠다. 그렇기에 루드윈이 이끄는 중앙의 부대 후방에 놓인 본진에 있는 내 이야기 상대가 될 수 있는 것은, 인질로 근처에 둔 카를라뿐이었다.

카를라는 인질이기는 하지만 딱히 구속되지는 않았다.

[예속의 목걸이]를 찬 이상 도망치려 하거나 주인을 해하려고 한 순간에 목이 조여드는 모양이라 이런 상태라도 안전하다나. 근처의 위병에게서 검을 빼앗거나 날카로운 발톱으로 찢어발기거나, 나 따위는 그러는 것만으로도 간단하게 죽일 수 있을 것 같지만…… 그런 일은 없겠지. 애당초 카를라에게 이제 나를 어떻게 하겠다는 의사는 없는 모양이지만. 그런 카를라에게 이야기를 건넸다.

"어떻게 생각해? 조금 더 간단히 무너뜨릴 수 있을 거라고 생각했는데."

"……지고 싶어서 싸움에 나서는 자는 없어요. 지지 않고자 필사적이 되기도 하고."

"그도 그런가."

카를라도 그저 가만히 있기만 하자니 따분했는지 의외로 가볍게 대답해 주었다. 전직 공군 장수인 만큼 현장의 움직임은 나보다도 잘 알고 있을 테지.

열세이기에 끈질기게 버틴다는 말인가. 조금 성가실지도 모르겠네.

"아군의 우익과 좌익, 그러니까 리시아와 그레이브의 부대가 그다지 움직이지 않는 것처럼 보이는데. 좀 더 적극적으로 포위에 나선다면 섬멸할 수 있지 않을까?"

"……그렇게 생각한다면 파발로 명령을 내리는 건 어떨지?"

마치 '파이널 앤서?' 라고 묻는 것 마냥 시험하는 듯한 말투로 물었기에, 나는 잠시 생각에 잠겼다. 그러나 해답은 나오지 않았다.

"……모르겠어. 탁상공론 정도밖에 싸움을 알지 못하는 나 같은 것보다는 리시아 쪽이 훨씬 지휘에 능숙하겠지. 섣불리 참견하는 것보다 현장판단에 맡기는 편이 나을 거야."

그렇게 대답했다. 그러자 카를라는 가볍게 웃었다.

"하하하. 그게 좋겠네."

아무래도 정답이었나 보다.

"카를라는 이유를 알고 있겠지? 가르쳐주지 않겠어?"

"적의 병력 숫자야."

"병력 숫자?"

카를라는 전장을 가리켰다.

"나는 옆에서 들었을 뿐이지만, 저기에 있는 공국군은 아르토 플라를 포위했던 3만의 병사잖아? 그리고 이미 퇴각 중에 기습을 받았어."

"그렇지."

"그런 것치고는 병력이 그렇게 줄어들지는 않은 것처럼 보여."

"응? 확실히 그러고 보니…….”

대군이라 언뜻 봐서는 모르겠지만, 그들의 숫자는 5만 5천인 아군의 절반보다 조금 적은 정도로 보였다. 대략 2만 5천은 될까.

확실히 골도아의 계곡에서 주나 씨가 이끄는 해병대의 기습을 받은 것치고는 그다지 피해를 보지 않은 것처럼 보였다.

"기습은 성과를 거두지 못했나?”

"아니, 전장의 상황을 보기에는, 공국군의 각 부대에 사기 차이가 있는 것처럼 보여. 아마도 기습을 받고 줄어든 만큼의 병사를, 행군 도중에 있는 도시에서 백성을 징병하면서 보충한 거겠지. 일부에서 사기가 낮은 건 그 때문이야.”

"과연…….”

이 세계의 나라들은 기본적으로 상비군을 보유 중이다.

지구의 인간이 보자면 마물과 큰 차이가 없을 법한 거대 야생 동물이 설치는 상황에서는 언제든 움직일 수 있는 병사가 필요한 것이었다. 엘프리덴 왕국에도 육해공군과 금군의 직속군은 상비군이었다. 물론 여차할 때는 백성 가운데서 징병도 진행되어, 우리로 치면 삼공령 이외의 귀족군은 대부분 백성 가운데서 징병되었다.

전후에는 이 귀족군도 편입하여 통일군을 만들 예정이지만, 백성의 군역은 풀어서 사회로 돌려보낼 생각이었다. 지금은 병력 감소의 걱정보다 생산력 향상이 급선무니까 말이다.

당연히 우리가 공격 중인 공국군도 상비군+징병의 구성으로 싸움에 임했을 터. 징병할 수 있는 병사는 이미 징병되었을 터였다.

그러니까 기습 후, 새로이 징병할 수 있었던 건 이전에는 '징병할 수 없었던 자들'이라는 의미였다.

예를 들면 노쇠하거나 몸이 약하거나, 혹은 영내에 우연히 있었을 뿐인 모험가였다거나(모험가 길드의 계약으로, 국가는 위기 상황에서 모험가를 징병할 수 있는 경우가 있었다. 그 보답으로 국가는 일정한 금액을 매년 길드에 지불해야만 하기에, 나는 이미 이 계약을 끊었다), 그런 거겠지.

그래서는 사기도 오르지 않는다, 카를라는 그리 지적하는 것이었다.

"그런 자들은 그냥 내버려 둬도 머지않아 무너질 거야. 반대로 지금 포위해 버리면 그들을 단결시킬 우려가 있어. 그러니까 리시아도 그레이브 경도, 그들이 도망쳐서 상대가 흐트러지길 기다리는 거겠지."

"과연. 현장판단에 맡기는 게 정답이었다는 이야기로군."

역시 이런 장면에서는 괜히 아는 척해선 위에서 이러쿵저러쿵하는 것보다는 현장을 신뢰하고 맡겨야 되겠지. 분명히 인재는 있으니까.

"장식일 뿐인 대장은 본진에서 여유를 주체하지 못할 정도면 되겠지."

"그건 그것대로 어쩌려나…… 당신은 국왕이잖아."

"국왕의 일은 전쟁 전, 그리고 끝난 뒤에나 있다고. 그리고…… 여차할 때는 목을 내걸어 장병들의 목숨을 구걸하는 정도일까."

내가 그리 말하자 카를라는 눈을 동그랗게 떴다. 믿을 수 없는 것이라도 보는 듯한 시선을 내게로 향했다. 어라? 왜 그런 표정이지?

"내가 무슨 이상한 이야기라도 했나?"

"당신은…… 죽는 게 무섭지 않나?"

카를라가 그리 물었다. 대체 무슨 소리야.

"그야 당연히 무섭지. 자살 지원자도 아닌데."

"하지만 지금, 여차할 때는 목을 내걸겠다고 그랬잖아. 당신은 그걸 받아들일 수 있겠어?"

"어…… 아…… 그러네. 이상하구나……."

카를라의 말대로였다. 듣고 보니…… 이상했다.

어째서 나는 자신의 목을 내건다는 소릴 당연하다는 듯이 꺼냈지?

그것이 국왕에게 요구되는 일이라는 건 안다. 나라를 대표하는 입장이기에 권력이 집중되고, 마찬가지로 책임 역시 짊어지는 것이다. 그것이 국왕이라는 입장이다.

하지만 어째서 그걸 '당연하다'고 느꼈을까.

애당초 나는…… 겁쟁이였잖아. 스스로를 아꼈잖아. 제국에 넘겨지고 싶지 않다는 일념으로 왕위를 넘겨받고 내정에 힘썼잖아.

─────나는 언제부터 자신의 목숨이 아깝지 않다고 생각했지?

그런 나를 카를라는 걱정스레 보고 있었다.

"괘, 괜찮아? 어디 안 좋아?"

"…………."

안 좋다…… 상태가 안 좋다…… 망가졌다…….

사람으로서 무언가가 망가졌다.

지적받고서야 간신히, 지금의 내 정신 상태가 이상해졌다는 사실을 깨달았다.

목숨을 가벼이 본다는 느낌이었다. 자신의 것도, 타인의 것도.

그러니까 단순히 목숨의 덧셈 뺄셈을 하고 말았다. 《구한 목숨》 의 숫자에서 《잃은 목숨》의 숫자를 빼고, 그 해답이 플러스라면 그 책략을 선택할 수 있게 되었다.

마치 그런 시스템인 것처럼 말이다.

그때 문득 전에 리시아에게 했던 이야기가 뇌리에 떠올랐다.

[하고 싶지 않은 일이라도 해야만 해. 지금은 내가 왕이니까.]

아아…… 그런가. 그런 거였다…….

"나는 어느샌가 국왕이 되어 있었어……."

"갑자기 왜 그래? 당신은 전부터 왕이었잖아."

카를라는 영문을 모르겠다는 표정을 지었지만, 나는 이제야 납득이 갔다.

"나는 상황을 따라 그저 흘러가고 있었어. 어느샌가…… 스스로도 깨닫지 못한 사이에 [국왕]이라는 이름의 국가 시스템으로서 휘둘리고 있었지. ……그렇게 프로그래밍된 거라고 스스로를 타일러서, 항상 '가장 좋은 것'을 선택할 수 있도록."

"시스템? 프로그래밍? 이봐, 대체 무슨 소리야?!"

카를라가 소리를 질렀지만 나는 자조 섞인 기미로 웃을 수밖에 없었다.

"카를라, 나는 '가짜'일지도 몰라."

"뭐?!"

"어쨌든…… 왕이 되지 못하면 병사들을 전장으로 보낼 수 없으니까."

나는 겁쟁이다. 자신이 다치는 것도, 죽는 것도 싫다.

타인이 다치는 것도, 죽는 것도 보고 싶지 않다. 그런 내가 왕으로서 싸움에 임하기 위해서는, 국가 시스템으로서의 국왕을 '뒤집어써야만' 했다.

왕이니까, 그런 거니까. 그렇게 자신을 타일러 자아를 봉인하고 해야 하는 일을 했다. 그러지 않으면…… 자신의 선택으로 잃게 될지도 모르는 목숨의 책임에 짓눌려 버릴 것만 같았으니까.

이렇게 되니 이제는 자조할 수밖에 없었다.

"정말이지…… 선대 국왕을 비웃을 수가 없겠네. 대신할 사람이 있다면 당장에라도 내던지고 싶어."

"……그런 약한 소릴 나한테 해서 어쩌게."

"반대야. 이런 약한 소릴, 리시아는 물론이고 다른 사람들한테 어떻게 해."

내게 왕으로 있어 주기를 바란 리시아나, 국왕인 나를 받들어

주는 아이샤, 주나 씨, 하쿠야, 폰초, 토모에 등등에게는 절대로 할 수 없는 말이었다. 특히 리시아는 성실하니까, 부친이 내게 왕위를 떠넘겼다는 사실을 자신의 책임처럼 느끼고 말겠지.

"적으로 싸운 카를라가 상대니까 할 수 있는 말이야."

"……딱히 기쁠 것도 뭣도 없는데."

그런 이야기를 나누었을 때였다.

계속 바라보고 있던 전장에서 무언가 변화가 생긴 모양이었다.

뜨거운 전투가 이어지던 전장에서 공국군이 별안간 무너지기 시작했다.

그때까지 숫자로 앞서는 왕국군의 공세에 있는 힘껏 버티던 병사들 가운데서 도망치는 자가 나오기 시작한 것이었다. 도망치기 시작한 것은 골도아의 계곡을 빠져나온 뒤에 이 평야에 다다를 때까지 급히 징병된 자들이었다.

아미도니아 공국의 남자는 일정 연령이 되면 군에 복무할 의무가 있고 전투 훈련도 받지만, 그렇다고는 해도 평소에는 민간인으로 살아가는 자들이었다. 갑자기 불리한 전장에 내몰렸으니 사기가 오를 리 없었다.

이윽고, 아직 포위가 완성되지 않은 남쪽으로 도망치는 병사가 나오기 시작했다.

아미도니아 측도 도망치려는 병사를 베는 등등 계속 싸우게 만들려고 했지만, 징병된 병사는 1만 가까이나 되어 언 발에 오줌 누기였다.

게다가 그들이 도망치려고 하면 할수록 진형은 무너지며 무사한 부대의 대열마저 흐트러지는 꼴이었다. 이 기회를 엘프리덴 측은 놓치지 않았다.

"할, 지금인 거예요!"

"기다렸다고! 간다, 이 자식들아!"

"""오오오오오오!!"""

왕국군 좌익에서는 카에데의 신호에 할버트가 포위를 완성시키고자 부하 병사들을 이끌고 돌격했다. 이 싸움에서 할버트는 육군의 부하 십여 명을 이끄는 소대장으로 카에데 밑에서 싸우고 있었다. 말을 타지는 않고 두 자루 창을 휘두르며 혼란에 빠진 적을 날려버렸다. 이 사태를 알아차린 아미도니아 측의 장군 하나가 말 위에서 고함을 내질렀다.

"포위가 완성되게 두지 마라! 원거리 공격으로 적 좌익 부대의 움직임을 막아라!"

다음 순간, 할버트가 이끄는 부대를 향해 공국군에서 화살이나 마법이 날아들었다.

"【어스 월】!"

그러나 카에데가 소환한 길이 약 100미터, 높이 약 2, 3미터의 흙벽이 아슬아슬하게 할버트의 부대를 지켰다. 이것에는 공국군도 놀랐으리라.

이런 수준의 흙벽을 단숨에 만들어버리는 마도사는, 대륙 전체에서도 다섯이 채 되지 않았다. 카에데는 성격은 유약하지만 두뇌 회전과 토 속성 마법에서는 천재적이었다.

할버트는 그 흙벽에 등을 대고 몸을 숨기더니 마찬가지로 몸을 숨긴 병사들에게 명령했다.

"카에데만 폼 나는 일을 시킬 수는 없어! 우리도 갚아 주자고!"

""옛!""

이번에는 할버트의 소대가 흙벽 너머로, 공국군을 향해 화살이나 마법 등을 발사했다. 할버트는 랜들 근교 전투에서 제므의 용병을 상대로 선보였던 불꽃의 창을 공국군에게 투척했다.

공격태세였던 공국군은 이 공격에 미처 대처하지 못하여 꿰뚫리거나 불에 타거나, 진형이 크게 흐트러졌다. 이것을 기회로 판단하여 할버트는 뛰어나갔다.

"혼란에 빠진 지금이 기회다! 단숨에 돌파한다!"

한편 혼란에 빠진 공국군에서는 공국의 장군이 혼란을 진정시키려 했다.

"모두, 혼란에 빠지면 안 된다! 대열이 흐트러지는 게 적의 노림수다!"

필사적으로 독려했지만 병사들이 혼란에서 빠져나올 기미는 보이지 않았다. 애가 탄 장군은 당황한 병사 하나를 향해 말을 몰더니 갑자기 그의 목을 베어 버렸다.

"진정해라! 진정하지 않으면 이 녀석처럼 목을 베겠다!"

"그렇게 말하는 네놈부터 일단 진정해."

"뭣이?!"

장군이 알아차렸을 때는 이미 늦어, 그의 앞에는 두 팔을 교차한 할버트가 있었다.

　할버트가 두 팔을 벌리자 양손에 들고 있던 창의 날이 마치 가위처럼 장군의 몸통을 조여들어, 그에 휘말린 말의 목과 함께 갈라버렸다.

　털퍼덕, 장군이었던 사람의 하반신이 땅바닥에 떨어졌다.

　한순간에 벌어진 일로 아직 서 있던 목 없는 말과 안장 위에 남겨진 장군의 하반신에서 흐른 피가, 그 광경을 보고 있던 공국군의 전의를 송두리째 빼앗았다.

　두 창을 휘둘러 피를 털어낸 할버트는 소리를 질렀다.

　"적장, 금군 사관 할버트 마그나가 베었다아아! 자, 다음으로 죽고 싶은 건 어느 놈이냐!"

　양손의 창에서 피를 흩뿌리며 소리 지르는 모습은 악귀 나찰과도 같았다.

　오늘의 할버트는 동년배인 소마나 카에데에 대한 대항 의식으로 더없이 불타오르고 있었다. 이런 대군을 만들어낸 소마와 지략으로 루드윈을 돕는 카에데. 두 사람과 이 이상 차이가 벌어져서는 안 된다! 그런 생각이 지금의 할버트를 움직이게 만들었다.

　그런 기백 넘치는 할버트를 보고 아미도니아 병사는 마치 어둠 속에 악귀라도 있는 것 같은 심정이었다. 그리고 저런 것과 싸울 수 있겠느냐며 앞다투어 도망쳤다.

　이때의 할버트를 목격하고 다행히도 싸움에서 살아남은 공국군 병사는 후에 이렇게 이야기한다.

[그때는 그야말로 죽었다고 생각했어. 아직 젊은 청년인데도 역전의 용사마저 그와 맞붙는 걸 꺼렸다고. 나중에 그게 '붉은 귀신 할'이었다는 걸 듣고 묘하게 납득했지. 정말로…… 잘도 살아남았구나…….]

후세에 소마의 부하들 중 대표격으로 이야기되는, [붉은 귀신 할]의 무용담은 이 싸움에서 시작되었다고 할 수 있으리라.

자신이 선두에 서서 부하를 이끌고 돌진하는 전투 스타일은 그가 대군을 이끄는 장수가 된 뒤에도 변하지 않았다. 소마 등등은 위에 서는 사람이 해서는 안 되는 일이라며 이따금 질책했지만, 할버트는 "이쪽이 성미에 맞는다."며 도통 듣지를 않았다.

실제로 매번 확실하게 살아남고 전과를 올리기에 소마도 그 이상 강하게 주장하지는 못하고 카에데도 크게 걱정했다지만, 그것은 또 다른 이야기였다.

"하아아아아아아아아아아아!"

한편 왕국군 우익에서는 리시아가 날뛰고 있었다.

우익 부대의 지휘관이면서도 스스로 말을 몰아 상당히 전선 쪽까지 나와 있었다.

리시아가 적진을 향해 레이피어를 내지를 때마다 공중에서 만들어진 얼음 칼날이 아미도니아 병사를 갈라놓았다. 그 모습은 그야말로 발키리 같아 아름답게 느껴지기마저 했다.

그러나 반면에 지금의 리시아는 어쩐지 초조해하는 듯한, 머리에 피가 오른 듯한, 그렇게 어쩐지 냉정하지 못한 인상이었다.

당연히 그런 눈에 띄는 행동을 취하면 적의 표적이 된다.

"겁먹지 마라! 포위해서 치는 거다!"

아미도니아 부대장의 말에 적병들이 리시아에게 몰려들었다.

아무리 리시아가 범상치 않은 무용을 지녔을지라도 다수를 상대로는 힘에 부쳤다. 장창을 든 병사들에게 포위당해서는 말의 기동력으로 돌파할 수도 없었다.

적병의 창끝이 리시아에게 들이닥쳤다. 그러자,

"공주님! 이 자식들, 떨어져라아아아아아아!"

아슬아슬한 순간에 따라온 아이샤가 대검을 풀스윙하여, 무리 지어 있던 적병을 한꺼번에 날려버렸다.

아이샤는 리시아의 호위 역할을 맡았지만, 그녀의 대검은 말 위에서 휘두르기에 걸맞지 않아 도보로 따라왔기에 뒤처지고 만 것이었다. 아이샤는 대검의 참격과 풍압으로 주위의 적을 섬멸하고는 눈물이 그렁그렁한 눈으로 리시아의 말을 향해 달려왔다.

"공주님, 너무 무리하진 마세요!"

"……미안해. 머리에 피가 올랐어."

리시아는 눈물을 머금고 애원하는 아이샤를 보고 냉정을 되찾았다. 말 위에 있었기에 자신의 허벅지 정도 위치에 있는 아이샤의 머리에 손을 툭 얹었다.

"하지만 조금은 무리를 해야 돼. 이런 싸움은…… 빨리 끝내

버리고 싶은걸."

"공주님?"

리시아의 침통한 표정에 아이샤는 고개를 갸웃거렸다.

공국군이 다소 끈질긴 모습을 보이기는 했지만 현재 전투는 엘프리덴 측이 유리하게 진행되고 있었다. 이미 아미도니아 측에서는 도주병이 나오기 시작했으니 남은 것은 천천히 포위를 좁히면 머지않아 승리를 거둘 수 있을 터. 승리를 서두를 필요는 없었다.

그러나 리시아는 침통한 표정 그대로 아이샤에게 말했다.

"저기, 아이샤. 최근의 소마를 어떻게 생각해?"

"어떻게, 라고요?"

"상당히…… 무리하는 것처럼 안 보여?"

"그건…… 그렇군요."

소마에게 흔들림 없는 충성심을 지닌 아이샤의 눈으로 봐도, 지금의 소마는 무서운 표정을 짓는다고 생각했다. 아니…… 정확하게 말하면 '부서진' 것일까.

어쩐지 위태로워서 걱정되었다.

물론 지금은 한창 전투 중이니 이런 상황에서 군주가 어영부영한다면 그쪽이 문제일 테지만, 지금의 소마는 억지로 국왕답게 행동하려는 것처럼 보였다. 아이샤는 소마가 웃어주기를 바랐다.

"이 싸움이 끝나면…… 폐하는 웃어 주실까요?"

아이샤의 그 물음에 리시아는 한순간 눈을 동그랗게 떴지만 이내 싱긋 미소 지었다.

"우리가, 소마가 웃을 수 있게 해주는 거야."

"아! 그렇군요!"

아이샤는 고개를 번쩍 들더니 대검을 고쳐들고 리시아 앞에 섰다.

"하지만 공주님은 물러나세요. 혹시 공주님께 무슨 일이 생긴다면 폐하께서 더는 웃지 않으실 거예요."

"……그러네. 좀 자중할게."

"싸우는 건 저희한테 맡기시고요!"

"그건 안 돼. 아이샤한테 무슨 일이 생겨도 소마는 더 이상 웃지 않을 거라고?"

"……그럴까요."

"그럼."

"그런가요."

두 사람은 얼굴을 마주 보며 웃었다. 그리고 다음 순간에는 무인의 표정으로 변했다.

"그렇다면 공주님, 서로 '목숨을 소중히' 하기로 해요."

"그래. 둘이서 이 고뇌 가득한 싸움을 끝내자."

두 사람은 함께 전장으로 달려갔다.

엘프리덴 왕국군과 아미도니아 공국군의 싸움은 절정으로 치달았다.

공국군을 향해 점차 좁혀드는 포위망 중앙에서는, 걸상에 앉은 아미도니아 공왕 가이우스 8세가 험악한 표정을 짓고 있었다.

수도 [반]을 포위한 왕국군을 급습하여 성 안의 병사와 협공하려 했던 당초의 계획은 물거품이 되었다. 왕국군은 [반]을 포위하지 않고 이 평야에서 공국군 본대의 도착을 기다리고 있었던 것이다. 행군과 골도아의 계곡에서 당한 기습으로 피폐한 공국군은, 충분히 휴식을 취했을 거의 배에 가까운 왕국군과 전투 상태에 들어가고 말았다.

왕국군은 처음부터 수도 [반]이 아니라 공국군 본대를, 바꾸어 말하면 가이우스의 목을 노린 것이었다. 그 사실에 가이우스 8세는 이를 갈았다.

처음에는 공국군도 선전했지만, 피폐하고 백성을 징병하여 양만 불린 군대로서는 오래 버틸 수도 없었다. 이미 도주병은 나오기 시작했고 바로잡을 수도 없었다.

이제 와서 가이우스는 결의를 다지고, 전선에서 지휘를 맡고 있던 율리우스를 불러들였다.

본진으로 돌아온 율리우스는 화난 모습으로 가이우스 앞에 섰다.

"아버님! 갑자기 불러들이시다니 어떻게 된 겁니까! 제가 전선을 벗어나면 엘프리덴에게 밀려 버릴지도 모르는데!"

"……율리우스."

그런 율리우스에게 가이우스는 어디까지고 평정을 유지하는 태도로 말했다.

"너는 이 전장에서 이탈해라."

"무, 무슨 말씀이십니까?! 싸움은 이제 막 시작되었을 뿐인데……."

"이 싸움은 질 거다."

곤혹스러워하는 율리우스에게 가이우스는 자조 섞인 말을 던졌다.

"우리 공국군은 강해. 병사의 질로는 왕국군에 뒤처질 리가 없다. 하지만 행군으로 피폐한 지금 상태로 이런 전력 차이를 뒤집은 건 불가능하지. 나는 시간을 벌 테니, 아직 포위가 불완전한 사이에 혈로를 뚫고 너만이라도 탈출해라."

가이우스가 패배를 인정했다. 그 사실에 율리우스는 발밑이 휘청거리는 것을 느꼈다. 그러나 가이우스의 말을 되새겨보면 여기서 쓰러질 수는 없었다.

"그런…… 그렇다면 아버님께서 빠져나가십시오! 시간이라면 제가!"

"그것도 무리한 이야기다."

"어째서입니까!"

"엘프리덴이 노리는 건 내 목이니까."

이곳을 죽을 장소로 정한 가이우스 8세의 머리는 일찍이 없을 정도로 맑았다. 소마 일행의 가장 큰 목표를 꿰뚫어 볼 정도로.

"엘프리덴에게 눈엣가시인 건 나다. 왕국 안의 귀족들 중에는 내 입김이 닿은 자도 있어. 나를 베어서 위험의 싹을 제거하려는 거겠지."

"…………."

"게다가 나는 공국 내 반왕국파의 필두다. 왕국에 대한 강경
노선을 취한 건 강경파가 온건파를 억눌렀기 때문이지. 반대로
나만 없으면 이번에는 공국 내 온건파가 활기를 띠게 될 거다."

아미도니아 공국과 엘프리덴 왕국의 국력 차이는 명백했다.

국토도, 인구도, 병력도, 풍요로움까지 모든 것에서 뒤처졌다.

하물며 아미도니아 공국은 엘프리덴 왕국 외에도 북쪽에는 독
자적인 가치관을 지닌 종교 국가 [루나리아 정교황국], 남쪽에
는 북진을 국시로 하는 [톨기스 공화국], 보수에 따라서는 어디
라도 군을 파견하는 중립국가 [용병 국가 제므]와 국경을 접하
고 있었다.

심약한 자가 언제 보신을 위하여 어느 국가에 접근하려고 획
책할지 모른다. 그렇기에 아미도니아가 아미도니아로 존재하
기 위해서는 가이우스라는 누름돌이 필요하고, 그 누름돌을 엘
프리덴 왕국은 걷어내려고 하는 것이었다.

율리우스는 눈을 부릅떴다.

"설마…… 소마는 아버님을 치겠다는 목표만을 위해 이번 일
을 계획했다고?! 자국의 영토를 미끼로 삼으면서까지?!"

"조심하거라, 율리우스. 이번 왕은 알베르토와는 비교도 안
돼."

가이우스는 이제 소마를 애송이 왕이라고 얕보지 않았다.

"그러니 엘프리덴은 나를 놓치지 않는다. 혹시 퇴각하려고 한다

면 지옥 끝까지라도 쫓아오겠지. 나만 벨 수 있다면 충분하니까."

"…………."

"그러니까 나는 이 자리에 남아서, 아미도니아인으로서의 긍지를 보여주겠다."

"윽! 그렇다면 저도."

"안 돼! 너까지 잃으면 공국은 어찌 되겠느냐!"

"로로아가 있습니다."

"흥…… 그 녀석은 안 돼. 아미도니아를 이끄는 사람은 '독사'가 되어야만 해. 언젠가 왕국을 물어 죽일 독사가, 말이다. 로로아에게는 교활한 '뱀'의 피는 흐르는 모양이지만 '독'을 가지지는 않았어."

자신의 딸임에도 가이우스는 내뱉듯이 그리 단언했다. 율리우스는 가이우스의 광기 어린 모습에 전율을 느끼면서도, 물었다.

"아버님, 그 '독'이란 무엇입니까?"

"엘프리덴 왕국에 대한 복수심이다. 우리 아미도니아 공국이 주위가 강국으로 둘러싸인 상태에서도 독립을 유지하고, 생산력이 빈약한 토지를 개간하고, 굶주림을 참고 견디고, 가혹한 환경에서 광석을 캐고, 그렇게 국가로서의 형태를 유지한 것은 전적으로 왕국에 대한 복수심이 있었기 때문이었다. 우리에게서 비옥한 국토를 빼앗아 간 왕국을 증오하는 마음이 보다 강하게, 보다 풍요로워지겠다는 활력의 근원이다. ……안타깝지만 로로아에게는 금전적인 재주는 있어도 그 복수심이 없어. 다소나마 독사의 피를 이어받은 자는 율리우스, 너뿐이다."

그리 말하고 가이우스는 일어서더니 율리우스의 두 어깨에 손을 얹었다.

"바로 그렇기에 너는 살아남아야 한다. 복수의 의지를 계승하고 아미도니아를 아미도니아로 존속시킬 수 있는 건 너뿐이다."

"아버님……."

율리우스는 곤혹스러웠다. 자신에게 그런 독사의 피가 흐른다는 것일까. 확실히 율리우스도 왕국은 불구대천의 적으로 인식하고 있었다. 그러나 눈앞의 가이우스만큼 그 정열을 불태울 수 있을까. 망설이는 율리우스에게 가이우스는 말했다.

"이제 와서 괴뢰국이 되는 일 따윈 걱정하지 않는다. 너는 제국에 도움을 청하는 거다. 그러면 왕국의 아미도니아 병탄은 막을 수 있겠지."

"하오나…… 아버님께서 말씀하셨던 것처럼, 인류 선언의 빈틈을 이용한 저희를 제국이 용서할까요?"

"모든 책임은 나한테 씌우면 된다. 아미도니아의 복수귀가 자식이 말리는 것도 듣지 않고 제국의 의향을 거슬러 왕국 침공을 꾀했다. 그것뿐이야."

율리우스는 숨을 삼켰다. 가이우스는 이 자리에서 죽는 것만이 아니라 모든 악평을 받아들이겠다고 하는 것이었다. 항상 냉혹·냉정한 것으로 알려진 율리우스도 이때만큼은 마음이 크게 흔들렸다. 그와 동시에, 그의 눈에서 왕국을 향한 분노의 기색이 보였다.

그 눈을 보고 가이우스는 만족스레 고개를 끄덕이고는 어깨에 올려놓은 손으로 율리우스는 떠밀었다.

"가라, 율리우스. 아미도니아의 영혼을 꺼뜨려서는 안 된다."

"……죄송합니다."

율리우스는 마지막으로 몸을 숙여 인사하고는 발길을 돌려 떠났다. 그의 뒷모습이 보이기 않게 된 뒤에도 한동안 그 자리에 우두커니 서 있던 가이우스는, 한숨을 내쉬고는 표정을 바꾸었다.

이제 초조나 망설임은 없는, 무인으로서의 다부진 표정으로 허리춤의 검을 뽑아 들었다.

"남은 건 그저 일개 무인으로서, 아미도니아인의 기개를 보여주는 것뿐이다."

"……저건 좀 안 좋은데."

옆에서 전장을 살피던 카를라가 갑자기 그런 소리를 꺼냈다.

전장에서는 이미 공국군의 패색이 결정적인 수준이 되어, 도망치는 병사나 항복하는 병사가 끊이지 않는 상태였다. 아직 저항을 계속하는 본진 부근의 병사들도 완전히 포위당하여, 남은 것은 전멸시키기를 기다리는 것뿐인 듯이 여겨졌다.

어딘가에 좋지 않은 요소라도 있는 걸까.

"적 총대장 가이우스 8세에게서 도망칠 기색이 보이지 않아. 이 자리에서 죽을 생각인 모양이야."

"도망칠 생각은 없다니까 잘 된 거 아닌가?"

"……유약한 자가 도망치고 허약한 자가 죽고, 결과적으로 아직 계속 저항하는 가이우스 주위에는 정예가 모여 있어. 저 자들이 죽음을 각오했다면 어지간한 수준으로는 못 막을 거야. 하물며 승리가 정해진 군의 장병은 목숨을 아까워하는 법이거든."

그리 지적받고서 전장을 보니, 이미 상당한 수가 투입되어 있을 적 본대를 좀처럼 섬멸시키지 못하는 아군 4만의 모습이 있었다. 설령 수만의 군대가 있을지라도 병사 하나로 공격할 수 있는 것은 기껏해야 세 사람 정도였다. 밀집되면 그 숫자는 더욱 줄어든다.

하물며 적은 죽음을 각오하여 목숨을 아끼지 않는 자들이고, 이쪽은 승자인 이상 목숨을 아끼는 경향이 있었다. 죽으면 포상도 영광도 없다. 그러니까 끝을 낼 수가 없었다.

등에 오한이 느껴졌다. 나는 이런 '역사의 사례'를 알고 있었다.

예를 들어 '오사카 여름 전투'에서는 사나다 유키무라가 이끄는 병사 3천의 결사 공격으로 1만 3천의 마츠다이라 타다나오 군이 격파당하고 총대장인 토쿠가와 이에야스의 목 바로 직전까지 들이닥치게 되었다고 한다. 또한 중국에서는 '해하의 결전' 후에 승자가 된 유방군이 파견한 수천의 추격대를, 패잔병일 터인 항우가 이끄는 직속 28명이 몇 번이나 물리쳤다고 한다.

전의에 지나치게 차이가 있으면 병력의 많고 적음이 의미를 잃게 되는 것이었다.

싸울 의사가 없는 군대는 아무리 수를 모아봐야 이길 수는 없다.

'……저 부대는 똑바로 내 목을 노리고 들겠지.'

솔직히…… 무서웠다. 손자도 죽음을 각오한 병사에게는 손을 대지 말라고 했다.

그러나 설령 그렇다고 해서, 이 자리에서 가이우스를 놓칠 수는 없었다. 그렇게 된다면 여기까지 치른 희생이 허사가 되어 버린다.

하지만…… 어쩌면…… 여차할 때는…….

"저기, 카를라."

나는 옆에 있는 카를라에게 말을 걸었다.

"뭔데?"

"……잠깐 할 이야기가 있어."

"목표는 소마 카즈야의 목뿐이다!"

말 위에서 가이우스 8세는 그렇게 소리 질렀다.

가이우스는 자신의 주위에 정예인 직속 5백을 모아, 지금 막 왕국군 본진을 향해 결사의 돌격을 감행하려 하고 있었다. 주위에는 수만의 적이 북적이고 있었다. 적병으로 넘쳐나는 그 길은 결코 살아서 돌아올 수 없는 저승길이었다.

가령 소마를 벤다고 해도 다른 잡병에게 당할 뿐이리라.

그러나 50년, 아비에게서 자식으로 이어진 엘프리덴을 향한 원한이 뼛속까지 스며든 그들 가운데 겁먹은 이는 없었다.

"아미도니아인의 기개! 무용! 엘프리덴 놈들에게 보여주는 거다!"

""" "오오오오오오오!!"""

부하들의 함성을 듣고 가이우스는 검을 왕국군 중앙을 향해 휘둘렀다.

"아미도니아아아아아아, 돌격어어어어어억!!"

가이우스 8세가 이끄는 약 5백의 정예기병이 왕국군 중앙을 향해 달려갔다.

마주치는 장병을 베고, 적병도 아직 계속 싸우고 있는 동료마저도 말발굽으로 짓밟으며 돌격하는 모습은 그야말로 폭풍 같았다. 그것은 불꽃이 꺼지기 전에 한순간 타오르는 빛이었으리라. 그렇기에 그 빛은 무척 강했다.

"가이우스 8세?! 제정신인가?!"

미쳐 날뛰는 그 무리를, 중앙을 지키는 근위기사단장 루드윈은 백마 위에서 벌레라도 씹은 표정으로 보고 있었다. 이런 무모한 돌격 따윈 그저 자살 행위나 다름없었다.

'뭐, 자살 행위겠지. 이미 대세는 결정되었다는 걸 인정하고서, 죽을 장소를 찾고 있는 걸 테니. 솔직히 저런 거랑 상대하고 싶지는 않지만……'

루드윈은 벗고 있던 투구를 뒤집어쓰고는 돌격형 마상 랜스 끝을 하늘로 들고 등 뒤에 있던 근위기사단 병사들을 향해 말했다.

"우리 뒤에는 폐하께서 계신다! 우리는 왕국의 방패! 근위기사단의 이름을 걸고, 목숨을 걸고서라도 반드시 저들을 막아내는 거다!"

““"오오오오오!!”""

"간다!"

루드윈이 이끄는 근위기사단 약 2천이 달려 나갔다.

이윽고 가이우스가 이끄는 5백과 정면으로 맞부딪쳤다.

그 충격으로 가이우스가 이끄는 직속 부대 약 절반이 단숨에 날아갔다.

근위기사단도 거의 같은 숫자가 날아갔지만, 애당초 병력수를 생각하면 적보다는 피해도 경미했다고 할 수 있으리라. 그대로 말발굽 소리가 울리는 난전 상태로 접어들었다.

적과 아군이 뒤섞인 가운데, 루드윈은 가이우스의 모습을 찾았다.

"찾았다, 가이우스!"

루드윈은 마침내 이 난전 속에서 그저 본진을 향해 돌격하는 몇 명 가운데 가이우스로 보이는 멋들어진 망토를 걸친 인물을 발견했다.

망토를 걸친 인물은 루드윈을 보더니 손에 든 검을 그에게 향했다.

"네놈은, 누구냐!"

"왕국군 근위기사단장 루드윈 아크스."

"흥, 왕도의 장식용 부대인가."

"놓치지 않는다! 네놈을 베고 이 싸움을 끝내겠다!"

루드윈은 애마에게 박차를 가했다. 그러자 망토를 걸친 인물을 에워싸고 있던 수 명의 기병들은, 마치 미리 짠 것처럼 저마

다의 방향으로 뿔뿔이 흩어졌다.

'직속대가 가이우스를 버렸나?!'

루드윈은 그 행동에 한순간 꺼림칙한 느낌이 들었지만, 지금은 눈앞의 인물에게 의식을 집중시켰다. 루드윈이 펼친 랜스 공격을, 망토를 걸친 남자는 검으로 어떻게든 흘려 내는 것이 고작인 듯했다.

"큭…… 장식용 부대치고는 꽤 하잖아."

"어디에 장식되어 있든 내 창은 폐하의 적을 꿰뚫기 위해 존재한다!"

그리고 루드윈은 휘둘러진 검을 창끝으로 휘감듯 움직여 쳐내고는 무방비해진 몸통에 혼신의 일격을 펼쳤다. 랜스는 일말의 흐트러짐 없이 상대의 몸통에 틀어박히고 망토를 꿰뚫으며 관통했다.

피를 뿜으며 고개를 숙인 남자의 입은 '웃고 있었다'.

"훌륭……하다만, 무의미해……."

"뭐라고."

그리고 고개를 든 남자는 하늘을 향해 외쳤다.

"공왕 폐하…… 부디…… 숙원을……!"

거기까지 말하고 숨이 끊어진 남자를 보고 루드윈은 아연실색했다.

생각해보면, 국교도 없는 나라의 군주가 어찌 생겼는지 루드윈은 알지 못했다.

가령 '그저 부하에게 가이우스의 망토를 뒤집어씌웠을 뿐'이라도 루드윈은 그 인물을 가이우스로 생각하고 만다. 혹시 진짜 가이우스가 조금 전에 뿔뿔이 흩어진 기병들 사이에 섞여 있었다면……!

"윽! 폐하!"

루드윈이 돌아본 곳에, 본진을 향해 단기로 달려가는 기병의 모습이 있었다.

◇ ◇ ◇

"보고드립니다! 적 기병 하나가 굉장한 기세로 본진을 향해 달려오고 있습니다!"

본진으로 달려온 병사가 그리 보고한 것은, 카를라에게 내가 부탁 이야기를 막 끝냈을 때였다. ……다행이다. 때를 맞춘 모양이다. 그러나 부탁을 들은 카를라는 눈을 크게 뜬 뒤에 어금니를 꽉 깨물고 분노에 찬 시선을 향했다.

"그건…… 명령이냐."

"아니, 명령할 것까지도 없는 일이겠지. 너라면 굳이 말하지 않더라도 잘 해낼 테니까."

그리고 그녀의 목걸이에 손을 대려고 했더니, 카를라는 내 손을 철썩 쳐냈다. 그 순간, 카를라가 고통스레 신음했다. [예속의 목걸이]를 하고 있는데 주인을 때렸으니 당연했다.

"큭…… 웃기지 마……."

고통스러워하면서도 카를라는 그리 말하며 나를 노려봤다.

"카를라?! 너, 대체 뭘……."

"웃기지 마! 그런 부탁을 들어줄 리가 없잖아!"

조여드는 목걸이 따윈 관계없다는 듯, 카를라는 격앙했다.

"아니, 하지만, 여차할 때를 위해서……."

"아— 정말, 건방져! 됐으니까 나한테 '녀석을 베라'고 명령해!"

그리 말하더니 카를라는 적 기병이 다가오는 방향을 가리켰다.

"[예속의 목걸이]가 있는 탓에 네 허가 없이는 곁을 떠날 수 없어! 냉큼 허가를 내려 줘! 저 녀석은…… 내가 처리하겠어!"

"……카를라가 싸워 주는 건가?"

믿을 수 없었지만 카를라는 "흥." 코웃음 쳤다.

"너를 위해서가 아냐. 리시아한테 당신의 그런 표정을 보이고 싶지 않을 뿐이야."

그런 표정? 나는 지금 어떤 표정을 짓고 있었을까?

무서운 느낌이었나. 비통한 느낌이었나. 한심한 느낌이었나.

얼굴을 이리저리 만져 대는 나를 보고 카를라는 발을 동동 구르며 재촉했다.

"그러니까 명령하라고! 리시아를 위해서라도 [녀석을 해치워]라고!"

"……허가할게."

리시아를 위해서라고 하니 믿어도 되겠지.

"부탁할게, 카를라. 저 기병을 베어서 이 싸움을 끝내 줘."

"알겠습니다!"

카를라는 그리 말하고 머리를 숙이더니, 근처에 있던 위병 두 사람에게서 장검을 한 자루씩을 낚아챘다. 그리고 등 뒤의 용 날개를 크게 펼치고 날아올랐다.

잠시 공중에 떠서 표적을 찾더니, 마치 먹잇감을 덮치는 매처럼 활강하여 남쪽을 향해 날아갔다.

[카를라…… 네 노예로서의 소유권을 리시아로 교체할게.]

소마는 카를라에게 갑자기 그런 말을 꺼냈다.

확실히 [예속의 목걸이]는 주인의 의사로 소유권을 타인에게 양도할 수 있다.

그럴 경우, 카를라는 소마를 해칠 수도 있게 되어 버린다.

그럼에도 어째서 갑자기 그런 말을 꺼냈을까.

카를라가 따지고 들자 소마는 필사적인 적병이 들이닥치는 방향을 가리켰다.

[저 병사들의 목표는 나야. 최악의 경우에도 나를 벤다면 녀석들은 완전히 연소되겠지. 그때는 섬멸도 간단할 거야. 그래서 부탁하는 건데, 혹시 이 싸움에서 내가 쓰러지고 만다면 '왕위를 물려주겠다' 고 리시아에게 전해 줬으면 해. 뭐…… 유언이네.]

[유언? 날 놀리는 건가?]

그리 묻자 소마는 진지한 표정으로 말했다.

[진심이야. 다른 누구도 아닌 국왕이니까, 최악의 사태를 상정해야만 하는 거야. 어중간한 상태로 떠맡기는 꼴이 된 건 미안하지만, 뭐, 가이우스만 해치운다면 반을 함락시키는 것도 간단하겠지. 뒷일은 하쿠야의 말대로 하면 잘 풀릴 거야.]

그리 말하고 소마는 '웃었다'.
그 웃는 얼굴을 보고…… 카를라는 자신의 인식이 잘못되었다는 사실을 깨달았다.
국왕이란 최고위 권력자로서 나라의 모든 것을 지배할 수 있는 존재라고 생각했다. 국왕을 모시는 무인의 시선으로 보면, 국왕이란 그런 존재라고 생각해 버리는 것이었다.
그러니까 카를라는, 소마는 왕위를 찬탈한 것이 아닐까 생각했다.
그 막대한 권력에 매료되어, 인품 좋은 선대 국왕 알베르토에게서 왕위를 가로채고 리시아에게 억지로 약혼을 강요하여 자신의 권위 획득에 이용한 것은 아닐까. 그 의심은 후에 리시아가 보낸 편지로 오해였음을 알게 되었지만, 그럼에도 여전히 마음 한구석에 남아 있었다. 그러니까 게오르그와의 우의에 따르겠다는 카스토르와 마지막까지 함께했다.

정말로 소마는 권력에 매료되지는 않았을까?

포로로 곁에 있으면서 카를라는 그런 생각을 했다.

그러나…… 아까 그 말로 확실하게 깨닫고 말았다.

[나는 '가짜'일지도 몰라.]

[왕이 되지 못하면 병사들을 전장으로 보낼 수 없으니까.]

 왕이 된다. 그것은 자신이 사실은 국왕이 아니라는 사실을 자각하고 있다는 증거였다.

 '소마는 딱히 국왕 같은 게 되고 싶지 않았던 거야…….'

 권력과 동시에 부여된 책무를 무시할 수 있을 법한 건방진 성격이라면 그렇게 마음고생 없이 국왕으로 있을 수 있었으리라. 그러나 그 책무를 이해하는 자로서는, 권력 따윈 그저 무거운 짐일 뿐이었다. 소마는 억지로 국왕이 되는 것으로 그 무거운 짐을 견디고 있었던 것이다.

 빼앗았다고 의심했던 것은 모두 타인으로부터 억지로 떠맡은 것이었다.

 '선대 국왕 알베르토 경한테서, 리시아한테서, 부하한테서, 이 나라의 백성한테서, 온갖 무거운 짐을 떠맡아서는 짊어졌어. 자신의 죽음을 가벼이 이야기하는 소마를 보고 어디 '몸' 상태가 안 좋은 걸까 생각했지만…… 아니야. 안 좋다고 한다면 그건 '마음'이었을 테지.'

 소마의 마음은 중압감으로 스스로도 모르는 사이에 깎여나갔던 것이리라.

'그걸 깨달았기에…… 리시아는 그렇게까지 열심히, 부지런히 소마를 떠받치려고 했던 거겠지.'

카를라는 이제 와서 깨달았다.

'이제 와서…… 그래, 이제 와서 말이야…….'

이미 자신은 죄인으로서 처벌을 기다리는 몸이었다.

이제 와서 소마를 위해 싸워 봐야 딱히 무언가가 바뀌지도 않을 것이다.

그럼에도 자기 목숨의 위기를 앞에 두고 리시아에게 왕위와 유언을 남기려 하는 소마를 보고, 카를라는 더 이상 내버려 둘 수가 없었다. 여기서 소마가 죽으면 리시아가 슬퍼한다.

'나는…… 자신의 어리석음 때문에 리시아를 잔뜩 슬프게 만들어 버렸어. 이제 더 이상 리시아를 슬프게 하고 싶지 않아!'

카를라는 두 검을 고쳐 들었다.

"그러니까 나는, 네놈을 베겠다!"

"뭣이라?!"

카를라는 본진에 단기로 쳐들어오던 말 위의 장수를 향해 활공하더니, 그 기세 그대로 양손의 검을 휘둘렀다. 기습으로 단숨에 끝을 낼 생각이었다.

그러나 적장은 검을 양손으로 들고 받아냈다. 완전히 허를 찔렀다고 생각했건만, 상당한 무용의 소유자인 듯했다. 카를라는 몸을 기역 자로 구부려 미처 죽이지 못한 기세에 내맡기고, 텅 빈 몸통에 두 발로 발차기를 날렸다.

"으윽……."

적장은 그 충격으로 말에서 떨어져 땅바닥을 굴렀다. 그러나 금세 일어서더니 검을 들고 이쪽을 노려봤다.

"네놈…… 드래고뉴트인가."

"이름 있는 장수로 보이는군. 나는 카스토르 바르가스의 딸 카를라다."

"카스토르? 왕한테 반항한 게 아니었나?"

"……그래. 덕분에 이런 꼴이지."

카를라는 목에 걸고 있는 예속의 사슬을 가리켰다. 적장은 그 것을 보고 소리쳤다.

"그렇다면 비켜라! 내가 노리는 건 소마의 목, 그것뿐이다!"

"안타깝지만, 이제는 그럴 수도 없거든."

"네놈에게도 소마는 적이었던 게 아니냐!"

"적이었지만, 친구가 사랑하는 사람이니까 죽게 놔둘 수는 없어."

"영문 모를 소리를! 그렇다면 한꺼번에 죽어 버려라!"

적장이 카를라를 베었다.

카를라는 양손의 검을 교차시켜서 받아냈지만, 그 무거운 일격에 무심코 한쪽 무릎을 꿇었다.

인간보다 아득히 완력이 강한 드래고뉴트가 무릎을 꿇게 만들었다…… 이 적장의 힘은 인간족의 것으로 여겨지지 않았다.

"뭐야?! 정말로 인간의 힘인가?!"

"네놈들 왕국 백성들이 유유자적하는 동안, 우리는 마법과 무예를 갈고닦았다!"

"……과연. 토 속성 마법인가."

다크 엘프의 마을 구원 당시에도 이야기했지만, 토 속성 마법은 중력을 조작하는 마법이다. 임팩트 순간에 검 끝을 무겁게 만들어 충격의 위력을 올렸으리라.

적장은 카를라를 있는 힘껏 누르며 소리쳤다.

"우리 왕가의 비원은 엘프리덴에 대한 복수다! 그를 위해서 우리는 엄니를 갈고, 발톱을 날카롭게 갈았다! 왕가 3대의 비원, 이곳에서 이루어주겠다!"

"그런가…… 네놈이 가이우스인가."

적장의 정체를 깨달은 카를라는, 오른손의 검을 미끄러뜨려 그의 무거운 검을 흘리고는 왼손의 검으로 비스듬히 베어 올렸다. 가이우스는 아슬아슬하게 후방으로 뛰어 피했다.

카를라는 칼끝을 가이우스에게 향했다.

"공왕이라면…… 복수보다도 먼저 국민을 생각해야 하지 않나."

"흥. 유약한 엘프리덴 왕가와 똑같이 생각하면 곤란하지. 아미도니아 공국의 왕은 강한 힘과 의지로 백성을 이끌 수 있는 자를 말하는 것이다!"

"……하아. 너를 보고 있으니 알베르토 경이 참으로 명군이었구나 싶네."

딱히 좋은 면도 나쁜 면도 없었지만, 알베르토 왕의 치세는 온화했다.

국민의 생활보다도 자신의 복수심을 충족시키기 위해서 전쟁을 벌인 가이우스는 도저히 국왕으로서 받아들일 수 있는 인물이 아니었다.

　"소마는 너 같은 국왕이 되지 않았으면 좋겠네……."

　"흥, 적에게 호감을 사리라고는 생각하지……않는다!"

　그러자 갑자기 가이우스가 땅바닥에 손을 댔다. 다음 순간, 카를라 주위에서 지면이 스파이크 모양으로 솟아올랐다. 땅에서 자라난 가시가 카를라를 덮쳤다.

　카를라는 직격을 피하기는 했지만, 주위의 지형이 바늘마냥 뾰족뾰족해지고 말았기에 등 뒤의 날개가 걸려서 움직임을 취할 수 없는 상태에 빠지고 말았다. 기이하게도 리시아가 카스토르를 붙잡은 전법에 카를라도 붙잡혀 버린 것이었다.

　"젠장."

　"내 길을 가로막은 보답을 해 주마."

　당황한 카를라를 향해 가이우스가 검을 내질렀다.

　카를라는 무심코 눈을 감았다. 푹…… 무언가가 찔리는 소리가 울렸다.

　……그러나 통증은 전혀 느껴지지 않았다. 카를라가 쭈뼛쭈뼛 눈을 뜨자, 눈앞에 땅딸막한 무언가가 있었다. 둥글고, 커다랗고, 하얗다. 자세히 보니 그것은 사람이 들어갈 수 있을 법한 크기의 인형이었다. 그 땅딸막한 인형이, 카를라와 가이우스 사이에 끼어들어서 그의 검을 몸으로 받아낸 것이었다.

　""뭐야…….""

갑자기 나타난 인형에 카를라도 가이우스도 눈을 동그랗게 떴다. 그러자,

"탈출해, 카를라!"

자신을 향한 목소리에 퍼뜩 정신이 든 카를라는, 자신을 구속하고 있는 지면을 검으로 후려치고 탈출했다. 자세를 바로 잡은 뒤에 목소리의 주인을 보고는, 카를라는 또다시 눈을 크게 떴다.

"네놈은, 소마 카즈야인가!"

가이우스도 깨달은 듯했다.

정신이 드니, 두 사람으로부터 20미터 정도 떨어진 곳에 소마 카즈야가 서 있었다. 그의 주위에는 카를라를 공격으로부터 감싼 것과 똑같은 디자인의 인형이 네 개 정도 허공에 떠다녔다. 카를라를 감싼 것이 [무사시 도련님 인형(대형)]이고 소마 주위에 전개된 것은 [무사시 도련님 인형(중형)]이었다.

"멍청이, 네가 왜 나왔어!"

소마 옆에 내려서며 카를라는 그렇게 소리쳤다. 소마는 어깨를 으쓱이더니,

"남은 건 이제 이 녀석뿐이야. 아군 병사들도 금방 모여들겠지. 그렇다면 본진에서 기다리는 것보다는 카를라와 같이 싸우는 편이 시간을 벌 수 있겠다고 판단했어."

"네가 죽으면 리시아가 슬퍼하잖아!"

"그러니까 살아남으려고 온 거야. 전력은 집중시켜야 하는 법. 나랑 네가 개별적으로 부딪치는 것보다는 처음부터 협력해서 싸우는 편이, 살아남을 확률은 높아지겠지."

그리 말하며 소마는 손을 앞으로 휘둘렀다.

그러자 손에 쇠뇌를 든 [무사시 도련님(중형)] 둘이 가이우스를 향해 화살을 날렸다. 화살은 가이우스를 향해 똑바로 날아갔지만, 그는 자신을 방해한 [무사시 도련님(대형)]을 걷어차고는 날아온 화살 두 자루를 검으로 쳐서 떨어뜨렸다.

이번에는 소마가 깜짝 놀랄 차례였다.

"저걸 막아낸 건가."

"조심해. 저 남자, 상당한 강자야."

카를라가 주의를 주었기에 소마는 한층 더 정신을 집중했다. 그러자,

"소마 카즈야!"

눈을 형형히 빛내며 가이우스가 외쳤다.

"네놈을 쓰러뜨리고 왕국을 멸망시켜 주마."

"……미안하지만, 나를 죽여 봐야 왕국은 멸망하지 않을 테지."

가이우스는 무서웠지만 소마는 싱긋 웃음을 지었다.

"인재는 모였어. 교통망을 정비하고 도시를 정비해서 번영의 기틀을 구축했지. 내가 없다고 해도 뒷일은 누군가가 이어받아서 잘해 줄 거야."

"그렇다면 그 모든 것을 지워버릴 때까지!"

가이우스는 팔을 뻗었다. 그 순간, 지면에서 돌멩이가 발사되었다.

""그렇게 두진 않아!""

소마와 카를라의 목소리가 겹쳐졌다.

우선 방패를 든 [무사시 도련님(중형)] 둘이 앞으로 나와서 그 공격을 막았다. 그와 동시에 카를라가 가이우스의 측면으로 돌아 들어가서 검을 휘둘렀다.

가이우스는 그 공격을 검으로 받아내더니 발차기를 날려 카를라를 떼어놓고, 소마가 다시 발사한 화살 두 자루는 망토로 몸을 덮어서 막아냈다. 이 세계에는 물건에 부여하는 마법이 있기에 망토라고 해도 유효한 방어구가 되었다.

"젠장, 왕이라면서 뭐 이렇게 강해……."

"당신이랑은 차원이 다르게 단련했을 테지…… 하앗!"

소마의 푸념에 카를라가 그리 대답하며, 가이우스를 향해 불꽃을 발사했다.

"큭."

가이우스는 또다시 망토를 휘둘러 그 불꽃을 막았다. 전부 막아낸 것과 동시에, 가이우스는 돌멩이를 날렸다. 그 공격은 소마가 인형의 방패로 막았지만, 서서히 방패가 너덜너덜하게 부서지는 것을 알 수 있었다. 이대로는 제대로 시간도 벌지 못할 상황이었다.

……그때 소마는 어떤 발상을 떠올렸다.

"움직여!"

소마는 쓰러져 있던 [무사시 도련님(대형)]을 일으켜 세워 가이우스를 덮치게 했다. 가이우스는 "방해된다!"라며 검으로 베었지만, 상반신을 베인 참에 [무사시 도련님(대형)]은 가이우스의 손을 덥석 붙잡았다.

"뭐야?!"

"지금이야, 카를라! 저 인형을 불태워!"

"뭐?! 어째서…….”

"됐으니까 빨리!"

"아, 알았어!"

카를라는 영문도 모르고 [무사시 도련님(대형)]을 향해 불꽃을 발사했다. 그리고 불꽃이 [무사시 도련님(대형)]에게 맞은 순간에 섬광이 번뜩이고, 이어서,

펑!

폭음이 울리고 가이우스를 휘감으며 불꽃과 검은 연기가 부풀어 올랐다. 폭발한 것이었다. 지근거리에서 불꽃과 폭풍을 얻어맞은 가이우스는 10미터 정도 날아갔다.

위를 보며 쓰러진 가이우스는 몸 여기저기가 검게 타버린 상태였다.

"저건, 뭐야?"

다가온 카를라가 소마에게 물었다.

"저 인형이 등에 진 대바구니에는 다양한 도구가 들어 있거든. 그중에 배락옥 같은 것도 들어 있다는 게 떠올랐어. 거기에 불이 붙어서 폭발한 거지. 지근거리에서 폭발이 일어나면 제아무리 가이우스라도…….”

"……움직이는데."

카를라의 말에 소마도 자신의 눈을 의심했다.

지근거리에서 폭발을 뒤집어썼을 터인 가이우스가 몸을 일으

키고 있었다. 전신에 큰 부상을 입은 것 같기는 했지만, 유령 같은 걸음걸이로 두 사람을 향해 다가왔다.

"나는…… 왕국을…… 멸망시켜…… 아미도니아의 기개를……."

가이우스는 초점이 맞지 않는 눈으로 그런 소리를 중얼거렸다.

그야말로 집념의 화신이었다.

"대체 어떻게 된 녀석이야……."

무심코 흘린 카를라의 혼잣말에 소마도 동의했다. 그저 한결같이, 왕국을 멸망시키겠다는 일념으로 걸음을 옮기는 가이우스. 그 집념에 소마는 공포와 동시에 경외의 심정마저 품었다.

그리고,

파바바바바박.

가이우스의 몸에 무수한 화살이 박혔다. 부대를 정비하여 간신히 좇아온 궁병대가 가이우스를 향해 일제사격을 가한 것이었다. 가이우스의 걸음이 멈추고 몸이 휘청거리기 시작했다. 쓰러진다……고 생각한 다음 순간, 가이우스는 손에 들고 있던 검을 역수로 바꾸어 들고, 남은 힘을 짜내어 투창처럼 던졌다.

검은 호를 그리며 날아와서 소마의 발밑 근처에 박혔다.

"……여기까지 온 거냐. 당신의 집념은."

소마는 감탄과 함께 그런 말을 흘리고는, 이제는 들을 수 있는지도 모르지만 가이우스를 향해 말했다.

"아미도니아인의 기개, 확실히 보았다! 귀공의 무용은 길이 이야기되겠지! 아미도니아 공왕 가이우스 8세. 나는…… 엘프리덴 국왕 소마는, 귀공의 무시무시한 기개를 평생 잊지 못할 것이다!"

소마가 그리 말하자 가이우스의 입가가 웃는 것처럼 보였다. 그리고, 가이우스는 천천히 앞으로 쓰러지더니 두 번 다시 움직이지 않았다.

소마는 그의 마지막 모습을 눈에 새겼다. 그리고 발밑의 검으로 시선을 향했다.

"이 한결같은 집념만큼은 본받아야 할까."

"당신이 이런 녀석과 같은 꼴이 된다면, 리시아가 울 거야."

옆에 선 카를라가 그런 소리를 했다.

"그도 그런가……."

그리 말하고는, 소마는 움직이지 않는 가이우스의 시체 앞에 무릎을 꿇고 손을 맞대어 기도를 올렸다. 그 행위의 의미를 알 수 없어서 카를라는 고개를 갸웃거렸다.

"뭘 하는 거야?"

"어떤 인간일지라도 죽으면 부처님…… 다시 말해 신이 된다는 게, 내가 있던 세계의 풍습이야. 그러니까 헤매지 말고 성불할 수 있기를 기도했어."

"이런 복수귀를 위해서?"

"그러니까 더. 원통하다며 악령이 되어서 저주하는 건 싫잖아?"

"참 타산적인 종교네."

소마는 웃으며 일어서더니 자신의 손을 바라보고 또다시 한숨을 내쉬었다.

"……사람이 살해당하는 모습을 본 건 처음이야."

그런 소리를 하는 소마를 보고 카를라는 "흥."이라며 거칠게 말했다.

"이제 와서 무슨 소릴. 아까까지도 장병한테는 죽으라고 명령했잖아."

"여전히 가차 없네……."

두 사람이 그렇게 대화하는 사이, 본진의 위기를 깨달은 동료들이 뒤늦게 달려왔다. 리시아, 아이샤, 루드윈, 할버트, 카에데는 쓰러진 가이우스를 보고 놀란 표정을 지었다. 리시아는 소마를 끌어안았다.

"소마도 싸웠어?! 괜찮아? 어디 다친 데는 없어?"

리시아가 몸 여기저기를 뒤적이는 통에 소마는 쓴웃음을 지었다.

"괜찮아. 동료가 올 때까지 둘이서 어떻게든 버틸 수 있었으니까."

"그래. ……고마워, 카를라. 소마를 지켜 줘서."

"……그냥 어쩌다 보니."

리시아 본인에게 "리시아를 위해서야."라고 할 수는 없어서, 카를라는 딴청을 부리며 입을 다물었다. 그런 둘을 바라보며 소마는 손뼉을 짝짝 쳤다.

"자, 여기서 대세는 정해졌어. 반으로 들어가자."

동료와 함께 이동을 개시하자, 가이우스의 시체를 옮기는 모습이 보였다. 흘끗 살펴본 그의 얼굴은 역시나 어쩐지 만족스러워 보였다.

'무용으로 빼어난 당신으로서는⋯⋯ 이런 길밖에 선택할 수 없었을 테지. 왕국에 대한 복수가 공국민의 행복으로 이어지리라 진심으로 믿었을 거야. 그 모든 걸 부정할 생각은 없어.'

소마는 승전 분위기에 찬물을 끼얹지 않도록 몰래 묵념을 했다.

'당신의 방식이 올바르다고는 생각하지 않아. 하지만 잘못되었다고 생각하지도 않아. 그래도 나는 당신을 쓰러뜨리고 앞으로 나아가겠어⋯⋯.'

————리시아를, 다른 이들을, 가족이라 여기는 사람들을 지키기 위해서.

얼마 후, 아미도니아 공국 수도 [반]은 '수비하던 장병들의 구명 및 희망자의 성내 퇴각을 인정할 것(다만 직접 들 수 있는 것 이상의 재산은 반출 금지)'과 '가이우스의 유해 반환'을 조건으로 성문을 열었다. 소마는 전군을 거느리고 [반]에 입성, [일주일 전쟁]이라 불린 일련의 전투 행위는 끝을 맞이했다.

다만 어디까지나 전투 행위는, 이지만.

소마 일행이 아미도니아 공국과의 결전을 벌이고 있을 무렵.

엘프리덴 왕국 재상 하쿠야 쿠온민은 붉은 용 성읍에 있는 카스토르의 성에서 전후 처리를 진행하고 있었다. 소마는 공국과의 싸움에 임하고자 변변한 뒤처리도 하지 않고 출발했기에, 대신에 들어온 하쿠야가 진행하고 있었다.

재상이라고는 해도 문관인 하쿠야에게는 이곳이 전장이었다.

카스토르의 집무실에는 하쿠야가 붓을 움직이는 소리만이 들렸다.

성 안은 조용했다. 이 성의 주인인 카스토르는 이미 왕도 [파르남]으로 이송되었다. 바르가스 가를 모시던 고용인 대부분은 엑셀에게 의탁한 카스토르의 아내 액셀라를 따라 라군 시티로 향했다.

그러니 성 안에는 수비병과 소수의 문관밖에 없는 것이었다.

똑똑.

조심스레 문을 두드리는 소리가 들렸다.

"들어와."

"……실례합니다. 서류를 가져왔어요."

그리 말하며 들어온 것은 토모에였다.

토모에는 라이노사우루스과의 교섭 담당으로, 지금부터 아미도니아로 향할 예정이었다. 그렇다고는 해도 어린아이인 토모에를 전장으로 데려갈 수도 없어서, 사태가 진정될 때까지는 하쿠야와 함께 행동하기로 했다.

하쿠야는 손을 멈추고 살짝 표정을 풀었다.

"아, 여동생님. 그런 일을 하실 필요는 없는데요?"

"아뇨…… 저도 뭔가 하고 싶어서……."

그리 말하는 토모에의 꼬리는 축 내려가고 대신에 늑대 귀는 연신 움찔움찔 움직였다. 하쿠야는 그런 토모에의 모습에 무심코 쓴웃음을 짓고 말았다.

"폐하 일행이 걱정되나요?"

"아! ……예."

정곡을 찔려 토모에는 귀를 축 늘어뜨렸다.

"이럴 때…… 저는 아무것도 못 하니까요."

"그런 이야기라면 저도 마찬가지예요."

토모에에게서 서류를 건네받은 하쿠야는, 그리 말하며 토모에의 머리를 쓰다듬었다.

"세세하게 짠 계획이에요. 카마인 공의 책략이나 바르가스 공의 적대 등, 예측하지 못한 사태도 많았지만 여기까지는 대체로 순조롭게 진행되었죠. 걱정하지 않더라도 폐하도, 공주님도, 다른 모두도 무사히 돌아올 거예요."

"……예!"

하쿠야의 태연자약한 태도에 용기를 얻어 토모에가 기운차게 대답한 그때였다. 집무실로 병사 하나가 달려와서 크게 외쳤다.

"보고드립니다! 소마 폐하의 군이 아미도니아 공국군을 반 근교에서 요격, 이것을 격파했다고 합니다! 아군의 대승리입니다!"

그것은 승전 보고였다. 토모에의 얼굴에 미소가 번졌다.

덜컹.

그 보고를 들은 하쿠야가 의자를 박차고 일어섰다. 그의 얼굴에서는, 표정이 희박한 하쿠야치고는 드물게도 어쩐지 흥분한 기색이 보였다.

"…………."

토모에가 그런 하쿠야의 모습을 깜짝 놀란 눈으로 보고 있자니, 그 시선을 깨달은 하쿠야는 겸연쩍다는 듯 작게 헛기침을 했다. 그리고,

"……참모라는 건 설령 자신의 책략이 어떤 결과를 낼지 걱정이 될지라도 그걸 겉으로 드러내서는 안 돼요. 부하들의 불안을 부채질해서는 안 되니까요."

자신의 행동이 마음에 걸렸는지 딱히 묻지도 않은 소리를 했다.

토모에는 웃음을 참으며, 스승이기도 한 재상에게 척 경례했다.

"예, 선생님. 잘― 알겠어요."

"…………."

주군의 여동생이자 제자이기도 한 토모에가 그런 식으로 대답하니 하쿠야는 떨떠름한 표정을 지었다. 영리하기로 유명한 검은 옷의 재상도 귀여운 제자 앞에서는 엉망이었다.

◇ ◇ ◇

아미도니아 공국 수도 [반]으로 입성하기 전에, 나는 전군에게 명령했다.

"지금부터 우리는 [반]에 입성하지만, 이미 이 땅은 엘프리덴의 통치 아래에 있다! 따라서 그곳에 사는 백성은 이미 왕국민이니 이들을 죽이거나, 상처 입히거나, 범하거나, 약탈하는 것은 결단코 용서치 않겠다! 혹시 이를 어기는 자가 있다면 신분의 높낮이, 죄의 경중을 묻지 않고 목을 쳐서 효수하겠다! 그리 명심해라!"

전군에게 그렇게 명령한 뒤, 나는 몰래 루드윈을 불러서 준비해 두었던 메모를 건넸다. 루드윈은 고개를 갸웃거리며 받아들더니,

"이 메모는 무엇입니까? 사람의 이름입니까?"

그리 물었다. 나는 고개를 끄덕이고는 애써 냉정하게 들리도록 말했다.

"루드윈…… 여기에 적힌 다섯 명을 찾아내어, 목을 베어 성문에 효수해라. 다만 이유는 [반에 사는 백성의 집을 약탈하러 들어갔기 때문]으로 해라."

"그게 무슨! 이 자들은 대체……."

"그레이브를 통해서 받은 게오르그의 선물이다. 육군 소속이지만 카마인 공령에 머무르는 와중에 민가로 쳐들어가서 약탈과 부녀자 폭행, 살인을 저지른 자들이라는군. 어차피 나중에

처형될 테니까, 이 자리에서 본보기로 삼도록 하자고."

"……알겠습니다."

루드윈은 묘한 표정을 머리를 숙이고는 물러났다.

잠시 후, 반의 성문 근처에 목 다섯 개가 내걸렸다. 그 목의 옆에 세워진 간판에는 [약탈 미수]라는 그들의 '죄목'이 적혀 있어, 성문을 지나가는 장병들이 마음을 다잡게 만들었다. 결과적으로 입성한 왕국군은 방화나 약탈, 폭행은커녕, 설령 패배를 받아들이지 못한 백성들이 돌을 던져도 그에 보복하려 들지 않았다.

그 사실이 도리어 아미도니아 민중들이 두려움을 품도록 만들었다.

경로의 안전을 확보한 뒤에, 나도 반으로 입성했다.

이번에는 마차가 아니라 말을 타고 들어갔다. 승자인 내가 마차 안에 있어서야 폼이 안 난다나. 최근에야 간신히 탈 수 있게 되었지만, 아직 실력은 미숙했다. 뭐, 아이샤가 재갈을 잡아주고 있으니까 괜찮겠지.

리시아가 탄 말과 나란히 나아가며, 나는 [반]의 거리를 바라봤다.

아미도니아 공국 수도 [반].

군사 국가 아미도니아 공국이 엘프리덴 왕국 침공의 디딤판으로, 왕국으로부터의 침공을 막는 전선거점으로 건설된 군사도시다. 게다가 무슨 일이 있어도 왕국에만큼은 지고 싶지 않다는 독자적인 기질 때문에 규모만큼은 왕도 [파르남]에 필적했다.

반에 입성하여 그런 실리와 허세가 뒤섞인 도시 구조를 봤을 때, 나는 어떤 생각을 강하게 품었다.

구획을 나누고 싶어…….

평민의 주택지는 밀집되고 길도 뒤얽혀서 흡사 [미로 거리]라고 불러야 할 법한 구조였다. 왕성으로 향하고 있는데도 좌로 우로 꺾이며 좀처럼 도착할 수가 없었다. 귀족의 것으로 여겨지는 저택은 그런 주택가 안 여기저기에 존재했다.

토지가 평민가보다 높은 (가격이 아니라 높낮이 차이) 것을 보고, 이 도시 구조의 의미를 깨달았다. 아마도 이곳에서 전투를 벌일 때, 성문을 부순 병사를 이 [미로 거리]에서 잔뜩 헤매게 만들고 저런 귀족의 저택을 요새로 이용해서 공격하기 위한 구획 분류겠지.

……뭐라고 할까, 그렇게까지 하느냐는 느낌이었다.

이 도시 구조는 적에게도 버겁지만 주민에게도 좋지는 않을 텐데. 사람들이 이동하는 데에도 불편하고, 이렇게 건물이 밀집해 있으면 화재가 발생했을 때에 옮겨붙는 게 무섭다. 편의성과는 정반대로 이루어진 도시 구조를 보니 머리가 아프구나.

이렇다면 이제 도시 전역에 걸쳐서 정비할 수밖에 없겠지.

참으로 정비하는 보람이 있을 법한 도시였다. 앞으로 산적해 있을 내정 업무의 예감에…… 더없이 우울한 기분이 들기도 하네.

"소마? 왜 그래?"

"……아니, 아무것도 아냐."

"?"

"자, 성이 보여."

의아해하는 표정의 리시아에게 얼버무리듯 말하며 나는 마음을 다잡았다.

반의 중앙에 있는 왕성으로 들어가서 알현실에 있는, 가이우스 8세의 것이었을 옥좌에 앉았다. 가이우스는 위엄을 신경 쓰는 타입이었을 테지.

아미도니아 공국의 내부 상황은 힘겹다고 들었는데, 이 알현실은 구조는 상당히 훌륭했다. 어쩌면 파르남 성보다도 장식에 돈을 들였을지도 모르겠다.

그런 돈이 있다면 달리 사용해야 할 장소가 있었을 텐데, 이제는 없는 성주에게 따지고 싶어졌다.

옥좌에 앉은 내 옆에는 리시아, 비스듬히 뒤쪽에는 호위인 아이샤가 서고 다른 가신들은 몇 계단 아래의 카펫 위에 대기했다. 오랜만에 국왕다운 광경이 펼쳐졌다.

내가 "각자 보고하라."라고 명령하자 루드윈부터 순서대로 보고를 시작했다.

"우선 성 안에 있는 가이우스 8세의 가족에 관한 보고입니다만, 그들은 확보하지 못했습니다. 전장에서 도망친 장자 율리우스 외에 공주가 하나 있었다고 하는데, 며칠 전부터 모습이 보이지 않는다고 합니다. 또한 재무대신을 포함하여 중요 관료의 모습도 보이지 않는 것으로 보아, 저희가 반에 도착하기도 전에 이 도시를 벗어난 것으로 여겨집니다."

"흠…… 공주는 제쳐 놓더라도 관료가 없다는 건 좀 힘겹겠군. 곧바로 파르남에 연락해서 마르크스에게 관료를 보내도록 지시해야겠어. 하쿠야도 붉은 용 성읍의 일이 일단락되면 곧바로 올 테고."

"예."

머리를 숙이는 루드윈. 다음으로 발언한 것은 폰초였다.

"구, 국고의 상황에 대해서 보고 드립니다, 예. 예상대로라고 할지, 자금이나 식량 비축분은 거의 없었습니다. 그 대신이라고 하기는 그렇지만, 무기 등등은 풍부한 것 같습니다, 예."

"식량이 없어서야 농성할 때에 어떻게 할 생각이었다지?"

"어, 아니, 이 왕성의 수비병만 생각하면 3개월은 버틸 분량이 있었습니다. 이 도시 전체로 생각하면 일주일도 못 갔을 양입니다만……."

"시민은 알아서 살라는 건가. 정말로 군사 국가였구나…… 남는 무기는 팔아치워서 자금으로 바꾸자. 그리고 성 안의 상황이 진정될 때까지 배급을 실시하고 싶은데, 왕국에서 수송은 가능할까?"

"그다지 여유는 없습니다만, 어느 정도라면. 이곳은 왕국에서 가까우니 수송로의 안전만 확보된다면 어떻게든 될 것 같습니다, 예."

"최우선으로 확보하도록. 다음, 그레이브."

할의 아버지이자 현재는 육군을 이끌고 있는 그레이브 마그나가 보고했다.

"폐하의 '본보기'가 통했는지, 병사들은 규율을 지키고 있습니다. 그러나 지나치게 금욕 생활이 이어진다면 폭발하는 자가 나오지 않을까 하는 우려가 있습니다. 혹시 도시 안의 시민에게 손을 대는 자가 나타난다면 민중의 감정이 단숨에 악화되는 상황도 예상됩니다."

"그 문제가 있었나. 이 도시에도 주점이나 '유흥가'는 있겠지. 대금은 이쪽에서 지불할 테니까, 그런 상점 주인과 교섭해서 술과 창녀를 준비시키도록 해."

"괜찮겠습니까?"

그레이브는 놀란 듯 목소리가 커졌다. 그렇게나 이상한 소리를 했나?

"거리의 백성에게 민폐를 끼칠 수는 없잖아."

"아뇨, 그런 게 아니라. 병사들이 놀게 두어도 괜찮을까 하여. 지금 기세라면 단숨에 아미도니아 전역을 병합하는 것도 가능하지 않을까요."

아, 그런 이야기였나.

"함락시키는 건 [반]까지다. 이 이상은 싸우지 않겠어."

"그런 거야? 적은 두드릴 수 있을 때 두드려야 한다고 생각하는데……."

옆에 있는 리시아가 의문을 표했지만 나는 "됐어."라며 고개를 가로저었다.

"아무리 영토를 넓혀 봐야, 아무리 도시를 함락시켜 봐야 제국이 나선다면 모든 게 물거품이 될 테니까. 괜히 장병의 목숨을 날렸다는 결과만 남고 말겠지."

내가 그리 말하자 갑자기 분위기가 얼어붙었다. 리시아가 쭈뼛쭈뼛 물었다.

"제국이…… 나서는 거야?"

"일단 틀림없이 행동에 나선다는 게 나와 하쿠야의 예상이야. [인류 선언]의 가맹국인 아미도니아의 국경선이 무력으로 변경되었지. 맹주인 제국이 나서지 않을 리가 없어."

대륙 최강의 국가 [그란 케이오스 제국]이 내건 [대마족 인류 공투 선언(통칭 '인류 선언')]의 주요 3개 조항 중 하나, [인류 사이의 분쟁에 의한, 무력에 따른 국경선의 변경을 인정치 않는다.]라는 조문에 거스른 이상, 맹주인 제국은 아미도니아 공국을 위해서 움직일 필요가 있다. 처음에는 교섭부터 들어올 테지만, 여차하면 무력 제재도 아끼지 않겠지.

참고로 엘프리덴과 제국의 전력 차이는, 현대의 일본과 미국 정도로 차이가 있었다.

"먼저 공격한 건 공국군이잖아? 그런데 우리한테 책임을 묻는 거야?"

"국제조약이라는 건 그런 거야. 아미도니아는 [가입하지 않은 엘프리덴 측의 잘못]이라고 주장하겠지."

"으으…… 이럴 거라면 우리도 [인류 선언]에 가입하면 좋았을 텐데…… 아니, 잠깐만? 그러고 보니 소마는 어째서 가입하지 않았던 거야? 가입하지 않은 상태로 아미도니아와 싸우면 이렇게 된다는 걸 알고 있었잖아?"

그런 리시아의 지적에 나는 머리를 긁적이며 웃었다.

"가입할 수 없었으니까. 그 선언에는 함정이 있으니까 말이
지."

"함정?"

"그래. 제국은 깨달았으려나?"

깨닫지 못했나, 아니면 깨닫고서도 애써 눈을 돌리고 있나.

어쨌든 그 함정은 장래에 제국을 와해시킬지도 모르는 위험한
녀석이었다. 그런 결함이 있는 선언에 서명할 수는 없었다.

나는 일어서서는 그 자리에 있는 모두를 향해 말했다.

"자, 제국이 움직일 때까지 전후 처리라도 해볼까."

————지금부터가 나, 국왕의 진짜 무대다.

대륙 서쪽에 있는 [그란 케이오스 제국].

이 대륙에서 마왕령을 제외하면 최대의 영토를 지니고 인구, 전력, 기술, 사람들의 풍요로움에 이르기까지, 이 대륙에서 견줄 나라가 없는 대제국이다.

인류 측에서는 2위의 국토 면적을 지닌 엘프리덴 왕국조차 제국의 입장에서는 불면 날아갈 국력밖에 지니지 않았다. 혹시 왕국이 제국과 싸우고자 했다면, 설령 아미도니아 공국 전역을 병합한 상태를 가정하더라도 그보다 두 배의 국력이 요구될 것이다.

애당초 이 숫자는 순수하게 제국 하나만 상대할 경우의 계산으로, 동맹국들까지 적으로 돌리게 된다면 이 대륙에 더는 존재할 수 없을 것이다.

그런 제국과 비교해서 왕국이 앞서는 것은 역사의 길이 정도이리라.

제국은 왕국보다 역사가 조금 짧았다. 이 대륙에서 수많은 민족이 다투며 국가의 흥망성쇠가 격심했다는 [대혼란기] 말기, 엘프리덴이 서로 다른 종족들이 단결하여 나라를 만들어낸 것과는 달리 당시의 [케이오스 왕국]은 하나의 왕 아래에서 중앙집권을 구축하여 인간족 아래에 힘을 결집시켜서 만들어 낸, 말하자면 독재국가였다.

난세에는 이런 중앙집권 국가가 강력하다.

개인의 의사결정이 즉각 반영되기에 즉단즉결이 가능하기 때문이다. [대혼란기]가 끝을 맞이했을 무렵에는, [케이오스 왕국]은 대륙 내에서 으뜸가는 국가가 되어 있었다.

그러나 당시는 아직 군웅이 할거하는 가운데 일개 세력으로, 오늘날 같은 대제국이 되리라고는 이 시대의 사람들로서는 생각할 수 없었으리라.

큰 변혁이 일어난 것은 지금으로부터 약 백 년 전, 케이오스 왕국에서 한 영웅이 탄생한 것이 발단이었다.

마나스 케이오스.

후에 [케이오스 대제]라 칭해지는 인물이다.

마나스는 당시 케이오스 국왕의 차남으로 태어났지만, 대륙 북서부에 있던 나라 [유포리아 왕국]과의 전쟁에서 케이오스 국왕과 장자가 전사하여 왕위를 계승했다. 마나스가 즉위하자 주위는 당연히 유포리아 왕국에 대한 복수전을 기대했다.

그러나 마나스는 복수전에 도전하기는커녕 유포리아 국왕의 딸을 아내로 맞아 인척 관계를 맺은 것이었다. 게다가 자신의 이름을 마나스 유포리아로 바꾸는 철저함으로 유포리아 왕국 측의 경계를 풀었다.

이로 인해 케이오스 국내에서는 적잖은 반발이 일어났지만,

마나스는 군사에 관해서는 천재적이었기에 하나하나 진압했다. 군사의 천재인 마나스는 알고 있었던 것이다. 지금 유포리아 왕국과의 국력 차이는 그리 크지 않다. 이 상태로 싸워봐야 전쟁은 장기화되어 나라를 피폐하게 만들 뿐이라는 사실을.

우선은 유포리아 왕국을 이용하여 주변 소국을 집어삼켜 국력에 압도적인 차이를 만든 뒤에, 다시금 유포리아 왕국을 집어삼키려는 계획이었다.

실제로 마나스는 주위의 소국을 집어삼켜 국력에 압도적인 차를 만든 뒤, 즉각 아내의 친정일 터인 유포리아 왕국을 공격하여 멸망시켰다.

다만 그 사실에 살짝 켕기는 바는 있었는지, 유포리아 왕국 멸망 후에도 케이오스의 성으로 돌아가지는 않고 유포리아라는 성을 계속 이었다.

현재도 그란 케이오스 왕가는 유포리아라는 성을 사용하고 있었다.

유포리아 왕국 멸망 후에도 마나스는 침략 전쟁을 계속하여, 어느샌가 대륙의 서쪽을 지배하는 대국이 되었다. 이때부터 케이오스 왕국은 [그란 케이오스 제국]으로 이름을 바꾸었다. 이 대국의 출현은 제국에 인접하고 있는 다른 나라에도 큰 동요를 초래했다.

이로부터 수십 년 뒤의 이야기지만, 엘프리덴 왕국에서 소마를 기준으로 전전대에 해당되는 국왕이 확장 노선에 나선 것도, 이 제국의 존재를 우려했기 때문인 것으로 보인다.

이미 세계는 협조 노선으로 이행하고 있었지만, 제국의 위협이 들이닥치기 전에 자국의 강화를 꾀한 것이리라. 그러나 마나스 정도의 재능이 없었던 전전대 국왕은, 당시의 아미도니아 왕국 절반을 수중에 넣었을 무렵에 무리한 확장노선으로 인한 나라의 피폐를 우려한 부하에게 암살된다.

　그 후, 왕국에서는 왕위 계승권을 둘러싸고 친족끼리 다투느라(당시의 삼공은 이 계승권 다툼에 개입하기를 꺼려 영지에 틀어박혀 있었다) 왕족은 전멸에 가까운 상태가 되었다.

　결국 아직 소녀였던 리시아의 어머니가 난을 피하는 형태로 살아남아 왕위를 잇고, 평범해 보이는 알베르토를 사위로 맞아들여 어찌어찌 나라를 진정시킨 것이었다.

　제국 이야기로 돌아가자.

　제국은 일대 세력이 되어 대륙 통일마저도 시야에 두었지만, 중요한 마나스가 쉰이라는 아직 일할 수 있는 나이에 죽고 말았다. 암살설도 흘렀지만 진상은 병사였다. 영웅도 병에는 이기지 못했던 것이다.

　마나스가 죽자 제국은 점점 심상치 않은 형세로 흘러갔다. 강렬한 개성으로 만들어진 나라는, 그 강렬한 개성을 잃으면 분열된다는 것은 지구에서도 자주 있는 이야기. 알렉산더 제국, 몽골 제국, 시황제의 진 등등. 지나치게 빠른 확대를 지속한 나라일수록 미처 3대를 잇지 못하고 분열되어 버리는 것이다. 그것은 그란 케이오스 제국도 마찬가지였다.

　2대째 황제는 마나스의 충실한 측근이 살아있기도 하여 견실하게 나라를 이끌었다.

그러나 3대째가 즉위할 무렵에는, 그런 충신들도 세상을 떠났다.

인간 중심의 국가이기도 하여, 엑셀처럼 몇 세대에 걸쳐 왕가를 섬기는 다른 종족 가신 따위 없었던 것이다. 그래서 3대째 황제는 가신의 지지를 얻고자 새로이 침략 전쟁을 일으켰다. 자신이 초대 황제 마나스의 통일 사업을 계승할 수 있다는 것을 내외에 보여주고 싶었으리라.

그러나 지금으로부터 60년 전에 벌어진 이 전쟁은 세계 규모의 대전으로 발전해버리며 많은 나를 피폐하게 만들었다. 그것은 제국도 예외가 아니어서, 예상보다 더 불어난 전비로 나라는 황폐해지며 도리어 지지를 잃고 말았다.

제국에서는 내란이 빈발하여, 3대째 황제는 몇 번째인지 모를 내란에서 반란군의 손에 사망했다. 3대째 황제가 세계 통일 사업을 계승하고자 시작한 이 전쟁의 피해가 도리어 세계를 협조 노선으로 이끌었으니 참으로 아이러니하다.

혼란스러운 제국을 이어받은 4대째 황제는 확장노선을 포기, 내정에 힘을 쏟았다. 현명한 판단이었다고 할 수 있겠지만, 이번에는 소극적이라며 제후들에게 얕보이는 꼴이 되었다. 5대째 황제가 즉위할 무렵에는 이미 제국의 구심력은 쇠하여 머지않아 분열되리라 여겨지고 있었다.

그러나 지금으로부터 약 10년 전, 그 누구도 예상하지 않은 일이 일어났다. [마왕령의 출현]이었다. 갑자기 들이닥친 이형의 군대 앞에서, 제국은 구 유포리아 왕국령을 포함한 많은 북부 영토를 잃었다. 그러나 그것은 어느 나라도 마찬가지라서, 이 사태에 인류 측의 단결을 부르짖게 되었다.

그리고 그 기수로서의 역할이, 최대 영토 및 최대 전력이었던 제국에게 요구되었다. 결과적으로 제국은 분열의 위기를 피한 것이었다.

제국은 인류 측의 맹주가 되었지만, 처음에는 인류 측의 행보가 미처 하나가 되지 않았기도 하여 마물을 상대로 고전을 면치 못했다. 그리고 마왕령 깊숙이 침공했을 때의 전투에서 인류 측은 대참패를 경험한다.

또한 5대째 황제는 전투가 그다지 특기가 아닌 문인 타입의 인간이었다. 익숙지 않은 전장에서의 생활로 심신 모두 마모된 결과, 5년 전에 세상을 떠났다.

5대째 국왕에게는 사내아이가 없었기에 뒤를 이은 것은 당시 아직 열네 살이던 소녀였다.

그 소녀의 이름은 마리아 유포리아.

현재는 19세의 그란 케이오스 제국 여황([황제]는 남자의 칭호였기에 신설되었다)이다.

당시에는 어린 소녀인 그녀의 즉위를 염려하는 목소리가 많았다. 그러나 즉위한 뒤, 그녀는 금세 천성적인 카리스마를 발휘했다.

그녀는 우선 인간족 우위였던 제국의 방침을 전환, 다른 종족일지라도 재능 있는 자를 등용하기 시작했다. 평상시라면 인간족 측에서 반발도 있었을 터이나, 당시에는 마왕령의 위협이 들이닥치는 비상사태였다. 지위도 명예도 우선은 목숨이 붙어 있어야 얻을 수 있는 것.

당시에 입각된 그녀의 정책은 신민에게 지지를 받은 것이었다.

그런 마리아가 진행한 정책 가운데서 가장 위대한 정책이라고 할 수 있는 것이, [대마족 인류 공투 선언(통칭 '인류 선언')]의 제창이다.

들이닥치는 마왕령의 위협에 인류 모두가 함께 싸우자고 간청한 것이었다.

[인류 사이의 분쟁에 의한, 무력에 따른 국경선의 변경을 인정치 않는다.], [각국 내 여러 민족의 평등한 권리와 자결권을 존중한다.], [마왕령에서 먼 곳의 나라는 방파제가 되는 마왕령 근접국을 지원할 것.]을 주요 3개 조건으로 내건 이 인류 선언은, [마왕국을 상대하기 위한 공동 투쟁]이라는 것만이 아니라 [전쟁 정지], [민족 차별 금지]로도 언급되는 획기적인 내용이었다.

또한 마리아는 약자 구제에도 여념이 없어서, 아름다운 용모와 빈부도 종족도 따지지 않고 대하는 상냥한 심성으로 사람들의 마음을 사로잡았다.

언제부터인가 그녀는 자연스레 이리 불리게 되었다.

――――[제국의 성녀]라고.

◇ ◇ ◇

그런 [제국의 성녀 마리아]는 지금 그란 케이오스 제국의 수도 [바로아]의 왕성에 있는 자신의 방에서 근심에 찬 표정을 짓고 있었다.

적막한 밤. 달빛이 비치는 창가에 불도 밝히지 않고 서성이는 모습은 공허했다. 여자다운 균형 잡힌 몸매를 순백색 드레스로 감싸고, 풍성한 웨이브를 자랑하는 금빛 머리카락의 미소녀. 그녀가 대륙 최강 국가의 수장이라니 그 누가 믿을 수 있을까.

마리아는 유리창 너머로 하늘에 빛나는 달을 바라보며 또 한 번 한숨을 내쉬었다.

그때, 누군가 그녀의 방 문을 두드렸다.

마리아가 자세를 바로 하며 "들어와요."라고 말하자 한 소녀가 들어왔다.

"실례할게요, 언니."

군복으로 몸을 감싼 소녀의 얼굴은 마리아와 똑 닮았다.

다른 점이라면 긴 머리카락을 포니테일로 묶었다는 것과 눈매가 조금 더 늠름하다는 것 정도이리라. 그로 그럴 터. 그녀는 마리아의 두 살 터울 여동생 잔느 유포리아였다.

잔느는 언니 앞에 서서 경례를 척 하고는,

"잔느 유포리아, 지금부터 육군 총수로서 아미도니아 공국 수도 [반]으로 가겠습니다."

그리 보고했다.

잔느는 '여자 마나스'라고 불릴 정도의 군사적 재능을 지니어, 현재 황위 계승권 제1위인 왕녀이면서 육군 전체를 지휘하는 총수로서의 얼굴도 지니고 있었다.

내정은 마리아가, 군사는 잔느가. 자매가 역할을 분담하여, 선대가 과로로 쓰러졌을 정도의 업무를 처리하고 있는 것이 현재 상황이었다.

참고로 잔느보다 한 살 더 아래의 여동생도 있지만, 희대의 기인이라는 소문이 있어 공적인 자리에 얼굴을 비치지 않았다. 그런 잔느를 보고 마리아는 면목 없다는 표정을 지었다.

"그래요…… 예의 용사왕을 만나러 가는 거로군요."

"……예. 아미도니아가 우리를 자기들 좋을 대로 써먹으려고 드는 건 바라던 바가 아니지만, 점령 중인 [반]을 반환하도록 교섭을 진행해야겠죠."

잔느는 벌레라도 씹은 듯한 표정으로 말했다. 아미도니아 '공왕' 율리우스의 사자를 자칭하는 이가 제도 [바로아]에 도착한 것이 불과 며칠 전의 일이었다. 사자는,

[엘프리덴 왕국의 '반' 점령은 국경선의 변경을 금지한 [인류선언] 가맹국에 대한 도전입니다. 맹주인 마리아 유포리아 여황 폐하의 힘으로, 부디 그 나라로부터 [반]을 되찾아 주십시오.]

그런 말을 꺼낸 것이었다.

물론 제국은 먼저 싸움을 시작한 것이 아미도니아 쪽이라는 사실은 파악하고 있었다. 그 점을 추궁하자 사자는 "그건 선대 가이우스 님이 율리우스 님의 제지에도 불구하고 멋대로 벌인

일. 율리우스 님과는 관계가 없는 일이옵니다."라며 뻔뻔하게 변명했다. 이 주장에는 잔느도 허리춤의 검을 뽑을 뻔했지만, 제국군을 맡은 몸으로서 꾹 참았다. 그리고 정말로 바라던 바는 아닐지라도 이 교섭을 받아들이기로 한 것이었다.

부덕이 공국에 있을지라도 [인류 선언]은 지켜져야만 한다. [인류 선언]은 제국의 위엄 그 자체이니까. 마리아와 잔느로서도 이것은 고뇌의 선택이었다.

"죄송해요. 당신에게 마음고생을 시키고 말아서."

"무슨 소리이신가요. 가장 마음이 아픈 건 언니이실 텐데. 율리우스 아미도니아에게는 언젠가 꼭 이번 일에 대한 대가를 치르도록 만들죠."

거칠게 그리 말하는 잔느의 마음속을 헤아렸는지, 마리아는 애써 온화한 말투로 말했다.

"괜찮아요. 엘프리덴 왕국의 새 국왕 소마 경은 총명한 분이라고 들었어요. 우리 나라와 싸우는 우를 범하지는 않을 거예요."

"그럴까요? 우리는 예전에 엘프리덴 측에 그의 신병을 요구한 적이 있어서……."

"확실히…… 인상은 나쁘겠지요."

반년 정도 전, 제국은 엘프리덴 왕국에 [대마족 전쟁의 지원금] 제공을 요구했다. 혹시 그럴 수 없다면 [엘프리덴 왕국에 전해진다는 의식으로 용사를 소환하여, 그의 신병과 소유권을 양도하는 것]으로도 된다는 조건을 덧붙였다.

결과적으로 재정이 쪼들리던 엘프리덴 왕국은 용사를 소환하는 쪽을 택했다.

그리고 그 의식으로 소환된 용사 소마 카즈야가, 선대 국왕 알베르토로부터 왕위를 양도받아 현재의 엘프리덴 국왕이 되었다고 한다.

어째서 선대 국왕 알베르토는 간단히 왕위를 넘겨주고 말았을까 등등 불명확한 점도 많았지만, 소마는 엘프리덴 왕국의 재정건전화를 꾀하여 [지원금]을 지불해낸 것이었다.

새 국왕 소마는 그 후에도 식량난을 해결하고, 반항하던 삼공을 굴복시키고, 그 틈에 침공한 아미도니아 공국을 역으로 침공하여 수도 [반]을 점령했다.

마리아와 나이도 거의 같은 젊은이가 단기간에 이만한 일을 해낸 것이었다.

용사가 아니더라도 가지고 싶은 인재였다. 사실은 멋대로 일을 벌인 율리우스보다도 소마 왕과의 우호를 맺고 싶은 참이었지만, 제국은 그의 신병을 요구한 적도 있는 만큼 우호 관계를 맺는 것은 절망적이었다. 그러나 마리아는 희망을 버리지는 않았다.

"보고를 듣기로는, 소마 경은 제대로 이야기를 나누면 알아주는 분이라고 생각해요."

"그럴까요? 저는 반대로 언니와는 물과 기름 같다고 느끼는데……."

반면에 잔느는 그 견해에 부정적이었다.

아무래도 소마에 대한 보고를 듣기로는, 마리아와는 정반대

쪽에 있는 존재로 여겨지는 것이었다. 가령 마리아가 마왕령의 위협에 인류가 일치단결하여 맞서자고 하는 것과는 달리, 소마는 일단 자국이 스스로의 힘으로 일어서야만 한다고 생각하는 듯했다.

또한 마리아가 어떤 괴로운 일이라도 법이나 규칙을 준수하여 여황제답게 이성적으로 행동하는 것과는 달리, 소마는 왕권도 부하도 제도도 '쓸 수 있다면 쓴다', '쓸 수 없다면 필요없다'라며 감성으로 취사선택해 버리는 것처럼 보였다. 실태와 맞지 않은 제도라면 바꾸고, 유용하다면 그때까지 거들떠보지도 않았던 것마저 쓴다.

이성으로 움직이는 마리아와 감성으로 움직이는 소마.

잔느로서는 두 사람이 서로를 이해할 수 있으리라고는 도저히 생각되지 않았다.

"저로서는, 두 사람은 정반대 쪽을 보는 것처럼 여겨지는데요……."

잔느가 그리 말하자 마리아는 한순간 깜짝 놀란 뒤 쿡쿡 웃었다.

"어머, 서로 다른 방향을 보고 협력한다면 사각이 없어진다고는 생각하지 않나요?"

그리 말하며 장난스럽게 웃는 마리아는, 여동생 잔느가 봐도 무척 귀여웠다.

후기

이 책을 집어 주신 여러분. 처음이신 분은 처음 뵙겠습니다. 현재 [pixiv]에서 어울려 주시는 분은, 매번 신세를 지고 있습니다. 도조마루입니다.

우선은 앞서 발행된 [현실주의 용사의 왕국 재건기 Ⅰ]에서 후기를 통해 인사드리지 못해 죄송합니다. 그 기나긴 '부국편'을 한 권으로 끝내려니 페이지가 아슬아슬해서, 도저히 후기를 쓸 여유가 없었습니다. 그래서 이 자리를 빌려, 1권에서 드려야 했던, 이 책에 관여해 주신 분들에 대한 감사의 말을 드리고자 합니다.

우선은 멋진 그림을 더해 주신 후유유키 님. 아슬아슬한 스케줄이었음에도 정확한 장수의 그림을 완성해 주셔서 감사합니다. 1권 삽화의 토모에 일러스트는, 담당분과 함께 "어라, 엄청 좋네요."라고 이야기했습니다. 그런 담당분도 그저 소극적인 저를 잘 받쳐 주셔서 감사합니다. 당신이 있었기에 지금의 제가 있습니다. 그리고 인터넷 연재 당시 오탈자를 지적해 주신 분들, 교정분, 디자이너분, 데뷔를 축하해 준 친구 M과 K, 그리고 무엇보다도 여러모로 부족한 제 소설을 [pixiv]까지 읽으러

와 주신, 또한 이 책을 구입해 주신 여러분. 진심으로 감사합니다. ……1권에서 해야 할 이야기였네요.

이런 저입니다만, 오래도록 어울려 주신다면 감사하겠습니다.

사실 이 후기, 적고 있는 단계에서는 몇 페이지가 될지 모릅니다. 담당분은 "두 페이지로 부탁드립니다."라고 하셨는데, 교정 단계에서 아무래도 +1페이지가 될 것 같네요. 혹시 그리된다면, 이쪽 페이지는 모조리 편집될지도 모르겠습니다. 그러니, 옆 페이지는 1페이지로 완결시킬 수 있도록 중요한 걸 우선 썼습니다.

자, 그럼, 편집될지도 모르는 이 페이지에서는, 이번 2권에 대해서 차근차근 이야기해 볼까요. 2권에 해당되는 '정벌편'의 인터넷 연재 당시 내용을 기억하고 계신 분들께서는, 이번 편을 읽고 "이 캐릭터, 이랬던가?"라며 고개를 갸웃거리셨을지도 모르겠네요. 그 변경에 찬반은 있을지도 모르겠지만, 지금 현재 갱신 중인 세계로 이어지려면 이러는 편이 타당하지 않을까 생각합니다.

다양한 캐릭터가, 다양한 것을 고민하고, 다양한 행동을 취하여, 그 결과가 다양한 곳에 영향을 미쳐서…… 그리고 세계를 만들어낸다. 미숙한 실력이지만, 그런 이야기를 만들어낼 수 있다면 좋겠구나, 생각합니다.

자, 그럼 마지막일 텐데, 오버랩 HP의 서적 소개 페이지에는 [후기의 후기]라는 게 있어서, 앙케이트에 답변해 주시면 읽으실 수 있게 되어 있습니다. 저는 거기에서 '캐릭터들끼리 대화를 나누는 오디오 코멘터리 놀이'를 하고 있습니다. 1권에서는 '소마와 리시아'였죠. 2권에서는…… 과연 누구와 누구의 이야기가 될까요. 그건 부디 [후기의 후기]에서 확인해 주시길.

이상, 태풍이 몰려오는 가운데 이 문장을 적고 있는 도조마루였습니다.

현실주의 용사의 왕국 재건기 2

2018년 02월 25일 제1판 인쇄
2021년 07월 30일 3쇄 발행

지음 도조마루 | **일러스트** 후유유키 | **옮김** 손종근

펴낸이 임광순 | **제작 디자인팀장** 오태철
편집부 황건수 · 신채윤 · 이병건 · 이홍재 · 김호민
디자인팀 박진아 · 박창조 · 한혜빈 | **국제팀** 노석진 · 엄태진

펴낸곳 영상출판미디어(주)
등록번호 제 2002-000003호
주소 21311 인천광역시 부평구 평천로 132 (청천동)
전화 032-505-2973(代) | **FAX** 032-505-2982

ISBN 979-11-319-7304-2
ISBN 979-11-319-7219-9 (세트)

노블엔진(NOVEL ENGINE)은 영상출판미디어(주)의 라이트노벨 및 관련서적 브랜드입니다.

도조마루
작품리스트

◆

밀약과 신경전이 난무하는 현실밀착형 썸 코미디!!

원 플러스 원

1

•

「편의점 1+1 행사상품」에는 한 가지 딜레마가 있다.
꼭 두 개가 필요할까? 혼자 마실 드링크 음료를 굳이 두 병 살 이유는 없잖아?
경제력과 필요성과 섭취가능양의 간극에서 우리들은 동맹을 맺었다.
원 플러스 원 동맹, 줄여서 원플원.
달리 말하자면 편의점공동구매조합.
조금이나마 아껴보고자 했던 두 사람의 갈등에서 피어난 인연.
고난한 미대생의 캠퍼스라이프에서 보내드리는 풋풋한 로맨스……는 개뿔!

밀약과 신경전이 난무하는 현실밀착형 달콤쌉싸름한 썸 코미디가 지금 등장!!

 세븐GU 지음 | Anpolly 일러스트 | 2018년 3월 출간

청춘의 상상, 시동을 걸어라!

용왕이 하는 일!

6

용왕 타이틀을 방어하고, 사상 최연소로 9단이 된 야이치. 두 제자도 여류기사가 되면서 매사가 순풍에 돛 단 듯…… 잘 풀리나 싶었더니, 새해가 되자마자 문제 발생?!

불면증과 이상한 꿈에 시달리지 않나, 새해 첫 참배 때는 괴상한 운세를 뽑지 않나. 첫 여초연 때는 초등학생 전원에게 고백을 받고, 제자의 기성사실 데뷔도 대실패. 게다가 아이는 로리콤을 죽이는 옷을 입고 기성사실을 만들자며 덤벼들었다. 하마터면 죽을 뻔했잖아!!

그런 와중에 긴코는 장려회 3단이 되기 위한 중요한 대국을 맞이하는데——.

신 캐릭터 대량 등장!
신장(新章)에 돌입하는 제6권!!

시라토리 시로 지음 | 시라비 일러스트 | 2018년 3월 출간
청춘의 상상, 시동을 걸어라!

마침내 밝혀지는 암살교사의 과거.
그의 등을 지켜보는 소녀가 내린 결단이란——.

어새신즈 프라이드
~암살교사와 심연향연~

5

"있잖아, 쿠. 나랑 좀 결혼해 주지 않을래?"
로제티의 쿠퍼를 향한 전격적인 구혼 이후 연인
처럼 행동하는 두 사람의 모습에 안절부절 못하
는 메리다. 바로 이때, 성 프리데스위데 여학원
의 학생들은 로제티의 고향으로 연수를 가게 된
다. 그곳은 어둠 속에 갇힌, 야계도 그리 멀지
않은 지지도시. 메리다 일행의 방문과 함께 피
로 물든 비밀이 드러나는 것처럼 잇달아 참극이
일어나고, 쿠퍼는 그 범인으로 지목되는데——.
"아가씨. 지금부터 당신의 기억을 동결시키겠습
니다."
심연의 마을에서 암살교사는 소녀의 눈길로부
터 등을 돌린다.

아마기 케이 지음 | 니노모토니노 일러스트 | 2018년 3월 출간
청춘의 상상, 시동을 걸어라!